VALFIERNO

Autores Españoles e Iberoamericanos

MARTÍN CAPARRÓS

VALFIERNO

Planeta

Caparrós, Martín
Valfierno.- 2ª ed. – Buenos Aires : Planeta, Grupo Planeta, 2004.
344 p. ; 23x15 cm.

ISBN 950-49-1304-0

1. Narrativa Histórica Argentina I. Título
CDD A863

Esta novela recibió el Premio Planeta (Argentina), otorgado por el siguiente jurado: José Pablo Feinmann, Guillermo Martínez, Marcela Serrano, Héctor Tizón, Ricardo J. Sabanes

Diseño de cubierta: Mario Blanco

2ª edición: diciembre de 2004

ISBN 950-49-1304-0

Impreso en Grafinor S. A.,
Lamadrid 1576, Villa Ballester,
en el mes de diciembre de 2004.

Hecho del depósito que prevé la ley 11.723
Impreso en la Argentina

BOLLINO

1

Soy Valfierno.

Digamos que soy Valfierno. O, mejor dicho, fui Valfierno. Y fue como Valfierno que hice algo extraordinario: la historia de una vida.

¿Por qué el nombre Valfierno?

Convinimos que sus preguntas se iban a limitar a los hechos, ¿no es verdad?

Sí, es cierto. ¿Y eso no es un hecho?

Vamos, mi estimado.

El martes 23 de agosto de 1911 los diarios de la tarde de París se vendieron a mares: voceadores gritaban en todas las esquinas que habían robado el cuadro más famoso del mundo.

—¡La Gioconda! ¡Entérese de todo! ¡Ha desaparecido la Gioconda!

—¡La Gioconda, señores! ¡Se escapó la Gioconda!

Hacía un calor de perros. Semanas que hacía un calor de perros y todos los que no lucraban con él se sentían miserables: el tema pegajoso en cada encuentro, cada café, cada salón con sus molduras, cada iglesia o prostíbulo de lujo. Ese calor conseguía que París dejara de ser París por el bochorno. Eso —que París ya no fuera París— los hacía sentirse particularmente miserables: estafados, y hablaban. Los señores y señoras hablaban del calor y, una vez que habían hablado de él, pasaban a otros temas que no les importaban y de pronto se secaban las caras y volvían al asunto y uno decía que el mundo ya no era lo que era y otro se jactaba del ventilador que compraría si todo seguía así.

—Es el progreso, mi querido, el progreso. Si no fuera por los socialistas y este calor tremendo...

Hacía semanas que el sofoco secaba las conversaciones. Hasta que de pronto, esa tarde, el mundo se animó:

—¡Se la robaron! ¡Se rieron de Francia en sus narices, extra, extra!

Soy Valfierno: fui un niño muy feliz. Mi madre me llamaba Bollino y yo creía que mi nombre era ése: Bollino, soy Bollino. Se rió mucho, mi madre, una vez en la calle cuando una señora dijo ay qué linda criatura cómo se llamará y yo le dije que Bollino. No, señora, se llama Juan María, dijo mi madre, que no sabía que yo tenía que llamarme Eduardo. Pero yo, Bollino, Juan María, Enrique no, Bonaglia todavía, Eduardo incluso, fui un niño muy feliz.

El chico tiene el pelo moreno, cara ancha y rasgos muy precisos, el cuerpo un poco corto para sus ocho años. El chico tiene un gesto decidido y da una orden: los otros dos lo siguen. Los otros dos son rubios: el mayor debe tener seis años, la nena quizá cinco. Alrededor, el parque es deslumbrante: un mar de césped perfecto esplendoroso, un estanque con lotos, ligustros en forma de casitas, magnolias, araucarias, robles, islas de hortensias lilas, estatuas blancas de animales y diosas y guerreros; hay un pavo real. Al fondo, las ventanas de la mansión afrancesada brillan bajo el sol, y el chico de pelo moreno, les dice que ahora van a la estatua del ciervo, pero el rubio protesta:

—Yo no quiero que me mandes, no quiero que me mandes. Vos no sos nadie para mandarme a mí. Vos no sos nadie.

Grita Diego, al borde de llorar, y se le tira encima. Bollino le lleva media cabeza y es más fuerte; Diego intenta pegarle y Bollino lo esquiva sin devolver los golpes. Marianita se ríe, Diego insiste y, al tirar un golpe, se resbala. Cae, se agarra un ojo, grita desde el suelo que Bollino le pegó en la cara. Su vestido de marinerito está manchado.

—Bollino me pegó, Bollino me pegó, le voya a contar a mi mamá.

Grita, la cara embarrada por los mocos mientras llega, apurada, la mujer gorda vestida de mucama. Tiene la piel muy blanca, el pelo rubio sucio, los pies como empanadas y de cerca es más joven: lo levanta, lo limpia. Diego no quiere que ella lo toque y se revuleve: grita Anunci Anunci no me toques; Mariana y Bollino los miran de la mano. El airc huele a nísperos y azahares.

—¿Qué pasó?

Pregunta, con acento italiano, la mucama.

—Que Bollino me pegó, es malo, le voy a contar a mi mamá.

—No, yo no le pegué nada. Él solo se cayó, se resbaló y se cayó. Yo no le pegué nada.

Dice Bollino y la mucama le cruza la cara de una bofetada: fuerte, sonora, bien cruzada.

—Para que aprendas que no hay que meterse con los niños.

Le dice la mucama y Bollino la mira sin un gesto, todo el esfuerzo puesto en no llorar.

—Pero mamá, si yo no le hice nada.

Y entonces el calor no le importaba a nadie. El robo de ese cuadro parecía una desgracia nacional: nada excita tanto a los ciudadanos de un país como ser testigos de una desgracia nacional. Nada los arrebata tanto como creerse en el corazón de un buen desastre —participantes imaginarios de un desastre: el alivio de saber que han vivido un momento que muchos, durante años, fingirán recordar. Suponer que los dedos de la historia, tan desdeñosa, tan esquiva, se han dignado rozarlos.

Mi madre me criaba con denuedo. La recuerdo —debe ser lo primero que recuerdo— dándome de comer. Me ponía en la punta del tenedor unos trozos muy chiquitos de carne y, con cada trozo, me decía Bollino, tienes que masticarlo muchas veces con la boca cerrada: si no, te va a hacer mal a la panza y a la reputación, decía, y se reía. Y yo también me reía mucho: reputación debía ser una palabra muy graciosa.

Ella casi siempre me cuidaba. Y los señores eran buenos conmigo. Cuando éramos más chicos nos pasábamos todo el día juntos, con Diego y Marianita: eran días muy largos, muy felices, nadando, en los caballos, los juegos en el parque y en la sala de juegos y mi mamá nos cuidaba a los tres. A mí me regalaban cosas, juguetes, ropa, y el señor a veces me decía que me quería como a un sobrino y que era muy inteligente y que cuando fuera grande me iba a ir bien en la vida. Hasta que cumplí diez años fuimos inseparables, los niños y yo; después, cuando Diego empezó a estudiar con la institutriz que le trajeron, el señor le dio plata a mi madre para que me mandara al colegio de los curas. El día antes de empezar las clases me llamó a su escritorio y me dijo que la educación es lo más importante y que sin educación cualquiera es pobre y que si llegaba a tener cualquier problema le dijera al padre superior que él se iba a hacer cargo y que me deseaba lo mejor y que cualquier cosa que necesitara no dejara de pedírsela a él, y me regaló un portafolios de buen cuero. Al otro día, cuando don Ángel nos llevó con mi mamá en el sulky hasta el colegio, descubrí que detrás de los muros del parque había un camino que bajaba hasta una ciudad en la costa de un río: era muy fea. Yo había escuchado hablar de eso pero, hasta entonces, no me había importado.

Pero usted no había nacido allí, Valfierno.

¿Me lo pregunta o me lo está contando?

Bueno, usted me dijo que su madre era extranjera. Usted me dijo que usted era extranjero.

¿Extranjero, me dice usted, de dónde?

La mujer espera en casa. Su casa es un cuarto cochambroso en un caserón que un día fue un palacio. Pasaron siglos. Ahora la mujer se retuerce las manos. La mujer espera y sabe que tendrá que esperar todavía algunas horas. En esas horas, se preguntará mil veces por qué no supo encontrar las palabras para disuadir a su hombre. Ni palabras de amor ni de amenaza ni el recuerdo de su responsabilidad de padre le sirvieron y se preguntará más veces por qué su hombre le prefirió ese supuesto deber que lo llamaba. También se dirá que él, como tantas otras veces, quizá tenga razón: que sus miedos son una exageración suya, debilidades de mujeres, tonterías. Que seguramente él tiene razón pero ella tiene miedo y espera que le llegue la noticia que él desechó con altivez, con una sonrisa condescendiente y un saludo casual: no te preocupes, mujer, ustedes no entienden de estas cosas. Ustedes habrían podido ser ella y su hijo pero ella sabe que no: son las mujeres, todas las mujeres —y ese modo en que su hombre la mezcló con tantas otras la entristece, y también la entristece el olor a grasa quemada de la ropa de su hombre en ese cuarto: el olor que su hombre le deja para que ella no se olvide que lo espera.

La mujer tiene menos de veinte años —más de quince, menos de veinte años— y las formas redondeadas tan temprano por la maternidad y, sin duda, un sustento de panes y fideos. La mujer tiene los ojos extrañamente claros en medio de una cara oscura y sucia de limpiarse lágrimas con manos sucias; está sentada y, sentada, se le ve sobre todo el peso de sus brazos, redondez de sus brazos. La mujer podría ser bella como una madonna. La mujer se llama Annunziata —Perrone Annunziata, nacida en Trimoli el 25 de marzo de 1850, miércoles, día de la Anunciación de Nuestra Señora, hija de Giovanni, esposa de Bonaglia GianFelice, ex costurera, de profesión su sexo— y sigue retorciéndose las manos: una contra la otra. Se las seca en la falda marrón limpia pero manchada de grasa que no sale y piensa otra vez en las palabras que no le supo decir y se consuela: ella nunca le supo decir palabras, él es el que sabe las palabras, ya cuando él la seguía a la salida del taller de costura y ella tenía quince años y una sonrisa que —le decían todos— era su fortuna, ya entonces ella sabía que tenía que callarse y escucharlo y se calló cuando él la invitó a que se sentaran junto a la fuente sin agua de esa plaza y se siguió callando cuando él volvió a buscarla una y otra tarde y cuando le extendió la mano para que ella la agarrara —no le agarró la mano: se la extendió para que fuese ella la que, callada, la agarrara— y se calló para decir que sí cuando el señor cura le preguntó si sí y se calló a los gritos cuando la comadrona le dijo que su hombre iba a estar contento porque le había dado un machito: está sano, es un macho, tu hombre va a estar contento. Ella supo callarse y fue aprendiendo que su silencio podía ser poderoso también, que no necesitaba las palabras y ahora piensa que cuando sí las necesitó —esta mañana, esas palabras de amor o de responsabilidad o de lástima que no supo decirle— ya era muy tarde, piensa, y se retuerce las manos y se seca las manos y el chico le agarra las manos y le pregunta si tiene tanto calor, mamá, que las manos se le llenan de agua.

El chico no ha parado de preguntarle cosas tontas: si tiene tanto calor mamá, si van a comer sopa de porotos esta noche mamá, si papá me va a traer un caramelo cuando vuelva mamá, por qué tiene tanto calor si hace calor pero también hace frío mamá. Y ella le dice que se calle y sigue concentrada en la espera: llama espera a la convicción de que una noticia horrible puede llegar de un momento a otro e imagina que si la espera mucho, que si la sufre desde ya puede que no le llegue —que esperarla es el precio que tiene que pagar para que eventualmente no le llegue— y que, si al fin le llega, por esperada será menos terrible: que quizás sea, al fin, menos terrible, y cuándo me empieza a preparar la sopa, mamá, que se hace tarde.

Yo no sabía de dónde habíamos llegado pero sabía que yo no había nacido allí, en esa ciudad de río que llamaban Rosario. Al principio, por supuesto, no lo sabía; después pensé que si había nacido en alguna parte era en la casa grande, la casa del señor, en nuestro cuarto —el cuarto que tenía con mi mamá— bajo los techos. Al final me di cuenta de que éramos de otro lugar porque mi madre, que era tan buena y los chicos la obedecían y nos cuidaba a todos, hablaba de una forma rara. No fue difícil darme cuenta. Fue lo primero que noté, que ahora recuerdo haber notado: mi madre hablaba de una forma rara. Quizás era su forma de hablar, pensaba entonces, la que hacía que la obedecieran.

A veces le preguntaba a mi madre por mi padre. O, en verdad: una vez empecé a preguntarle a mi madre por mi padre. Primero, supongo, cuando éramos felices en la casa grande, no se me ocurría; los que tenían un padre eran Diego y Mariana porque ellos eran los que tenían las cosas y yo igual tenía algunas y ellos también tenían una madre que era tan linda y más rubia que la mía y la pregunta no se me ocurría. Pero después, ya en la escuela, era común que los chicos hablaran de sus padres y yo, entonces, me tenía que callar. Un día me decidí a preguntarle a mi madre dónde estaba mi padre: no le dije por qué, mamá, no tengo padre o quién se cree que es ese señor que me deja sin padre o quizá usted o qué pasó; le pregunté dónde estaba mi padre y ella pensó un momento antes de contestarme. Es raro, ahora que lo recuerdo, que haya tenido que pensarlo: mi madre debía haber imaginado esa respuesta tantas veces antes de mi pregunta, previendo mi pregunta, pero pensó un momento y después me dijo que mi padre no estaba porque se había tenido que ir a trabajar a no recuerdo dónde para ganar dinero. Yo le pregunté cuándo iba a volver con el dinero y mi madre me preguntó si alguna vez me había faltado algo. Yo no le dije mamá, un padre; me parece que le habría mentido, y no lo dije.

Un robo así, decían los diarios, es el hecho de una mente enfermiza o de un genio ignorado. ¿Se da cuenta, periodista? Ni se les ocurrió que pudiera ser algo más sencillo, la obra de un artista.

Soy Valfierno: fui un niño muy feliz. Mi madre me llamaba Bollino y yo creía que mi nombre era ése: Bollino, soy Bollino. Fui un niño tan feliz. Pero mi padre no estaba. O debería decir: fui un niño tan feliz porque mi padre no estaba. Mi padre no estaba porque se había ido a ganar plata no sé dónde. Porque no lo habían dejado venir con nosotros a nuestra ciudad nueva y estaba tratando de llegar. Porque tenía que cuidar nuestra otra casa. Porque su mamá no lo dejaba irse tan lejos. Porque se había muerto en una guerra tal o cual. Porque quién podía querer a un chico como yo, que se portaba mal. Porque se había acordado de algo muy importante y tuvo que irse a buscarlo pero seguramente alguna vez lo encontraría y volvería.

Una vez le pregunté cómo se llamaba mi padre y mi madre no quiso contestarme: qué preguntas son ésas, me preguntó, como si no supiera.

2

El marqués Eduardo de Valfierno se retoca el nudo de la pajarita con una atención que se podría describir como excesiva. De hecho, Valérie Larbin la considera completamente desmedida, pero es probable que el marqués esté acentuando, para irritarla, su parsimonia acostumbrada.

—¿No se va a vestir, belleza?

—¿Para qué? ¿Piensa llevarme a alguna parte?

No hay música. Valérie está recostada en un diván de terciopelo gris, el pelo largo negro cuervo en bucles cayendo sobre el pecho tan blanco, su bata de seda negra con inscripciones chinas rojas abierta como para mostrar que es muy humana. Valérie Larbin fuma: su boquilla de nácar entre dos dedos de uñas lila, la vampiresa de alguna película que ha visto en estos días. El marqués la mira y se sonríe: toda ella es una imitación no muy lograda de películas malas. Si supiera, piensa, que él también hizo esas cosas hace tanto tiempo. O quizás no fuera tanto tiempo. Si supiera, piensa, que lo que le gusta de ella es otra cosa. Si él supiera, piensa, exactamente qué.

—¿Por qué, ahora me va a pedir que la pasee como si fuera una esposa?

—No, como si fuera una amante cara.

—Lo cual no es.

—Agradezca, marqués. Si lo fuera, usted no podría permitírselo.

Valérie es un prodigio de vulgaridad con grandes tetas y su aire falso fino: helado falso fino. Valfierno no soporta que lo atraiga semejante obviedad.

—Yo puedo permitirme lo que quiera.

—A mí no, Valfierno. Puede que engañe con su traje a las señoritas del Bois de Boulogne, pero a mí no. ¿Cuánto hace que no paga esta suite? ¿Cuánto más se lo va a tolerar el gerente?

—Yo puedo permitirme incluso no tener un céntimo.

—Marqués…

Valfierno la odia cuando habla como las damas de los folletines: casi siempre. En realidad la odia casi siempre y la sigue buscando y comprando baratijas con brillos engañosos y desesperándose cuando desaparece, tan frecuente. La imagina toqueteando a un cerdo más viejo que él y más rico y sacándole joyas verdaderas y no lo soporta y la desprecia y nada lo excita más y otra vez a buscarla, a mandarle sus ramos de gladiolos. Piensa que ella no sabe quién es él en realidad y que si supiera no le haría esas cosas; piensa que nadie sabe quién es él y si supieran.

—Usted no entiende nada.

—No, yo no entiendo nada.

Poco más de la una de la tarde, el calor húmedo, París, fin del verano. Valérie y Valfierno están en la habitación desde las tres o cuatro de la madrugada, cuando llegaron de un baile en l'Opéra Comique; Valfierno estaba demasiado cansado y borracho para tratarla como hubiese querido y le pidió que lo despertara con caricias: entonces se reivindicaría. Pero tampoco en la mañana había logrado grandes cosas y ahora sólo quiere que la mujer se vaya cuanto antes. Como no se atreve a pedírselo ha empezado a vestirse, pretexto de un almuerzo inverosímil. Sabe, de todas formas, que en cuanto salga va a empezar a extrañarla: a ella, a su revancha.

—Marqués, ¿le puedo hacer una pregunta?

3

El colegio no era tan malo: los curas hablaban casi en verso y me trataban de usted y me pegaban solamente cuando era necesario. Pero no era mi vida. Estaba lleno de chicos desaforados, más grandes que yo, que no me respetaban. Yo estaba fuera de lugar entre esos brutos; después supe que eran hijos de chacareros pobres que los mandaban al colegio para librarlos del barro de los chanchos, del frío de las heladas en las manos, de los días que empiezan antes de cada día. No era mi vida, pero mi madre, la vez que me quejé, me dijo que tenía que acostumbrarme y que no sabía la suerte que tenía de ir a ese colegio y lo bueno que era el señor con nosotros y que no me quejara nunca más.

Y yo no me quejé más pero esperaba los sábados, cuando ella venía a buscarme y me llevaba de vuelta. Aunque antes dábamos un paseo por el centro. Y ella me seguía hablando del colegio y preguntando y diciendo que haría todo para que yo pudiera ser un hombre educado, un hombre de bien más adelante, me decía: siempre más adelante. Yo creo que, ya entonces, cuando mi madre me decía más adelante yo pensaba en un lugar que no era ése.

Después, cuando empecé a crecer, me avergonzaba caminar con mi madre por la calle.

¿Por qué?

Yo diría que la miraban demasiado, que era un poco estridente en su belleza. Su cuerpo era estridente, sus toilettes, todo en ella lo era.

¿Qué quiere decir?

A ver si nos ponemos de acuerdo en una cosa, periodista: yo no quiero decir. Yo, cuando quiero decir, digo.

En una ciudad como Rosario en la segunda mitad del siglo diecinueve la figura de esa mujer despierta la atención. Rosario acaba de recibir el nombramiento de ciudad y es, en realidad, un poblacho con un puerto que está tratando de importar un futuro. El puerto crece. Servirá para embarcar los granos que la región produce con desgano, casi por un azar, en cantidades increíbles. Para que empiecen a llegar desde puertos europeos —y, sobre todo, italianos—, cargamentos de pobres entusiastas y dispuestos a todo que dejaron su país para buscar y prefieren la relativa indefensión de este poblacho al aspecto más amenazador, desdeñoso, inabordable del primer puerto, Buenos Aires.

Las calles de la ciudad son casas bajas con ventanas con rejas, farolas de candil de tanto en tanto y puro barro; unas pocas, alrededor de la plaza central con su iglesia a medio terminar y su intendencia, tienen empedrado. Algunas tardes esa mujer camina por ellas como si no supiera que su presencia no condice con el resto: lo descabala o enmaraña. En el centro de una ciudad como Rosario en la segunda mitad del siglo diecinueve, todavía —y por unos pocos años más, hasta que la invasión lo haga imposible— todos los elementos se ajustan a funciones, a modelos estrictos. El señor cura tiene su lugar, el señor intendente, sus cagatintas y entenados, los ocho o diez acopiadores de granos recientemente enriquecidos, su media docena de abogados tienen su lugar, los tres o cuatro médicos, los pocos periodistas —todos ellos candidatos a ocupar, más tarde o más temprano, el lugar del señor intendente o alguno semejante—, el juez de paz, los viejos oficiales de la milicia que al levantarse, veinte años antes, contra un dictador lejano dieron por inaugurado el crecimiento del poblacho tienen su lugar y sus mujeres —damas, lo que esos caballeros llaman una dama— también tienen su lugar en esas calles. Por tenerlo, lo tienen incluso las vendedoras de pancitos y demás mordiscos para matar el hambre ocasional, los vendedores de peines y peinetas y chucherías variadas, los chicos que se ofrecen para cargar las compras o ayudar a una señora en el cruce de un charco, el cuidador de los caballos, el ciego de la iglesia, el rengo de la iglesia, los demás pobres que cumplen con una función en el concierto, los pocos policías que custodian todo eso tienen su lugar. Pero esa mujer no tiene su lugar en las calles empedradas del centro del poblacho y, sin embargo, sale algunas tardes a caminar por ellas.

Esa mujer es gorda como un tonel de vino basto. Es joven, sonrisa viva en una cara ajada, los ojos claros penetrantes, el pelo rubio encaneciendo recogido y es gorda gorda gorda. Esa mujer no lleva, cuando camina por las calles empedradas, su uniforme de mucama: si usara su uniforme sí tendría su lugar. Pero lleva una falda de tela que fue negra y ahora es gris arratonado, una camisa de tela que fue blanca y ahora es gris, una mantilla roja por encima. Camina altiva: como si hubiera en ella algo que mereciera una mirada de respeto u homenaje, como si algo en ella la autorizara a salir de su lugar de sirvienta del más rico para mezclarse con lo mejor de la ciudad en calles empedradas. Camina y los demás la miran —por despecho, indignados la miran— y ella devuelve las miradas. Siempre dos pasos por detrás o dos pasos delante va su hijo: un chico de diez años que parece menos, pelo negro tupido, los rasgos dibujados con esmero, los pantalones deshilachados cortos, los ojos parecidos a los suyos, algún remiendo en los zapatos. El chico se llama Juan María y camina siempre por detrás o delante de su madre por esas calles empedradas: un poco lejos de su madre. A veces se escapa de la mirada de su madre y se va más allá; a veces camina dos pasos adelante o atrás de una señora de peinado encopetado, sombrilla y mantón de manila, como si fuera su hijo: por un minuto o dos, hasta que la señora se da cuenta, camina junto a ella y recibe y retribuye las sonrisas que las demás señoras, los señores, el señor cura, el señor intendente, el señor juez, los señores abogados o comerciantes enriquecidos o periodistas o vendedores de pan le dedican a la señora encopetada y, en el mismo movimiento, a él, al chico, a Juan María. Hasta que lo descubren y se escapa. A veces es la señora encopetada quien lo descubre y le dice fuera mocoso, quién te creés que sos. Otras, su madre la que nota su ausencia y lo busca a los gritos y, cuando vuelve, le dice pero Bollino qué te pasa, Bollino, mi Bollino.

Supongo que fui un niño muy feliz hasta que me di cuenta de que tenia que serlo. Hasta que vi cómo mi madre estaba pendiente del menor detalle de mi felicidad y me pareció que debía ser algo demasiado frágil si era preciso cuidarla de ese modo. Entonces me resultó mucho más difícil conservar un estado que corría —eso parecía decir mi madre, su actitud— el riesgo de romperse todo el tiempo.

¿Será que sólo nos importan las cosas que están siempre a punto de romperse?

No diga tonterías, periodista.

Los fines de semana yo volvía a mi vida, al caserón francés, a mi cuarto, a Diego y Marianita. Nos gustaba encontrarnos: yo les contaba cosas del colegio y de los curas y casi nada de mis compañeros y Diego me mostraba sus libros de dibujos y me preguntaba si me enseñaban a hablar en francés y a veces hasta me decía palabras en francés y yo me hacía como que sí entendía pero Marianita se reía y entonces yo me daba cuenta de que no había acertado. Pero me gustaba porque era como antes y ellos me llamaban Bollino como mi mamá y comía sus comidas y era como antes. Me gustaba que fuera como antes.

El chico se llama Juan María y casi todos lo llaman Juan María y está a punto de dejar de ser un chico. Es discutible: quién dice hasta aquí un chico, desde aquí esa otra cosa. Las fronteras, si no son de países, suelen ser tramos largos: no es fácil atravesar una frontera y más difícil, mucho más difícil, saber si ya está atravesada o todavía. Un recorrido sin mojones: para un chico las sombras de una barba, resbalones inesperados en la voz, esos granos de grasa le van marcando que ya no es lo que era —y que no va a serlo nunca más aunque lo intente. El chico se pasa años aprendiendo algo que tendrá que volver a aprender muchas veces: que esto que ha aprendido —a ser chico, a vivir como un chico— ya no le sirve más porque cuando le parezca que ya aprendió significará que ha dejado de serlo. Que aprender a ser algo sirve para no serlo más. Y entonces aprenderá a ser algo más: algo distinto cada vez. Un modo de ser siempre lo mismo.

El señor Manuel de Baltiérrez está de pie, los brazos cruzados sobre el pecho de su camisa impecable, su mujer pequeña y rubia a su derecha, su pie izquierdo que marca un ritmo contra el suelo. El señor habla con la voz baja y contenida que lo hace más temible:

—Nos decepcionaste. Te aprovechaste de nuestra bondad, nos estafaste. No tengo mucho más que decirte. Mañana a la madrugada se van de acá, vos y tu pobre hijo. Y no los quiero ver nunca más. Nunca más, entendiste.

Frente a él, a seis pasos, la mujer gorda se hunde en su uniforme de mucama. Tiene los labios apretados, la frente fruncida para evitar las lágrimas y busca palabras que —sabe— no le van a servir.

—Señor, yo no fui. Le juro que no fui, don Manuel, yo no fui. ¿Cómo voy a hacer yo una cosa…?

—Anunciata, no me tomes por tonto. Ya lo hiciste durante años. Se acabó.

—Pero señor, por dios…

—No mezcles al Señor en todo esto. El collar estaba en tu pieza. ¿O ahora me vas a decir que no estaba?

El galgo que dormitaba a los pies de don Manuel se levanta y camina unos pasos hasta el calor del hogar donde crepitan leños. Anunciata mira el fuego pero tampoco encuentra nada.

—No, ya sé que estaba. Pero le aseguro que no fui yo. ¿Para qué iba a hacer algo así? ¿Dónde voy a estar mejor que acá? ¿Dónde voy a encontrar una familia que me trate como ustedes?

Ahora sí llora. Anunciata llora con sollozos. Don Manuel hace un gesto de asco.

—En ninguna parte. Espero que en ninguna parte. Pero no hablamos de lógica, Anunciata. Hablamos de canallas, pobres canallas como vos. Vaya a saber qué tendrás en la cabeza. No me importa. Te dije mañana a la mañana, y no hay nada más que hablar. Sólo lo siento por tu hijo.

¿Y usted cree que ella fue capaz de robarlo?

No, periodista. ¿Cómo puede decir eso?

¿Pero es cierto que el collar estaba en su cuarto?
Sí, claro que estaba en nuestro cuarto.
¿Y entonces?
¿Será posible que haya que decírselo todo?

4

—Marqués, ¿le puedo hacer una pregunta?

—Mientras no me pregunte si la quiero...

Dice Valfierno y enseguida se da cuenta de que no era necesario. Valérie le perdona la vida: no subraya. Sorbe un trago de té y se retoca los labios con un tono bermellón pastoso. Valfierno piensa —por un momento piensa, sin querer, sin proponérselo— en Mercedes, la hija de don Simón, y el pensamiento lo sorprende.

—¿Qué es lo más extraño que ha falsificado?

—¿Yo, falsificado?

—Vamos, marqués: no soy tan tonta. Parecerlo me sirve, pero no me lo crea: usted no. Digo: ¿qué es lo más raro que ha falsificado, además de su título, su nombre, su historia y esas perlas que me regaló el mes pasado? A veces pienso que por falsificar, hasta su nacionalidad es falsa. No sabría decirle bien por qué, pero me huelo que ni siquiera es argentino.

—Falsificar no es una palabra de mi vocabulario.

Le responde Valfierno, pero sabe que su falta de indignación está diciendo algo. Y no le importa decírselo: así, en silencio.

—¿Y entonces cómo lo llama?

Valfierno la lengüetea con los ojos: el cuerpo lánguido de opereta sobre el diván de terciopelo falso. La piel de terciopelo, piensa, sobre el diván de falso —y se dice que no puede ser tan cursi.

—Seguramente no lo llama nada: hay cosas que mejoran con el anonimato, ¿no, marqués?

Hace semanas que se pregunta por qué la sigue llamando, buscando. Semanas que se dice que unas tetas no son suficientes, que no están a su altura; que se dice incluso que no son científicas, que no son modernas: dos colgajos de grasa que las hembras utilizan para alimentar con sus jugos a su cría. Las tetas son lo más arcaico de la raza, piensa, se sonríe, se las mira. Y otra vez se pregunta por qué la mujer —que debe conseguir aventuras mucho más rentables— sigue aceptando sus invitaciones, por qué lo sigue tolerando: es la palabra, se dice, tolerando. Debe ser esa falla: lo que le falta para ser realmente bella. Tiene que pensar más en esa falla, se dice: en lo que la convierte en una especie de mentira.

—No joda, Valérie.

A menos que ella lo necesite, piensa, que lo necesite para algo que no termina de entender y entonces sí se alarma. Recuerda que en un momento de extravío estuvo, incluso, tentado de creer que la seducían sus encantos, pero algo le decía que no era eso —o que, al menos, eso no era todo. Algo: su sentido común, las ruinas del espejo.

—Marqués, ¿le puedo hacer otra pregunta?

Valérie se levanta del diván, va hacia él, le sacude el polvo inexistente de los hombros, deja que la bata de seda negra china roja se le parta. Valfierno lleva un traje de lino crudo con zapatos blancos y marrones, la camisa impecable, el corbatín morado. Los zapatos con taco, para alzarlo. Termina de peinarse: el pelo negro y blanco bien cortado, el bigotito fino, los ojos verdes como tajos. La nariz recta tan correcta, la boca sin alardes, la frente despejada. Tiene la cara que su oficio necesita, piensa: agradable, bien hecha, nada particular para el recuerdo.

—Marqués, ¿no quiere que trabajemos juntos?

—Sólo eso me faltaba.

—Ya me lo va a pedir.

—Sin duda, mi querida. Pero ahora tengo que almorzar y, si usted no se adecenta, voy a llegar ligeramente tarde.

—Marqués, no sea idiota. No es lo que usted se imagina.

—¿Y qué me imagino, dígame?

—Prefiero no pensarlo. De todas formas es pura fantasía, ya sabemos. Sólo quiero decirle una cosa: una amiga mía conoce a un tipo que hasta hace poco trabajó en el Louvre. El tipo es un tonto pero no tiene escrúpulos; no es común, en los idiotas como él. Usted conoce el dicho: cuanto más tonto, más moral. El tipo puede entrar y salir del museo como usted del hipódromo de Auteuil.

—¿Y eso a mí qué?

—No sé qué, Valfierno. Piénselo. Usted es de esos que saben pensar cosas. No siempre hacer, pero pensar sí sabe. Si nos esforzamos, mi querido, un poco más que anoche, quizás incluso consigamos que se le ocurra algo.

Que la odiaba era poco.

5

Ese hombre parecía no querer nada. Valérie no estaba acostumbrada a que un hombre la mirara sin mirarla: que quedase con la mirada tan ausente. El pianista seguía aporreando polkas. Olor espeso. Un cliente babeándole los hombros.

Eh, usted, señorita.
¿Yo?
No, mi abuelita de Pétaouchnoc-sur-Oise.
¿Qué quiere?
¿Cómo que qué quiero? ¿No tendría que ser usted la que me preguntara a mí?
Se lo estoy preguntando.
No, usted sabe a lo que me refiero.

El suelo está embarrado de aserrín, el aire de la polka, las paredes de cuadros de pintores que no pudieron pagar sus tragos o sus vidas. Valérie trata de recordar cómo era el mundo cuando no era eso y se pregunta qué daría por un lote de recuerdos: un prado con una niña de faldas blancas impolutas corriendo entre florcitas amarillas, por ejemplo. Rodeada de perritos dorados por ejemplo, una jarra de naranjada que la espera sobre mesa de hierro repintada de blanco por ejemplo, un padre severo pero comprensivo que la mira a lo lejos golpeándose la caña de las botas con la fusta. O por lo menos una casa vieja modesta campesina en un valle como hay tantos en Francia, como ha visto tantas veces en los cuadros, con una madre que cocina en un caldero y un padre que llega cansado de recortar las viñas y enciende una pipa fina y larga y se sienta junto al fuego: el aroma del fuego. Y muchos hermanitos. Y una falda de cuadros. Y otro perro, gruñón, pelo enredado. O, lo mejor, en otra casa, una habitación grande llena de luz, cama con baldaquino, sábanas de lavanda y una madre besándole la frente mientras se adormece: tan suave, se adormece. Mataría, se dice —aunque no piense a quién—, por una madre besándole la frente o por lo menos una tía que la esperara alguna noche con los brazos en jarra para gritarle cómo vas a llegar a estas horas a casa —a alguna casa— y la llevara a rastras hasta el baño y le lavara la cara para sacarle los afeites y le gritara que es una perdida que va a terminar mal pero no tiene ese recuerdo ni ningún otro que quiera recordar y piensa que el hombre seguramente sabe quién es ella, sabe que es lo que es, lo debe ver: se ve, se dice, y hay hombres que se espantan, aunque me pase la vida aprovechándome de los que no. O escapándome de los que no o coqueteándoles, ofreciéndoles lo que no voy a darles o quizás algún día, después de largo asedio, de su costoso asedio, de su estúpido asedio y así todos los días meses años hasta que encuentre uno que me llene de recuerdos de una nena cantando en el coro de una iglesia antigua con un moño en el pelo, moño azul en el pelo, la cara limpia y despejada, cara resplandeciente, cara como una luna en luna llena, la cara tonta de una nena que no tendría que ser ni siquiera bonita: que no le importaría ser bonita. Qué fácil sería no tener que pensar en ser bonita, piensa, y piensa: que desde que tiene uso de razón la belleza —la suya, su supuesta belleza— fue su gran arma para casi todo. Y ni siquiera es bella: sabe que ni siquiera es bella.

Quién sabrá llenarme el pasado de recuerdos.

Se pregunta, sin grandes esperanzas, mira al hombre que pierde la mirada.

Entonces Valérie Larbin era eso que los cronistas de sociedad —o sus hijos putativos, los novelistas sociales— llamaban una *demi-mondaine*. La calificación es especiosa: la primera mitad del nombre —ese *demi*— la pone en un espacio ambiguo. Esas mujeres no eran mundanas: eran medio-mundanas. No eran mujeres tarifadas, prostitutas cuyos servicios se cambiaban por una cantidad precisa de monedas —o billetes incluso, según la calidad del material. Pero se entendía que eran, en una época en que las mujeres simulaban una indisposición fundamental para cualquier encuentro amoroso que no incluyera firmas previas, mujeres dispuestas a cambiar "sus favores" contra una dosis indefinida de favores —que podían incluir dinero pero que, más habitualmente, se expresaban en regalos, atenciones, invitaciones varias. Lo cual le daba al proceso el atractivo de su indefinición: no era automático —el interesado debía tantear la calidad y cantidad de sus ofertas— y, por lo tanto, escapaba del racionalismo y la mensurabilidad que la burguesía presentaba como formas del mundo. Consumir una *demi* era —aproximadamente— una aventura.

¿No sabes quién es el tipo ese?

¿Cuál?

Ése que está ahí.

Val, ahí hay como diez tipos.

Ése, el de pelo negro que le come los ojos.

No, no sé. Ya lo vi un par de veces por acá, pero no lo conozco. ¿Por qué?

No, por saber.

La belleza es un arma que nunca puede agarrarse por el mango, le dijeron una vez a Valérie —y lo recuerda cuando se descuida.

El público del Faux Chien es una mezcla de supuestos artistas de Montmartre, burgueses encanallados que buscan emociones, canallas que lucran en el ramo, los inclasificables habituales y las chicas. Son las once y media de la noche y en vez del piano suena un acordeón, un cantor carrasposo canta historias de mujeres y animales, bailan varios en medio del salón, muchos más beben. Valérie está acostumbrada a que los hombres teman abordarla, pero no a que la ignoren. El hombre de pelo negro y los ojos muy juntos está solo en una mesa al fondo, en un rincón donde se juntan dos espejos cascados. Bebe vino y parece tan lejos: sus párpados pesados sobre los ojos negros como el pelo, la nariz brusca cruel, bigote desmechado. Vincenzo Perugia lleva una camisa blanca abierta y un pañuelo azul atado al cuello; el conjunto podría ser artificioso pero contribuye al aspecto general de descuido, de desinterés por las cosas menores. Valérie sigue mirándolo y se dice que ese hombre sabe dónde está lo que importa y, sobre todo, dónde lo que no. Perugia traga un sorbo de vino como si estuviera en la cocina de su casa: Valérie entiende que su gesto no le debe nada al mundo circundante, al Chien, a ella.

Le suele pasar, en el Cabaret du Faux Chien, que los hombres tengan miedo de acercársele. Valérie lo sabe, porque su secreto es parecer ligeramente inaccesible. Sabe ponerse fuera de su lugar: simular que está por encima del lugar donde está o buscarse lugares por debajo. En un salón del Ritz sería una intrusa; aquí, en el Faux Chien, es una dama joven que ha equivocado su camino a casa. Aquí, en el Faux Chien, sobresale entre quince o veinte muchachas que no han tenido la preocupación de mostrarse distintas: que creyeron que pertenecer era ser como todas las demás.

Valérie se para junto a la barra, de espaldas a la barra, las nalgas apoyadas en la barra, el pie izquierdo con botín de cabritilla apoyado en el zócalo, la falda de seda moviéndose por el impulso de su rodilla izquierda, un dedo en los labios muy pintados y lo mira. Le parece que no hay nada entre ellos dos: los camareros con chalecos de cuero, los parroquianos cantando o brindando o prometiendo futuros vaporosos, el aire de humo y la canción desaparecen y queda ella de un lado, apoyada en la barra con el pie izquierdo que tamborilea y el dedo sobre labios y él, al fondo, entre los dos espejos, que no la mira; que no hace como que no la mira para atraerla con la diferencia de su indiferencia: que no la mira nada.

O quien le regale, si no, piensa, recuerdos de varón: de alguien que no tiene que esperar que las cosas le lleguen.

Tiene los labios finos: lo primero que se le ve, probablemente, es la fineza de los labios porque puede parecer la síntesis de una fineza que, a primera vista, la recorre entera. Tiene los labios finos, muy finos, como si casi no tuviera labios y levemente curvos hacia abajo: las comisuras curvadas hacia abajo, en un dibujo que podría ser despectivo si pareciese que esos labios se tomarían el trabajo de despreciar a nadie. Tiene, sobre los labios finos, nariz fina también, con sus narinas bien ovales terminadas en una punta casi filosa, apenas respingada; una nariz que no parece hecha para oler —que, más bien, sería demasiado delicada para oler olores de este mundo. Tiene pómulos altos aunque un poco sonrosados en el centro, como si algo del aire por fin se le colara en esa piel tan blanca que no parece en contacto con nada y la mandíbula discreta, redondeada. Tiene el pelo perfectamente negro —que puede ser teñido: largo, lacio, enroscado habitualmente en un rodete que le estira la cara y la corona, la completa todavía más arriba. Su cara se presenta como un busto, una versión helada de madame de Pompadour o Maintenon o la que fuera, pero tiene los ojos como si asustados.

Valérie tiene los ojos grandes, oscuros, redondos como si asustados, aunque hay algo después en su mirada que dice que no se va a asustar de nada y después algo, más allá, que dice que quizás. Sabe abrirlos enormes, como si no los controlara: su modo de decir que hay algo en ella que se abre y se cierra. Su modo de decir —a veces voluntario, a veces no— que no es lo que parece.

Y después, si no puede evitarlo, abre los labios, y se le ven los dientes.

Habría que ver qué es la belleza. Quién supiera.

Seguramente sabe que soy lo que soy. Lo debe ver: se ve. Sabe pero no sabe. Y hay hombres que se espantan.

Valérie esta vez no teme que le vea los dientes: piensa que el hombre de pelo negro debe saber que es lo que es; que lo ve y que por eso no la mira: hay hombres que tienen asco, condenan a ese tipo de mujeres. Como si ellos no se vendieran a un canalla que les hace hacer todo lo que quiere, piensa, y éste debe ser uno de esos imbéciles que se creen muy limpitos porque trabajan para el dueño de una fábrica que yo podría volver loco si quisiera, arruinar si quisiera, como podría arruinarlo a él si quisiera pero no tengo por qué perder el tiempo con un chupacirios con el cerebro muerto lleno de ideas estúpidas de decencia y limpieza y honestidad y orden y patria y lo superior que se debe creer porque no se da cuenta de que él se vende mucho más barato. Piensa que ese tipo debe ser uno de ésos: de esos pobres infelices que se esconden en las ideas de todos para no tener que tener ninguna idea particular sobre sí mismo: aterrados de cualquier idea particular sobre sí mismos.

Vincenzo Perugia ve a esa mujer bellísima, extraña, distante, casi bella, y por momentos le parece que la mujer lo mira.

Valérie Larbin se le acerca y piensa que ojalá su voz pudiera sonar como un susurro, pese al ruido: no quiero que me des nada. Yo quiero darte todo.

Prepara la garganta. Ojalá no me mire.

Vincenzo Perugia la mira con algo que ella supone que es desprecio: un desprecio excesivo, casi incomprensible, como si quisiera ser más y no supiera.

Y, por su lado, esas mujeres no se consideraban decididamente fuera del mundo. En su nombre, de hecho, se expresaba ese doblez: estaban, según definición, medio adentro y medio afuera, con la posibilidad siempre latente de caer definitivamente afuera y la ilusión siempre presente de volver definitivamente adentro. Eran, en cualquier caso, mujeres que habían abandonado la matriz novia-esposa-madre y, si vivían de su sexo, no lo hacían según las nuevas relaciones de patrón-empleado que su sociedad consagraba en casi todos sus espacios. Eran mujeres leves: de vida airada, se decía, aunque ellas podían imaginar que sus vidas eran, comparadas con las de muchas semejantes, más aireadas. Mujeres leves: que hacían por trabajo lo que otras querrían hacer como divertimento y que, en esa profesionalización, perdían la posibilidad de vivir el ocio como ocio, el lujo como lujo, el sexo como amor. Mujeres leves: con las que se podía romper como rompían Tholomyés y sus tres amigos en *Los Miserables*, con una carta espirituosa que terminaba aconsejando a sus cuatro *demis* abandonadas: "Lloradnos pronto y reemplazadnos rápido. Si esta carta os desgarra, devolvédselo. Durante casi dos años os hicimos felices. No es razón para odiarnos".

Quería que volviera. Cada noche lo buscó en el Faux Chien sin confesarse que lo buscaba; cada noche recorría con los ojos el local cargado y no lo veía y no se decía que sí, que lo buscaba. No se atrevió a preguntar por él: habría sido una confesión que no pensaba hacerse —todavía. La semana siguiente volvió a verlo: el tipo tenía la misma camisa o una igual, estaba en la misma mesa, bebía tan parecido. Una amenaza idéntica a sí misma.

Se cierra las cintas que en general no cierran el escote de su blusa de hilo blanco con bordados. Suele llevarlo abierto, el pecho blanco con apenas un lunar muy negro en el justo medio del nacimiento de las tetas, en el punto en que la carne se le encorva para formar las tetas el lunar, como un origen o una muralla insuperable. Abierto, suele, pero lo cierra para ir hacia la mesa del fondo entre los dos espejos y se ve en los espejos avanzando. Prefiere no mirarse: por una vez prefiere no mirarse.

—No me has dicho tu nombre.

—Me llamo Vincenzo. Perugia Vincenzo.

Valérie tarda en descubrir su acento: no es difícil pero no lo descubre. Él no le dice y tú.

—Yo me llamo Valérie.

—Me imaginaba.

JUAN MARÍA

1

De pronto, de un día para el otro, ya no tenía lugar. Me sacaron de la que siempre fue mi casa, mi vida: de un día para otro. Diego y Marianita no habían querido despedirme —o don Manuel no los dejó. Y mi madre no quiso decirme por qué nos íbamos. Yo sospechaba que había sido mi culpa, pero no estaba seguro. Recién años más tarde mi madre me lo dijo. Y aun así, cuando me lo contó, ella seguía sin saber —y yo no dije nada.

Así que nos fuimos a la casita chica de ese barrio: el ranchito de Antonio, que era tan bueno con mi madre. Cada vez me gustaba más quedarme en el colegio. Y mi madre, entonces, no me volvió a llamar Bollino. Me decía Juan María.

Mamá, yo me voy a ocupar de usted.

¿Ah, sí? ¿Y cómo vas a hacer?

No sé, mamá. Usted no se preocupe.

Alguna vez, Giovanni, cuando seas grande. Mientras tanto yo tengo que coser todas estas camisas.

Pero lo mejor era el sábado. El domingo me gustaba menos porque era un día truncado: un día que empezaba rebosante y se convertía, de pronto, en la espera de que mi madre me llevara, a la caída del sol, de vuelta a los curas y el colegio. No era que no quisiera ir —ya lo he dicho, más bien los extrañaba—; me molestaba, en realidad, que un día que empezaba prometiendo los hechos más extraordinarios fuera a terminar de una manera tan repetida, tan fácil de prever. Pero los sábados no tenían ese inconveniente. El sábado todo era posible todavía.

Los sábados a la noche mi madre y Antonio solían ir al baile de las costureras. Mi madre se ponía su mantilla y Antonio su chambergo de ir al baile: todos los sábados, desde que nos fuimos a vivir con Antonio. Yo me quedaba en casa —llamémoslo, piadosamente, casa— solo. Era, entonces, mi casa. Aunque no era.

El chico entendió que vivía en una ciudad —o poblacho o lugar— que podría haber sido otra: que el hecho de que viviera en esa ciudad era un azar pero, sobre todo, que esa ciudad no era el único lugar del mundo o, mejor, que esa ciudad que llamaban Rosario no era el mundo. Es un choque: para un chico es un choque cuando entiende que el lugar —el poblacho o ciudad— donde vive es uno entre muchos, que podría haber vivido en tantos otros. No que podría vivir en tantos otros: eso viene después; al principio el choque es aprender que las cosas pueden ser como son o de mil formas. Cuando cae en la cuenta, consecuentemente, de que nada debe ser como es. Dicho en palabras que el chico no usaría: que no hay necesidad.

Durante buena parte de su vida como chico, un chico cree —pero no cree, porque creer supone una distancia; deberíamos decir: vive en la convicción— que todo lo que lo rodea es irremplazable, necesario: sus padres o lugares o maestros, su calidad o sus juguetes. Después, de a poco —y finalmente un día, de golpe— un chico entiende que son una posibilidad entre infinitas otras. La desazón que ese descubrimiento puede llegar a producirle es sideral —y sólo superable gracias a la inconstancia y falta de imaginación de tantos chicos. Superable sólo para ellos.

Ni pelos de la barba ni patinazos de la voz ni granos: es el descubrimiento de su condición intolerablemente caprichosa lo que hace que un chico, si acaso, deje de ser un chico. Aunque algunos afortunados ni aun así.

Me decía que aprendió muchas cosas en ese colegio.

Sí, aunque no creo que fuesen las que ellos querían enseñarme.

¿Por ejemplo?

¿No se da cuenta, periodista? ¿Voy a tener que decirle cada cosa?

Me agarraba la mano para guiarla en su recorrido por la hoja que había sido blanca y que mis trazos estaban arruinando. Primero me maravillaba lo fácil que era arruinar la blancura, la pureza de una hoja o cualquier otra cosa. Después me maravillaba que, una vez arruinada, no hubiera modo de recuperarla. Yo me maravillaba mucho, en esos días en que cualquier maravilla era un esfuerzo de la imaginación. Yo era un chico feliz, aunque quién sabe si yo era un chico todavía.

El padre me agarraba la mano y la guiaba. Era la clase de dibujo: quince chicos más o menos piojosos con guardapolvos grises en un aula de techos altísimos, fría de techos altísimos y paredes revocadas de blanco con pupitres bajos de madera oscura, copiando con las frentes fruncidas del esfuerzo los rasgos de un Cristo empotrado en su cruz. Un día el Pata Estanislao le preguntó al padre si podríamos dibujar peras y manzanas y personas vivas —quería decir, supongo, mujeres vivas, pero dijo personas— y el padre le contestó que eso sería cuando aprendiéramos: que por ahora, con tanta ignorancia como nos adornaba, sólo podíamos aspirar a dibujar, con la ayuda del Señor, las imágenes Suyas. Seguimos dibujando, todo ese año, vírgenes con manto, cristos con taparrabos. Habríamos podido seguir dibujándolos para siempre, sospecho.

Y el padre me agarraba la mano y la guiaba. Se colocaba detrás de mí —yo sentado en el pupitre alto, él parado inmediatamente detrás, su sotana rozando mi camisa— y el aire de su respiración inundaba mi aire desde atrás, su cara muy cerca de mi hombro, su olor amargo que me rodeaba el cuello. Todavía ahora, cuando huelo tabaco barato, recuerdo la mano del padre Franco sobre mi mano: su mano firme con pelos negros en el dorso apretando mi mano. Me gustaba. Por supuesto, admiraba su habilidad para hacer que unos trazos sin mayor historia se convirtieran de pronto en eso que copiaban: bucles apareciendo, las líneas de los brazos extendidos, los dos pies amontonados por el clavo apareciendo, los pómulos exangües. Pero sobre todo me gustaba la firmeza de su mano conduciendo la mía a través de la hoja: evitándome toda decisión, llevándome a su aire.

¿Vos qué vas a ser cuando seas grande?

Yo no sé. ¿Y vos?

No sé. Mi abuela dice que a lo mejor me puede hacer cura.

¿Cura? ¿Vos, un cura?

Sí. Dice que tienen la vida asegurada, que todos los necesitan, que se toman los mejores vinos.

Pero los curas no pueden ir con mujeres.

¿Y para qué querés ir con mujeres?

No sé. El padre Franco dice que los hombres se pierden por eso. Debe ser importante.

Me cambiaste de tema. ¿Qué querés ser cuando seas grande?

Yo no quiero ser grande.

Qué idiota. No tenés más remedio.

¿No?

Siete chicos lo rodean en el patio del colegio de curas: Yovani mariquita, gringo y mariquita. Siete chicos le cantan y le bailan en torno, muy despacio, Yovani mariquita, gringo y mariquita. El chico se dice que no vale la pena contestarles, que en su pecado encontrarán su penitencia, que son unos pobres brutos chacareros, que él es tan otra cosa, que lo hacen por envidia. Eso es lo que le habría dicho el padre Franco. Pura envidia: él es otra cosa y a él lo ayuda el padre y a ellos no, él es el elegido. Pura envidia, se dice, porque él es otra cosa y consigue los mejores dibujos y el padre Franco a veces le regala una manzana o una naranja, según las estaciones, para después de la cena y a ellos no y los siete siguen bailándole y cantándole gringo y mariquita y así durante varios días: quizás unas semanas. Son como fantasmas: le cantan y bailan muy despacio, al borde del silencio; nadie los ve, el padre encargado de vigilarles el recreo no ve y el chico sabe que si llega a denunciarlos la vida se le puede convertir en un infierno. Después los cantos también en el dormitorio, cuando el padre celador apaga los faroles y les dice que es hora de dormirse: pura envidia. Una manzana vieja bien podrida adentro de su cama: pura envidia.

Me dijo que era más chico porque su madre había falsificado…

No, era más chico porque tenía menos edad.

Eso quise decir: que los demás tenían doce o trece cuando usted tenía diez.

Porque mi madre quería que entrara en ese bendito colegio y los curas le habían dicho que no me tomaban antes de los diez años, entonces se consiguió a alguien que le falsificó un documento mío y le puso que había nacido dos años antes. Me dio dos años de un plumazo.

¿Quién lo hizo, sabe, cómo?

No, no tengo ni idea. Y me parece raro que mi madre haya podido hacer algo así.

¿No era su estilo?

No es eso. No veo de dónde puede haber sacado un falsificador.

Quizás lo hizo ella misma.

Quién sabe. No se me había ocurrido.

Pura envidia, y la zozobra de las noches sin saber qué se va a encontrar adentro de la cama, en el silencio del dormitorio para treinta, del amanecer; de los días con el canto en la nuca, del silencio, de sentirse, por fin, horriblemente desvalido y pensar cómo hacer para escaparse: de empezar a preguntarse qué habrá hecho mal, de encontrar demasiadas respuestas. Hasta que una tarde, mientras el padre Franco le agarra la mano para dibujar con su mano —con su aliento a tabaco, con su sotana que lo roza, con la otra mano sobre el hombro o el cuello— las curvas serenas de una virgen de mantón celeste, el chico descubre que no es cierto: que sus compañeros no entendieron nada. Que él mismo no había entendido nada. Descubre, el chico, de pronto, que no es cierto que el padre Franco le agarre la mano para llevarla aquí y allá: que no se lo hace a él. Que se lo hace a cualquiera, a un muchacho cualquiera de once años con un velo de vellos en las piernas y la voz patinosa y la piel suavita todavía. Que no es con él: que podría ser cualquiera.

Es algo que el chico todavía no sabe llamar una iluminación —o, en términos más laicos, intuiciones. Entiende, sin saber: entiende. No entiende cómo pero entiende: sin palabras, sin la formulación un poco aparatosa que tienen las ideas. Con otra ligereza lo entiende, sin necesidad de pasar por sustantivos, preposiciones, verbos, adverbios de tiempo o de lugar. No le gusta la forma: lo desconcierta la idea de que esa comprensión le sucede, que no ha tenido parte en ella. No le gusta esa sensación de descontrol pero, ahora que descontroladamente sabe, se dice que tiene que controlar al cura: cree que puede. Si el padre no le hace a él lo que le hace —si no es con él sino con un cualquiera—, no será él quien use al padre y, por lo tanto, no se merecerá ningún castigo. No él, porque él no habrá hecho nada. Tiene un poder enorme y se dispone a usarlo: descubre que él no es él y que el poder es eso.

Hijo, ya eres un chico grande, todo un hombre. Ahora sí te puedo contar toda la verdad sobre tu padre.

¿Toda la verdad, madre? ¿Y lo que me contó hasta ahora?

Hasta ahora te conté lo que podías escuchar.

Entonces, madre, no me cuente más nada. Ya diré yo cuál es la verdadera historia.

Que su padre era un caballero como el papá de Diego y de Mariana que se rebajó a casarse con su madre porque quería mezclar su vida con los pobres, un hijo de puta que embarazó a su madre y se escapó de vuelta hacia las comodidades de su familia rica, un artista tan exquisito que decidió que nada valía la pena y se entregó a la causa para morir por propia decisión y mano ajena, un ingenuo engañado por el cabrón de Garibaldi, un idealista que dio su vida para que su hijo pudiera estar orgulloso de él alguna vez, un agente del Papa que llevó su farsa hasta las últimas consecuencias, que quién dice que es necesario tener padre.

Piensa y se promete que alguna vez, cuando quiera o, quizás, cuando no tenga más remedio, va a decidir cuál es la verdadera historia aunque su madre insista:

Que su padre fue un héroe. Su madre insiste en contarle la historia de su padre y le dice y le repite que su padre fue un héroe, que murió por lo que creía y que fue un canalla que los dejó solos a él y a ella en el mundo sin sustento sin futuro sin comida sin más nada, que los abandonó pero que no quería, que quería que el mundo fuera distinto el muy iluso y que es fácil ser un héroe un iluso un alegre paladín como su padre, muerto como su padre, huido como su padre y que lo difícil no es ser un héroe sino darles de comer todos los días y que el pobre Antonio no sería un héroe ni un iluso ni nada pero bien que se mata trabajando para que ella —y también él, el chico, que no es el chico de Antonio, que no es responsabilidad del pobre Antonio, recalca cada vez la madre—, se mata trabajando como ella para que los tres vivan, coman todos los días, sigan vivos en este mundo que es lo que es aunque a tu padre le volaran pajaritos. Y Juan María se niega a escucharla y su madre insiste en repetirse y Antonio su padrastro nunca está cuando su madre dice eso o, mejor: su madre nunca habla de su padre con Antonio presente.

Sucede muchas veces: que hable, que el padrastro no esté, que vuelva borracho alguna noche y le pegue a su mujer y el chico se esconda detrás de la cortina que divide en dos el cuarto donde viven y piense, acurrucado detrás de la cortina, que alguna día le va a partir la cabeza a ese canalla y después piense, acurrucado todavía, cuando lo oiga derrumbarse y ponerse a llorar y pedirle a su madre perdón sorbiéndose los mocos y prometerle que no va a tomar más que ya va a ver que lo perdone, piense, entonces, el chico detrás de la cortina, que pese a todo es un buen hombre y que menos mal que su padre está muerto: que es un chico feliz o, por lo menos: un chico afortunado.

2

—¿Y fue él el que le dio mi nombre?

—No sé si puedo decirle eso.

—Entonces yo no puedo decirle nada, imagínese.

—Le entiendo.

Tenía razón: si yo le negaba esa información no había razones para que él me diera la que yo estaba por pedirle. Esto era un intercambio y él, por lo menos, no simulaba que me iba a dar más que lo que yo le diese: no trataba de falsificar la situación.

—Sí, fue él.

—El muy hijo de puta. Parece mentira, con el tiempo que pasó, que siga siendo tan hijo de puta.

Me dijo y me miró a la cara, desafiante: supuse que Yves Chaudron no solía mirar muy desafiante pero esa tarde se estaba dando un gusto. Tampoco debía decir hijo de puta cada jueves.

—Tan hijo de puta todavía.

Entonces me di cuenta de que él no sabía. Y pensé que todavía no era el momento de decírselo.

—Sí, fue él el que me habló de usted.

Le dije, y era cierto, aunque ya hubiera pasado tanto tiempo. Yves Chaudron se reclinó en su sillón de cretona floreada. Apenas había cumplido los sesenta pero se lo veía avejentado: el cuerpo flaco demasiado flaco, las arrugas marcadas, los rasgos afilados, sin carne por debajo.

—Y usted seguramente querrá que le cuente sobre aquella historia.

—No. Bueno, sí, pero en realidad preferiría que primero me cuente un poco sobre usted.

—¿Sobre mí? ¿Qué importa lo que pueda contarle sobre mí?

—Importa mucho. Si voy a reconstruir esta historia tengo que saber todo lo posible sobre sus protagonistas.

—Sobre sus protagonistas puede ser, pero yo soy un comparsa. Yo siempre fui un comparsa.

—Usted fue un falsificador como muy pocos.

—Yo no fui un falsificador.

Dijo, y miró hacia la puerta de la cocina. Fue como si lo hubiera ensayado —y seguramente lo ensayaba todos los días de su vida: es lo que suelen llamar el matrimonio. La puerta se abrió y apareció su esposa con la bandeja de madera: dos tazas de café con leche y unas galletas dulces.

—Usted ni mire estas galletas, Yves. Son para el caballero.

Dijo ella con un acento que me pareció polaco o ruso y coincidía con sus ojos acuosos y redondos y su cara redonda: debía tener alguna década menos que él y recién empezaba a encanecer. Después Chaudron me contaría que se habían casado más de diez años antes, cuando Ivanka —la llamaba Ivanka— llegó a París escapando de los soviéticos, sin un cobre, dispuesta a entregarse al primero que le pagara mesa y techo. Y él, que ya rozaba los cincuenta, imaginó que era su última chance de una vejez bien atendida.

—¿Y sabe qué? Para mi gran sorpresa resultó una esposa perfecta. No molesta, sabe cuál es su lugar, y yo tampoco la molesto demasiado. Al principio quise ciertas cosas; después me supe acomodar.

Me diría, más tarde. Porque por el momento seguía revolviendo su café con leche, concentrado en su café con leche como si no existieran otros mundos.

—Yo nunca fui un falsificador.

—Señor Chaudron, le pido disculpas si lo pude ofender, pero...

—Pero nada. Si no aprende a llamar a las cosas por su nombre, no vamos a tener nada que decirnos.

Mi castigo fueron otros cinco minutos de silencio: su tiempo para sorber el café con leche y demostrarme quién mandaba. Pero yo conozco estas situaciones: sé por experiencia que una persona sin entrenamiento —un desconocido— no suele ser capaz de resistirse a la tentación de una entrevista: de que un profesional se dedique a escucharlo.

—Me decía que conoció a Valfierno en Buenos Aires.

—Yo no le dije eso.

—Creo que sí. ¿Qué hacía usted en Buenos Aires? Usted nació muy cerca de aquí, me parece.

—Muy cerca según cómo se mire.

Chaudron parecía capaz de matizar cualquier afirmación: un hombre acostumbrado a sopesar pros y contras, a contemplar cada matiz durante el tiempo necesario: a veces, parecía, la vida entera.

—Pero sí, no es lejos, a unos pocos kilómetros de Lyon, al noreste. Yo venía de una familia de vidrieros; mi padre, cuando vio que dibujaba bien, pensó que si aprendía un poco más podía ayudarlo mucho en su taller y me mandó a una escuela de Lyon.

Sería tan atractivo poder contar que Chaudron empezó una carrera de pintor ilusionado, entusiasta y, quizás, incluso, exitosa o, al menos, prometedora, y que el rechazo de las instituciones artísticas anquilosadas o una desgracia personal o las exigencias de una mujer sin límites —pero no. Desde el primer momento Chaudron supo —me dijo— que sería un copista. Eso dijo: un copista, y lo subrayó con algo parecido a una sonrisa.

—Usted sabrá que yo entonces era un poco tartamudo.

Me dijo, como si eso explicara muchas cosas. En cuanto entró a la escuela —en cuanto tuvo en la mano su primer pincel de marta, dijo—, descubrió que era perfectamente incapaz de reproducir lo que veía si veía tres dimensiones: un cuarto, un cuerpo, alguna cara, dos manzanas, las colinas del Ródano. En cambio si quería reproducir un dibujo, una pintura, un tapiz, no había forma ni color que se le resistieran.

—Hay quienes saben copiar unas cosas, otros otras; algunas tienen más prestigio y otras menos.

Me dijo. Y que al mundo, de todas formas, le sobra una de sus dimensiones.

—Y también le sobra gente que cree que ha inventado algo. Gracias a dios, no fue mi caso.

Chaudron se refería a sí mismo en pasado: hay gente que no sabe pensarse de otra forma. Chaudron tuvo problemas en la escuela: sus ejercicios con modelos fracasaban uno tras otro y su profesor principal amenazó con expulsarlo. El profesor Falaise era un viejo alcohólico que por alguna razón conseguía creerse todavía un pintor con futuro: uno de esos idiotas, me dijo Chaudron, que siguen pensando que el mundo les debe algo cuando ya está muy claro que sólo tienen deudas.

El joven Yves Chaudron se dedicó a estudiarlo con detalle. Lo miraba pintar pero también le hacía preguntas, le imitaba los pasos o los gestos, bebió los mismos aguardientes que el viejo consumía mientras pintaba campos de vacas y campesinas como vacas para el Salón Anual. Cuando ya era capaz de recordar sin proponérselo recuerdos del viejo profesor empezó a pintar uno de sus paisajes: el cuadro no imitaba a ninguno en particular, pero se parecía a todos. Chaudron lo terminó y, una tarde de marzo, entró a escondidas en el estudio de Falaise y dejó su cuadro entre los suyos. El efecto era notable: el falso Falaise se confundía con los verdaderos pero era mejor en algo indefinible. Falaise —me contaba Chaudron— debió entenderlo, porque ese año mandó al Salón su cuadro falso. Por primera vez en su vida, después de treinta y tantas participaciones, Falaise se ganó la Primera Mención.

—Señor, lo que usted ha hecho es criminal.

—¿Lo que yo he hecho?

—Sí, profesor, presentar como suyo un cuadro ajeno.

—De qué me está hablando, impertinente.

—Del paisaje que yo pinté y que acaba de ganar en el Salón.

Chadron me contó que Falaise negó todo hasta que él le presentó una prueba irrefutable. No me quiso decir cuál era esa prueba, pero sí que el viejo profesor cambió los argumentos:

—Criminal es lo que hizo usted, Chaudron: falsificar un cuadro.

—Yo no falsifiqué nada, profesor. Yo pinté como si fuera usted, eso fue todo. Y usted se aprovechó. Eso sí que es criminal.

—No sea necio, Chaudron. Criminal es lo suyo. Por lo que hizo y porque yo soy su profesor y yo lo digo.

—Profesor, si usted lo dice se hunde.

—Chaudron, si usted lo dice también.

Habían llegado a esa situación del ajedrez en que ninguno de los dos jugadores puede seguir jugando sin perderse: la condición de cualquier timo. Unos días después Falaise le dijo que si subía a París él podía conectarlo con un copista que le daría trabajo. Era una buena oferta: si no la aceptaba, le dijo, iba a convertirle la vida en un infierno.

—Usted no sabe lo que era para un chico tímido como yo pensar en París. Me asustaba, me aterraba. Pero me pareció que no tenía otra salida.

Falaise le dio la plata para el tren y una mañana Chaudron se fue sin saludar a nadie. Tenía, pese a todo, la ilusión de conquistar la capital. Pero el copista amigo de Falaise no le hizo ningún caso.

—Pasé hambre. ¿Usted sabe cómo es pasar hambre, verdadera hambre?

Estuve a punto de decirle que sí pero pensé que podía descubrirme en un renuncio. He aprendido a ser prudente, y sobre todo en las entrevistas. Una entrevista es una situación falsificada: se simula una amable conversación amistosa cuando en realidad los intereses que corren por detrás son claramente otros.

—No, la verdad que no. ¿Y entonces?

—Y entonces me pasé meses sin saber qué hacer. Yo no podía volver al pueblo, sabe, porque mi padre me habría castigado.

—¿Castigado?

—Sí, no sé, era lo que pensaba. Y tampoco podía quedarme allí. No conseguía trabajo, París estaba lleno de buenos copistas, no había nada para mí en esa ciudad monstruosa. Decidí emigrar.

Ivanka limpiaba el aparador con un plumero, como ocupada en sus labores; me pareció que quería escuchar la historia que su marido nunca le había contado. Chaudron no la miraba. A mí tampoco: tenía los ojos fijos en ninguna parte, como si necesitara ver allí, más allá, lo que me iba diciendo.

—¿Y por qué la Argentina?

—¿Cómo por qué? ¿Usted emigró alguna vez? ¿Usted sabe cómo suceden esas cosas, periodista? No es que uno se siente a pensar y analizar adónde va a ir, que lea sobre las distintas opciones enciclopedias y gacetas y al final, tras madura reflexión, decida por tal en vez de cual. Yo qué sé por qué. Porque ve una foto en una revista, porque alguien que usted no conoce le habla en un café sobre una ciudad donde un primo suyo se está haciendo de oro …

—Pero por qué Argentina, disculpe mi insistencia.

—No sea necio, señor. Muchos iban a la Argentina. ¿O usted se cree que ese país empezó ayer? Ya entonces, hace casi cuarenta años, se veía que la Argentina iba a ser grande.

Chaudron llegó al puerto de Buenos Aires en 1898: tenía unos veinticinco. Ivanka ya había dejado de simular: nos miraba, con el plumero en una mano, los ojos como platos. De pronto me di cuenta de que Chaudron me usaba para hablarle a ella. Quizás quería tranquilizarla: el cuento de su inmigración era una forma de decirle que él también había pasado por una humillación como la suya.

—Y ahí lo conoció.

—No, pasaron varios años.

—¿Y qué pasó en esos años?

—No le voy a contar los detalles.

—Sí, cuéntemelos. Tenemos tiempo.

—No creo que le cuente los detalles.

Ahora Chaudron también la miraba: había dejado de mirarme a mí y hablaba claramente para ella aunque en voz muy baja, obligándola a inclinarse para escuchar lo que decía. Después se calló y volvió a mirar el techo. Después volvió a mirarme:

—Usted a mí no me va a recordar...

—Pero cómo se le ocurre que...

—Hagame caso, yo sé cómo es: llevo toda la vida aprendiéndolo. Usted no me va a recordar: a mí no me recuerda nadie. Quizás recuerde esta casa, a mi mujer, incluso mi sillón, pero a mí no: a mí nunca nadie me recuerda. Quizás hasta se acuerde de estas palabras. Hagamos la prueba: acuérdese de esto y dentro de unos días, la semana que viene, cuando sea, trate de recordar mi cara, alguno de mis gestos... A mí, le digo, nadie me recuerda. Por eso yo pude ser tantos: Falaise, Ribera, Zurbarán. Por eso pude ser Leonardo.

Dijo Chaudron y se calló otra vez. Yo también me callé: era un duelo tonto de silencios. Él ganó: yo volví a preguntarle si fue entonces cuando lo conoció. Pero pensé que quizás tuviera razón: que tenía que anotar todas mis impresiones sobre él en cuanto saliera de su casa.

—Ah, si yo le contara cómo lo conocí.

—Por favor.

—No, no puedo decírselo. Pero me gustaría explicarle

quién era Valfierno en ese momento. Un mantenido. ¿Cómo dicen ustedes? Un pimp de putas.

Chaudron me miró con un esbozo de sonrisa: el jugador que lanza la ofensiva en la otra punta del tablero, la más inesperada. No supe si creerle o, mejor dicho: entonces no se lo creí. Valfierno no me había dicho eso —y todavía pensaba que su relato era sincero. Además, Chaudron tenía todos los motivos para el rencor, para el resentimiento.

—Pero no quiero hablar mal de ese canalla. Al fin y al cabo esta casa se la debo a él. Sin la historia de la Mona Lisa nunca hubiera podido comprarla. Bueno, al final le debo casi todo.

Dijo, y se quedó en silencio. Era obvio que no lo sabía. Si en todos estos años no habían vuelto a verse, no tenía por qué saber que Valfierno estaba muerto.

3

Descubre que no es igual que cuando el padre Franco le rozaba pedazos y su pija se endurecía para nada: no es lo mismo. Descubre que tampoco es igual que cuando él mismo se la agarra con la mano y la aprieta y sacude y mete ritmo y ritmo hasta que estalla. Descubre —un vecino le dice— que la puede perder entre carnes ajenas y le da miedo, primero le da miedo. Le dice que un pedazo de su cuerpo tiene que entrar en un cuerpo que casi no conoce y le da miedo. Durante meses rehúye las invitaciones de los demás varones de su cuadra a acompañarlos al rancho de la Mecha para hacerse hombre. Ellos son unos brutos pero él tiene que hacer algo. Sabe que no puede seguir así. Tiene catorce años y de nuevo la burla de los muchachos que le dicen lo que les suena más brutal. Le dicen que el padre Franco lo convenció, que ahora es uno de ésos, le dicen que se cuide que se nos va a preñar, le dicen que es un mariconcito mangiafuoco. Él no les cree pero se hace preguntas, y demora: le sigue el miedo de perderse en cuerpo ajeno. Hasta que se apiada de él el Ruano: Juanma, no seas zonzo; no es nada grave, Juanma. Yo no sé, Ruano, cómo voy a saber yo si no sé nada. Y el Ruano —¿por piedad, por desdén, por vanagloria?— le ofrece una salida: vos sabés que yo me estoy beneficiando a la Dorita. La próxima vez que me la lleve p'al campito vos te venís atrás, sin decir nada, bien despacio, y mirás cómo es. Ya vas a ver que se te pasa el miedo.

Camina como por una cuerda floja. Alguna rama cruje: él se encoge con ella. Pero ellos van adelante muy ocupados en sus cosas, en frotarse costado con costado, en ir anticipando sus sabores —y no atienden a nada. Hasta que se ocultan detrás de un arbusto de bayas rojas, y él del otro lado del arbusto y ellos en el suelo, ella en el suelo y el Ruano por encima que le baja la enagua, se desabotona el pantalón, se agarra la pija con la mano y con la pija busca en ella entre las piernas el agujero —él lo mira con miedo a respirar, con el miedo de perderse algún detalle decisivo, mira— y el Ruano que ya encuentra el agujero y empieza con su ritmo que es como el ritmo de la mano pero con todo el cuerpo, para atrás y adelante y atrás y enseguida más fuerte, más violento, más rápido adelante y atrás y adelante y él los ojos como dos mandarinas tetas lunas, los ojos para quedarse todo, los ojos para aprender golpe por golpe y entonces, alguna vez, cuando no tenga más salida, repetir uno por uno los movimientos ruidos caras.

Ya tranquilo —esa noche en su cama ya tranquilo— piensa que sí sabrá cómo imitarlo. Y ese domingo acompaña a los muchachos al rancho de la Mecha y se vuelve uno más: uno de ellos.

4

Su cabeza se hunde en almohadones de plumón de ganso, su cuerpo en un colchón mullido, su boca medio abierta, sus ojos achinados, su robe de seda azul abierta; Valérie, en cuatro patas, juega con su pija. Valérie se apoya en el colchón con codos y rodillas: las nalgas lo más alto, rebosantes, lechosas, tachonadas de poros, las venitas azules, buena grasa; desde ahí baja la espalda en tobogán a la cabeza —pelos oscuros y revueltos, pelos como mareas— hundida entre los muslos de Valfierno. Le entretiene la pija: con la mano derecha la sostiene, la estruja con los labios, la lame con la lengua. Lengüetazos golosos, que hacen ruido. Y Valfierno gime casi mudo y le mira sobre todo el temblor de esas tetas vueltas ubres, colgándole del pecho, poco de panza que también le cuelga. Las nalgas hacia arriba, las tetas hacia abajo, dos y dos, carne y carne, blanca y blanca, para armar un equilibrio que se rompe y se rompe. Valfierno mira esas nalgas que se levantan para que la cabeza se hunda más: que me la chupe es sexo sin trabajo, piensa, sin el menor esfuerzo, la ofrenda pura o el negocio, piensa, y cierra los ojos cuando los labios de Valérie se cierran en su pija: cierra los ojos, se entrega por un momento al éxtasis —la promesa del éxtasis— pero no. Le agarra la cabeza por los pelos y la aparta y se cubre el vientre con la bata:

—Espere, espere.

Valérie se irgue, se pasa el revés de una mano por los labios, lo mira con los labios hinchados:

—¿Qué pasa? ¿Qué quiere?

—No, yo quiero saber qué quiere usted.

—Marqués, ¿no es evidente?

—No, digo de mí. Qué quiere de mí.

Valérie se queda boquiabierta: los dientes desparejos, amarillos. Valfierno intenta no mirarla.

—¿Ahora quién está copiando el folletín del Petit Parisien? ¿O serán esos pasquines de pornografía a quince céntimos?

Le dice ella, intenta una sonrisa.

—Valérie, no me joda. Las mujeres sólo chupan por amor o por dinero. Y usted, conmigo, ni tanto ni tan poco.

—¿No se le ocurrió que, además, puede gustarme?

—No diga estupideces, Valérie. Todos sabemos cómo es esto.

Dice Valfierno, y Valérie lo mira: se ve que trata de controlar el odio. Valfierno sabe que estalló en el momento menos oportuno pero ya lleva días molesto, preocupado: si, al principio, sus noches con Valérie se parecían a otras —mejores, muchas veces, que las otras—, en estas últimas ha notado un cambio: ella lo atiende demasiado. Ya no es el intercambio de dos cuerpos: ella se ha vuelto su servidora, su geisha torpe y Valfierno sospecha.

—Le pregunto de nuevo: ¿qué quiere de mí?

Dice, muy despacio. Ha entendido de pronto —aunque entender no es la palabra: supo, de esa manera inexplicable en que se saben ciertas cosas— que él es un viejo para ella, blando, artificioso: un idiota afectado. Que esas nalgas deben estar buscando algo. Que fue un estúpido cuando se imaginó que, porque no tenía mucha plata para darle, ella no quería nada. Que fue un estúpido: cómo pudo creerlo.

—Nada, marqués. Nada que usted no pueda darme. Nada que le cueste nada, no se preocupe.

Le dice, zumbona ahora, Valérie. La debilidad de Valfierno le permite ponerse en otro lado: más arriba.

—No joda, Valérie.

Dice Valfierno: no consigue decir nada mejor.

—Ya le dije: me gustaría que usted y yo trabajáramos juntos.

—Está diciendo tonterías.

—No, por lo menos escúcheme. Hay mucha plata de por medio.

—Usted está completamente loca.

—No más que usted. Y esto es lo más cuerdo que he dicho en mi vida. Lo único, le diría.

—¿Pero qué le hace pensar que yo podría interesarme por semejante cosa?

Valfierno se contesta lo que no quiere oír: lo que podría hacer que me interesara por semejante cosa es que quiero retenerla. Pero no debo querer, no quiero querer. Si ella me usa yo podría usarla a mi vez, piensa, pero no es tan fácil. Querría que ella lo deseara; querría no desearla. No es tan fácil. Ella le sigue hablando con su pija en la mano: su pija desarmada.

—Vamos, marqués. No me diga que le interesa: solamente escúcheme un minuto. Escúcheme como se escucha el cuento de una nena idiota.

—Ahí la sigo.

—Si se siente mejor tomando esa postura...

—Mi querida...

—Su querida: más quisiera, marqués. Es muy simple: ¿se acuerda que le hablé el otro día de ese hombre, ése que trabajó en el Louvre?

—Sí, creo que me acuerdo.

—No se haga el tonto, marqués, que noté que me ponía atención. Es muy simple: yo tengo el hombre, usted tiene los contactos. Sólo nos falta organizar un plan.

—¿Un plan para qué?

—Marqués, no me provoque.

Le dice y se mete en la boca su pija tan deshecha. Valfierno mira el techo. Siente que se le tensa y se resiste: le va a mostrar que ella no puede hacerle nada que él no quiera. Valfierno se desase de esa mano, se levanta de la cama, se cierra la bata: acaba de entender por qué nunca se desnudó del todo frente a Valérie. Él, un viejo, un cuarentón. Cómo pudo ser tan idiota.

—Usted sabe que ésta puede ser la oportunidad de nuestras vidas.

—¿De nuestras vidas?

—De su vida, de la mía.

Valfierno intenta una sonrisa. Supone que la mejor forma de dejar pasar el mal momento es seguirle la corriente:

—¿Realmente le parece que ese tipo puede servir para algo?

—Mire, no para muchas cosas. Pero seguramente para algunas que a usted no le interesan y, quizás, para robar un par de cuadros.

—¿Y qué le hace pensar que a mí podría interesarme robar, como usted dice, un cuadro?

—Valfierno, por favor. No me haga escenas. ¿Le interesa o no le interesa? No es necesario que me conteste ahora. Pero piénselo, por favor, no sea necio. Las oportunidades como ésta no aparecen dos veces en la vida.

PERRONE

1

Me costó tanto dejar de ser Bollino —o Juan María. Y mucho más, después, entender para qué lo había hecho. En esos tiempos yo buscaba, todavía, cosas de ésas. Explicaciones, digo: cosas de ésas.

Un hombre puede ver a su padre como un camino o como un peso; que sea los dos es una demasía. Un camino, pensará alguna vez el muchacho, si lo deja trazado con sus logros. Pero un peso, si la historia de sus logros se le vuelve una losa. Y un camino si su fracaso despeja la posibilidad de recorrerlo y una losa también si su fracaso pesa. Losa puede ser hacer lo que el padre habría querido hacer pero no pudo, o sea: hacer lo que el padre querría que uno hiciera, o sea: hacer lo que uno cree que el padre querría que uno hiciera, o sea: hacerse un padre para adaptarse a sus deseos.

Es cierto: un hombre con el nombre "Juan María Perrone" aparece como detenido en 1884 en Rosario por su pertenencia a un grupo de anarquistas que algunas fuentes llaman Los Errantes. En el registro policial, el tal Juan María Perrone tiene diecinueve años: su edad coincide con la edad de nuestro hombre y su nombre, si pensamos que podía usar el apellido de su madre, también.

El expediente no ofrece precisiones sobre momento o circunstancias. Pero sabemos que las detenciones se produjeron por un atentado contra el periódico *El Municipio*: una bomba casera que desconchó la mampostería de la puerta del caserón donde funcionaba el diario y vivía su propietario. La bomba parecía ligada al reclamo del descanso dominical. Las tiendas y negocios de la ciudad funcionaban todos los días del año, entre catorce y diecisiete horas por día, y sus empleados trabajaban cada una de esas horas. Los militantes sindicales —entre ellos, mayoría de anarquistas— intentaban un recorte en la jornada laboral. Pero cualquier intento de limitación era denunciado por los tenderos —y por *El Municipio*— como un atentado a la libertad de comercio. *El Municipio* era el enemigo declarado de esos movimientos sindicales pero, al mismo tiempo, tenía graves dificultades económicas. Su director, decían algunos, habrá pensado que si se presentaba como víctima de los anarquistas recibiría el apoyo de sus hermanos de clase, los burgueses acomodados de Rosario. Muchos más suponían que la bomba había sido, sin más vueltas, "otro ataque criminal del anarquismo".

Por ese supuesto ataque fue arrestado, junto con varios compañeros, Juan María Perrone —y es probable que ese hombre fuera nuestro hombre. Pero después ese mismo nombre aparece como muerto en 1888. Lo cual provoca, por lo menos, dudas.

¿Fue usted?

¿Qué significa "usted"?

Valfierno, no sea necio.

Becker, hasta ahí podíamos llegar. Su falta de sutileza no lo autoriza a suponer que todos somos como usted.

Diría que está muerto. Y es probable. En realidad: dice que Juan María Perrone está muerto y es probable. Aunque seguramente agonizó unos años todavía. Hay muertes que duran una vida; otras resultan más breves, más tajantes.

Por la pared mal revocada la cucaracha asciende. El muchacho trata de pensar: por la pared mal revocada la cucaracha asciende. Ascender, diría el padre Franco: subir, trepar, montar, escalar, encumbrarse. El muchacho trata de pensar la cucaracha, de imaginar la cucaracha sin sentidos: nada más un ascenso porque sí —y trata de pensar que ella no sufre y de cerrar los ojos y verla con los ojos cerrados y cerrar los oídos para tratar de oír también los pasos del bicho en la pared mal revocada, no los gritos. Malandra vas a hablar acá hablan todos. Hijoeputa vas a ver cómo hablás. Como si los gritos sonaran a lo lejos: como si fueran un recuerdo. Como si pudiera caerse, cucaracha, o cambiar de camino o retumbar los pasos, cucaracha, vas a hablar hijoeputa. Pensarse cucaracha en el ascenso. ¿Yo señor? ¿Qué quiere que le diga?

Periodista, hay cosas que usted no necesita entender. Sólo escucharlas.

¿De qué me habla?

Yo creí que tenía que ser Bonaglia.

¿Bonaglia?

Bonaglia. Un hijo verdadero de mi padre.

Supongamos que son los minutos finales de una noche. Que la noche ya ha durado mucho tiempo. El muchacho sangra por distintas heridas de la cara: está atado a una silla, la camisa manchada de sangre baba mocos, rota, pelo negro revuelto ojos ennegrecidos por los golpes, una mano pesada que le tuerce la mueca. Acá hablan todos porquería vos vas a hablar tontito. ¿Yo señor? ¿Qué quiere que le diga? No te hagás el idiota: lo mismo que te venimos preguntando desde el principio de los tiempos.

Dice un hombrón de pelo como crines y le pide a su ayudante que le pase otro mate. Desde el principio de los tiempos sí señor, o te creés que esto va a durar para siempre, so pendejo, dice, sorbe el mate, escupe sobre el piso de ladrillos desparejos baba verde: le dije un mate, Ramírez, no esta mierda. El muchacho trata de mirarla: la cucaracha se le perdió hace rato. Le duele el cuello cuando trata.

Parece mentira cómo estos mocosos se quieren hacer los héroes, tan imbéciles. Dele con ese mate, Ramírez, qué estamos esperando. La luz de los candiles tiembla; la boca del muchacho tiembla. El muchacho piensa que otra vez le van a decir lo mismo y pegar lo mismo y ya no puede pensar ni en esa cucaracha: lo sobra el miedo de envidiarla. ¿Yo señor? Yo ya le dije todo. Yo la puse, la bomba. Yo la hice, la puse, ya le dije, el domingo 22 a las seis de la mañana, justo después de que pasó el sereno. Nos tomás p'al churrete, desgraciado. Vos te creés que nosotros no sabemos que vos solo no pudiste hacer eso a ver qué pasa con el mate; Ramírez, ese mate. Que ni siquiera formás parte del grupo, desgraciado. Que los conocés apenas y te agarramos pa que entregués al Alemán, idiota. Ramírez y la reputa madre. ¿Yo señor? Yo la puse, usted conmigo se equivoca.

El muchacho Juan María piensa que si por lo menos fuera cierto: si pudiera decir lo que dice con la convicción de que es verdad. El muchacho tiene miedo de pensar la verdad: de recordar detalles de la verdad porque le parece increíble que el comisario no la oiga si la piensa, porque no cree que pueda pensar en voz tan baja como para que no lo oiga. Tiene las manos como sapos, atadas en la espalda, tras el respaldo de la silla. Tan ardidos los ojos, las mejillas, los labios botes viejos. El hombrón le dice que le va a preguntar una vez más: que le va a dar otra oportunidad porque es un hombre bueno. El muchacho piensa que quizás esta vez no siga con la farsa: quién sabe si podré seguir adelante con la farsa. Espera poder, pero no sabe: no puede estar seguro y el hombrón le da vuelta la cara de un tortazo, sopapo, bofetada: palabras que no describen esa mano que deforma la superficie de su cara, que se interna en la superficie de su cara, que le impulsa la cabeza hacia atrás como una piedra, que le despierta dolores impensables. El muchacho vuelve trabajoso la cabeza a su sitio, lo dice una vez más: yo la puse, señor, yo la hice, y el hombrón la puta madre decime dónde está el Alemán decime cómo fue no seas imbécil, imbécil, no te das cuenta de que si no te vas a hacer matar. Dice te vas a hacer matar como quien habla de una fuerza externa —¿fatalidad? ¿el mero peso?— dispuesta a operar lo inevitable más allá de voluntades o deseos, le dice te vas a hacer matar y el muchacho piensa que si se muere sus amigos van a saber que resistió firme hasta el final, que pueden tener confianza en él, que ahora sí van a saber que es de fiar y don Manuel va a saber que morí peleando contra los de su clase y la injusticia y mi madre pensará que morí como mi padre y me odiará. Una vez más no habrá entendido nada, piensa, una vez más y qué fácil sería todo si pudiera matarme, si supiera matarme qué fácil que sería, nene: por última vez te lo pregunto, carajo, no me agotes.

Sería fácil si pudiera matarme, todo tanto más fácil pero para eso tendría que pensar algo importante: antes, algo importante. Para morirse tendría que pensar algo importante, piensa, antes, y dice de nuevo yo lo hice, señor, ya se lo dije: yo armé la bomba con. Ah sí, contame cómo armaste la bomba, le dice el hombrón ahora dispuesto a divertirse y el muchacho improvisa una historia llena de agujeros y de errores y el hombrón se divierte preguntándole detalles que el muchacho inventa: mal, inventa mal hasta que el otro se aburre, Ramírez, consígame un cigarro, Ramírez, que me estoy aburriendo y le vuela de un patadón la silla al suelo, al piso de ladrillos desparejos y el muchacho vuela con la silla por el aire a los ladrillos desparejos: el golpe de los ladrillos en los flancos. Y, ya en el suelo, otras patadas: así que te creés que podés contarnos cualquier cosa, mocosito, qué te creerás que somos. Y el muchacho en el suelo todavía, los brazos magullados ante la cara rota, herida lacerada rota piensa —extrañamente piensa, todavía, en esas cosas piensa: qué raro que piense en estas cosas todavía— que era raro que la mejor defensa de la libertad fuera mentir como un bellaco: mal, como un bellaco tonto, mal, que debería aprender.

¿Usted estuvo alguna vez tan desvalido, periodista? ¿Tan en manos ajenas, tan entregado a otros?

No, marqués. Me imagino que no, señor marqués.

Espero que nunca le suceda. Bueno, quizás ahora. Ahora, que tiene que escucharme y no sabe qué pensar de lo que yo le cuento.

¿Le parece?

¿Y a usted, qué le parece?

Una cosa pensó, después, el muchacho a menudo —o eran dos. Una, que durante su interrogatorio nunca pensó en la famosa causa de los hombres libres sino en la admiración o al menos el respeto que le tendrían esos pocos hombres que imaginaba sus amigos, los pocos que defendían esa famosa causa en la ciudad argentina de Rosario, 1884, y un poco en don Manuel y ese tipo de gente y, sobre todo, en su papá: que si su padre lo hubiera visto en ese trance habría estado orgulloso. Le sorprendió pensarlo: nunca había pensado en su padre —su verdadero padre, un señor muerto que nunca conoció— como alguien que pudiera sentir cosas sobre él: orgullo, desdén, pena. Siempre lo había pensado como alguien que sentía sobre sí mismo, salvo esa noche y de ahí en más.

Y, la otra, que no podía dejar que volvieran a agarrarlo tan mal preparado.

Ya entonces sabía que alguna vez me resultaría muy difícil recordar todo aquello. Y que haría grandes esfuerzos por olvidarlo y, alguna vez, por recordarlo de nuevo. La memoria es algo que se prepara, se presume —y que después, sin duda, se escapa de las manos de los hombres comunes. Los hombres comunes son los que no saben manejar su memoria. Ya entonces lo sabía, pero no había terminado de entenderlo.

"No creo que sea posible hacerse rico sin ser feroz: un hombre sensible nunca hará fortuna. Para enriquecerse hay que tener una sola idea, una idea fija, dura, inmutable: el deseo de hacerse de un montón de oro. Y para amontonar ese oro hay que ser usurero, estafador, inexorable, abusador, asesino. Maltratar sobre todo a débiles y pequeños. Y cuando la montaña de oro ya está hecha, uno puede subirse y desde la cima contemplar el valle de miserables que ha producido", lee el muchacho, solo en su celda, a la luz de la vela vacilante, y se descubre una sonrisa rara.

Hosco: suele mostrarse hosco. Se entera de que el Alemán también ha caído preso. Se lo dice un ladrón rosarino —no uno de sus supuestos compañeros: un ladrón que se apiadó de él—, y que los anarquistas no tienen dudas de quién lo denunció. El muchacho sabe que su única posibilidad de demostrarles que no fue consiste en mostrarles quién lo hizo, y se promete que lo va a intentar: tiene una sospecha y piensa cómo confirmarla. Sabe que no va a ser fácil, pero cree que si no lo hace no va a tener de verdad una vida.

El muchacho suele mostrarse hosco. Cuando sale a los lugares comunes —el comedor, el patio donde los presos pasan dos horas cada mañana y cada tarde—, el muchacho suele mostrarse hosco. Hosco, y camina la espalda muy derecha, las piernas estiradas, muy erguido: como queriendo alargar su estatura. Después pensará que es ridículo, pero su primera preocupación allí fue su estatura. Por unos días, el muchacho sigue pensando que tiene que pensar qué hacer: tarda ese tiempo en darse cuenta de que ya no decide: que no va a decidir, por mucho tiempo, casi nada. Se desespera: músculos que se le tensan sin objeto, el esfuerzo de relajarlos que los contrae más todavía. Se desespera. Suele mostrarse hosco. Lo han traído a un sitio demasiado grande: la Penitenciaría Nacional, en los suburbios de Buenos Aires, es un edificio enorme recién inaugurado con almenas y torres y toda la modernidad penitenciaria. Cuando lo vio —en el único momento en que lo vio, en que su futura cárcel pudo ser un paisaje, cuando estaba llegando en el carro de caballos rodeado vigilado—, el muchacho tuvo un segundo de contento ante la idea de vivir ahí adentro, en esa especie de castillo medieval como los que veía en las láminas que le mostraba el padre Franco. Después —enseguida, en cuanto los portones se abrieron y cerraron— el castillo pasó a ser una sucesión de corredores, patios y su celda: sobre todo su celda. La cárcel no es más que una reducción de las posibilidades al mínimo posible. Una forma de la concentración perfecta: donde el mundo verdadero no distrae. En la cárcel —llegó a pensar el muchacho pero mucho después— el mundo es algo que cada cual puede inventar a su gusto y manera: que no jode. No se interpone, no reclama una realidad innecesaria. En la cárcel la realidad es tan escasa, tan precisa que deja mucho espacio. La cárcel —la celda, llegó a pensar el muchacho pero mucho después— es la matriz magnífica, el modelo de toda falsificación. En esa celda el muchacho —que pensaría todo esto años después— empezó a construir, sin proponérselo, el hombre que sería: su persona.

Pero, por ahora, el muchacho sólo sabe ser hosco. Le molesta —lo sofoca, lo asusta quizás— la energía apenas refrenada del paseo por el patio junto a docenas y docenas de delincuentes como él —de delincuentes como él, piensa, se repite, degustando el sonido de esas palabras huecas. En el patio el muchacho sólo habla con el Francés, a quien algunos llaman Bernardo Dasset, otros León Daván y otros Juan Pablo. El Francés es un hombre de casi treinta años y la policía dice que "capitanea a todos los ladrones franceses que hay en la ciudad, los cuales adoptan el disfraz de mozos de hotel o pintores o cocheros y le sirven de espías. Acostumbra tener varios domicilios para evitar ser conocido por la policía", dice la policía. "Viste más bien con elegancia y tiene muy buenas maneras y un gusto refinado." Parece cierto: un gusto refinado. Debe tenerlo para disfrutar lo suficiente del muchacho: de su mirada esquiva, de sus rasgos precisos y sus nalgas enjutas, de ese talante de animal acorralado que le hace desconfiar de casi todo. A Dasset/Daván no le importa o, quizás, le importa especialmente, lo calienta: aprovecha sus prerrogativas en la cárcel para visitar al muchacho en su celda tres veces por semana —una hora, dos horas, nunca más. Al muchacho le importa mucho menos —la sumisión al preso, la poronga de ese preso en su culo, la baba de ese preso en su cuello y sus hombros, la poronga de ese preso en su boca, la obligación de plegarse a sus deseos— que lo que había supuesto. No llega a deleitarlo pero no le molesta: es —piensa a veces, sin encontrarle esa forma todavía— una de las escasas formas en que la realidad escasa reclama sus derechos, y no le importa concedérselos. Dasset/Daván lo visita, lo guía, lo somete —somete es la palabra, demasiado— y le enseña que los nombres y los buenos modales son herramientas decisivas. También le enseña a leer sus libros en francés —ése es el trato: a cambio de lo que quiero y no puedes rehusarme te enseñaré el francés, lo más inútil—, a conocer ciertos aspectos ignorados de sí mismo y, sin duda involuntariamente, a simular placeres. Y, en consecuencia, que no hay nada que no pueda simularse. Es lo que empieza a suponer: que todo puede simularse, todo ser simulado.

¿Y qué? Si no soy yo va a tener que ser otro, y no te va a tratar como te trato yo. No seas necio, chéri. Acá nadie te da nada por nada, y están los protectores y los protegidos y no hay más, y nadie es nada sin un buen protector, y basta de palabras. Hoy el tiempo de las palabras se nos acabó.

¿Por qué? ¿Quién lo dice?

¿Cómo que quién lo dice? Tu protector, el único que habla.

Casi todas las noches, en su celda, se imagina cosas con la mano: nunca a sí mismo, nunca al Francés ni a la María, siempre el Ruano y la Dorita. Alguna vez —por descuido, sin querer, arrepintiéndose enseguida— piensa en Mariana, que ya debe ser grande, toda una mujer rubia. En la cárcel hay poco espacio para mujeres rubias.

"Hay naturalezas puramente contemplativas y totalmente alejadas de la acción que, sin embargo, bajo un impulso misterioso y desconocido, actúan a veces con una rapidez que no se conocían. Aquel que, temeroso de encontrar en la portería una noticia penosa, camina cobarde horas ante su puerta sin atreverse a entrar, aquel que guarda quince días una carta sin abrirla, aquel que tarda seis meses en resignarse a hacer lo que debía haber hecho años antes, se sienten bruscamente lanzados a la acción por una fuerza irresistible, como la flecha de un arco. Uno de mis amigos encenderá un cigarro junto a un barril de pólvora, para ver, para saber, para tentar la suerte, para obligarse a mostrar energía, para jugar, para conocer los placeres de la ansiedad, para nada, por capricho, por tedio", lee el muchacho, solo en su celda, a la luz de la vela vacilante, y reconoce su sonrisa rara. Quizás sea entonces —quizás no— cuando decide que le importa tres carajos que esos tipos —dice "esos tipos"— crean que fue él.

Las cartas de su madre llegan poco y dicen menos: que tiene la vista muy cansada, que no se siente bien, que el pobre Antonio se emborracha mucho, que por qué hizo lo que hizo: lo que dicen que hizo. Él, a veces, piensa en el collar. Y espera que lleguen menos cartas. Al final ya no llegan.

Me decía que en la cárcel usted aprendió mucho.

Aprendí que para cambiar algo hay que empezar por cambiarse uno mismo: convertirse en alguien con el poder suficiente para cambiar algo. A uno mismo, para empezar a hablar.

¿Y nada más?

También hubo otras cosas.

El llamado Juan María Perrone cumplió sus cuatro años de condena por su participación en el atentado contra *El Municipal* de Rosario en la Penitenciaría Nacional. Cuando salió le entregaron una muda de ropa usada pero limpia donada por la Liga de Damas de Beneficencia y una carta de su padrastro anunciándole la muerte de su madre. El liberado tenía veintitrés años o quizás veinticuatro y debía descubrir, entre otras cosas, su verdadero nombre.

Yo buscaba. Debo haber hecho cosas que preferiría no recordar: las recuerdo, seguramente, demasiado. ¿Para qué sirve olvidarse de lo que es fácil de olvidar?

2

—¿Qué sabe de la Gioconda?

—¿Cómo?

—Lo que oyó, Yves: ¿qué sabe de la Mona Lisa?

—Eso no fue lo que oí: Gioconda, Mona Lisa…

—¿Sabe qué es lo más extraño en todo esto, Yves? Que por momentos hasta me atrae esa manera suya de pensar que su papel en el mundo es molestar al prójimo. He llegado a pensar que quizá termine haciendo lo mismo, yo también.

—Qué honor, marqués. Como siempre, en su frase, el prójimo viene a ser usted.

—No joda, Yves. Insisto: ¿qué sabe de la Mona Lisa?

—Lo mismo que todo el mundo.

Hablan en castellano: Yves Chaudron con un acento que mezcla erres francesas y tonada rioplatense; Eduardo de Valfierno con la argentinidad más pura matizada por un ritmo afrancesado:

—¿O sea?

—Nada.

Yves Chaudron no sabe nunca nada: por principio. Hace unos años que ha decidido ignorar y lo cumple escrupulosamente. Sobre todo desde que se convirtió en el ejecutor de las ideas de Valfierno: esa alianza le da la posibilidad de ser, más que nunca, una mano —la más hábil de todas las manos— que otro cerebro mueve. Su situación perfecta.

—Ya va a ser hora de que se ponga a averiguar.

—¿Sobre la Mona Lisa?

—¿De qué estamos hablando?

—Si no me lo dice...

Chaudron se deja llevar y hace algo que, en él, es un gesto brusco: se limpia cada recodo de los dedos con un paño embebido en aguarrás. Valfierno frunce la nariz por el olor: podrán pasar siglos, piensa, optimista, y el olor del aguarrás siempre le recordará a aquel cura que no fue lo que era. Chaudron se seca las manos en su blusa blanca de pintor y lo mira un momento antes de hablar:

—Eduardo, necesitamos hacer algo. Desde que llegamos a París los negocios...

—Le recuerdo que fue usted el que me convenció de que viniéramos.

—¿Yo?

Interrumpe Chaudron y mira a su alrededor, como quien dice yo nunca, para venir acá, faltaba más. El taller brilla con la luz de la mañana pero es muy chico y está congestionado: media docena de cuadros a medio terminar —escenas religiosas al estilo del barroco español de Ribera o Zurbarán—, dos caballetes, paletas, pomos de pintura, tres mesas bajas colmadas de pinceles y más pomos, unos pocos libros de arte en una biblioteca enclenque, una cama muy angosta —casi un catre— en el rincón más alejado.

—De eso sí que no vamos a hablar.

—Eso digo yo: no vale la pena.

—Valfierno, estoy preocupado.

—¿Alguna vez estuvo de otro modo?

—No joda, Valfierno. Estoy preocupado en serio: tenemos que hacer algo. ¿Usted se puso a pensar cómo está el mundo últimamente? De no creer. Tranvías a motor, el metro, luz eléctrica en las casas, fonógrafos, automóviles. Dentro de poco no vamos a poder hacer más nada.

—¿Ya estuvo tomando, tan temprano? ¿Qué tienen que ver los aeroplanos con nosotros?

—Es obvio, señor marqués, usted debería ser el primero en darse cuenta. Dentro de poco van a tener máquinas para analizar los cuadros, la materia, lo que sea, no vamos a poder hacer más nada. Hay que hacer una buena antes que sea imposible, Eduardo. A nosotros el progreso nos va a matar: nos van a terminar poniendo en un museo.

—¿Cómo dijo?

—Que nos van a poner en un museo.

—No es una mala idea: hay que pensarla. En un museo.

—En serio se lo digo, Eduardo.

—Yo también.

Valfierno se afloja la pajarita negra y mira los cuadros que está pintando Chaudron: son perfectos, copias inmejorables, y se asombra una vez más de que su copista sea tan poco ambicioso: que un tipo de esa calidad sea su amanuense. Y se pregunta, una vez más, por qué. Debe ser porque él es un copista, ésa es la palabra; el falsificador soy yo, se dice, y se sonríe. A veces Chaudron se pregunta lo mismo —y las respuestas que se da lo espantan y trata de olvidarlas.

—¿Cómo le está yendo con la virgen esa de Murillo? La veo casi terminada.

—Todavía le faltan un par de toques y todo el proceso de envejecimiento. Va a tardar unos días más, y mientras tanto...

—Bustelo está impaciente, me la pide cada vez que lo veo. Pero mientras tanto usted tiene que empaparse de todo lo que tenga que ver con la Gioconda. Vaya al Louvre, mírela, hágase un par de copias, compre libros...

—¿Con qué plata, marqués?

—Yo le voy a conseguir, no se preocupe. Usted no se preocupe por nada, como siempre, dejeme ese papel a mí. Usted, lo que le digo: conviértase en Leonardo.

Chaudron se sonríe —y esa sonrisa leve es casi una bravata: él sabe que es capaz. Que, si se lo propone, pronto podrá preparar los mismos pigmentos y las mismas tablas, imitar cada pincelada del maestro. Pero no sabe para qué. Ni está seguro de querer saberlo.

—¿No pensará vender copias de la Gioconda, Eduardo? Ni sus estancieros argentinos serían tan brutos de no saber que el cuadro está en el Louvre. Y aquí en París menos todavía.

—Yo no pienso nada, Yves. Ahora el que piensa, parece, es usted. Eso sí que es un chiste.

3

—No me has dicho tu nombre.

—Me llamo Vincenzo. Perugia Vincenzo.

Valérie tarda en descubrir su acento: no es difícil pero no lo descubre. Él no le dice y tú.

—Yo me llamo Valérie.

—Me imaginaba.

Dice me imaginaba como si hubiera tenido de verdad alguna posibilidad de imaginarlo: como si saber lo que no se puede saber fuera lo suyo —o como si no se le ocurriera ninguna otra cosa que decir.

—¿Por qué te imaginabas?

Pregunta ella, y se arrepiente. Mientras lo dice se arrepiente.

—Porque sí.

—¿Qué estás tomando?

Dice ella y también se arrepiente.

—Nada, un vino.

Ella se desespera. Mira hacia los costados: los espejos. El silencio retoma. Dura. Dura. Ella piensa que quizás si le agarrara la cara entre las manos y le diera un beso casi furioso así, de golpe, conseguiría sacarlo de su piedra: no lo hace. Se pregunta si es que no se atreve: ¿no se atreve? La idea le suena tan extraña.

—¿Y tú?

Le pregunta, ahora sí, como quien no quiere saberlo, Vincenzo Perugia. Está sentado con la espalda muy recta, las dos manos sobre la mesa a los lados de su vaso de vino. Ella, de pie, cerca pero no tanto. El resto ya no está.

—¿Yo qué?

—Nada, era un decir.

Ella agarra el vaso de él y bebe un tanto; él mira pero sigue sin parecer interesado. El bermellón de su lápiz de labios queda sobre el vidrio. Él agarra el vaso, pone sus labios —¿queriendo? ¿sin querer?— sobre la marca de los labios y lo acaba. Ella no sabe si fue un trago o un gesto.

Valérie no había cumplido trece cuando un vecino del cuarto donde vivía con su tía Germaine —suburbio obrero, edificio siempre a punto del derrumbe, mocosos lastimados—, le dijo que le daba lo que quisiera si le dejaba darle un beso. Era de noche, la tía nunca estaba y el vecino debía tener más de veinte o treinta años. Lo que quiera o un beso, le preguntó Valérie y el otro la miró extrañado. Que qué quiere darme, lo que quiera o un beso: no es lo mismo, puede ser lo contrario, le dijo, con una sonrisa suficiente, y el vecino no supo cómo contestarle. El vecino se fue sin decir nada y, recién entonces, Valérie pudo concentrarse en el temblor de piernas. Las piernas le bailaban como cañas. Se le pasó cuando descubrió la otra mitad del vaso: esa noche, Valérie empezó a entender que podía conseguir cosas de los hombres a cambio de algo que, imaginó, no le importaba. Se sentía muy potente. Rica como esas chicas ricas que había visto aquella vez en el Jardin des Plantes —o más rica. Y supuso, también, que sabía manejarlos.

Manda amor en su fatiga
que se sienta y no se diga.
Pero a mí más me contenta
que se diga y no se sienta,

había escrito, tanto antes, un poeta, y Valfierno se lo recitaría mucho después, en una charla. Valérie sonreía.

Valérie Larbin tenía las cosas claras: el amor no tenía nada que ver en todo aquello. El amor —o lo que fuese que las novelas llamaban con ese nombre fofo— era un lujo o una tontería: dudaba, algunas veces. En cambio el intercambio era preciso: dar para que le dieran, dar sin dar, entregarles lo que ellos no tenían y ella no conocía. Valérie se decía que lo que estaba dando era una falsificación: no la cosa verdadera, no lo que sus amigos —¿sus clientes?— esperaban, compraban. Tiempo después —un buen tiempo después— se lo diría a Valfierno: ellos quieren amor y yo les doy una farsa pasable, algo así como. O sea que los dos falsificamos, yo y usted. Y Valfierno que no: no mi querida, de ninguna manera. En lo que a mí respecta de ninguna manera, y en lo que a usted tampoco. Para empezar, no estamos seguros de que quieran amor. Pero sí sabemos que quieren los favores de su cuerpo. La falsificación es lo que hacen con eso casi todos: hablar de amor para llevarse sexo. La falsificación es lo que llaman amor tantos burgueses: sexo con rosas y bombones, dijo Valfierno y la palabra burgués, en su boca, sonaba despectiva: no pendenciera, no envidiosa: sólo despectiva. Valérie no se la había escuchado antes: sorprendida. No envidiosa, sólo despectiva, pensó Valérie, y se le ocurrió que aristocrática. ¿Le parece, marqués? No sólo me parece. Estoy seguro de que falso es todo lo demás; en cambio usted, mi querida, entrega la verdadera cosa sin disfraces. La verdad verdadera de sus nalgas de mármol, remató, y ella miraba sin poder decidir si hablaba en serio. En realidad: no conseguía descartar la sospecha de que sí. Y en esos casos se callaba.

¿Ése que está ahí no es tu italiano?
¿Mi italiano?
Vamos, Val. Te vi la cara en estos días que llevaba sin venir.

Pero Gigi, ¿en serio te parece que me puede interesar un tipo como ése?

Cuando se acerca le parece distinto. Igual, pero cambiado. Vuelve a mirarlo, busca precisiones: Perugia lleva la misma camisa blanca abierta y su pañuelo azul atado al cuello y el vaso de vino entre las manos pero ve que los ojos que no la miran hacen, le parece —cree notar, aunque sabe que nunca se sabe en esas cosas— un esfuerzo para no mirarla.

Como si ahora no supiera no mirarla. Valérie supone que eso sí puede ser un buen signo y avanza hacia la mesa: como si nada los separara avanza hacia la mesa. Ella sabe que cada uno de sus pasos retumba silencioso —que es una reina, que cuando avanza en el Faux Chien es una reina, que mientras no abra la boca es una reina— pero se toca las cintas que ahora le cierran el escote: que nunca le cierran el escote. Está llegando, se ve en los espejos sin mirarse, él ahora sí la mira. Él se levanta: ella se queda quieta cuando él se levanta, se aparta de la mesa, la rodea, camina hacia ella y le agarra la mano y le dice que se van. Nos vamos, dice, en un murmullo imperativo con un leve temblor: nos vamos, y caminan. Valérie se deja llevar: de la mano, se deja llevar, aunque por un momento tiene la sensación —¿sospecha? ¿miedo?— de que Perugia está haciendo algo que ensayó muchas veces. Y no se pregunta por qué le da ese frío que el hombre la agarre, se la lleve: por qué, ahora, ese sofoco. Por qué, ahora, ese hombre. Caminan, los dos, hacia la puerta. Hay una puerta. Llueve.

La función principal de un cabaret como el Faux Chien —y tantos otros— es producir un mundo distinto del mundo circundante. Afuera puede nevar, llover, helar; adentro las estufas mantendrán una temperatura constante y diferente. Afuera puede ser de día —incluso, ser de día—; adentro las cortinas de terciopelo bien cerradas construirán una noche perpetua. Afuera hay reglas, normas; adentro también, pero son muy distintas. Afuera hay clases; adentro hay sexos —que se parecen pero no son lo mismo. Afuera el dinero puede todo pero hay cosas que el dinero no puede. Adentro el dinero puede comprar lo que no puede en otros sitios —y no puede todo. Afuera el mundo parece limitado; adentro no parece —porque los límites son otros. Adentro, bien adentro, algunos pueden llegar a creer que el mundo es una ilusión y que es posible despertarse.

Por eso es tan brutal salir de un cabaret. Por eso algunos nunca salen, incluso cuando salen. Por eso la lluvia que los recibe en la puerta del Faux Chien es un detalle exagerado.

¿Y si eso fuera así? ¿Y si así fuera? ¿En qué momento se transforma una cosa en otra cosa?

No han dicho una palabra: caminaron. Hasta que llegan al cuarto de Perugia y entran en el cuarto y él le dice adelante éste es mi cuarto sin acentuar el matiz de disculpa que ella siente en su voz: lo siento éste es mi cuarto, no le dice —aunque ella oiga. El cuarto de Perugia —el cuarto de Perugia en la pensión barata— es un cuadrado de tres metros por tres con una silla una mesa un baúl y una camita angosta —una lámpara de kerosén en una esquina, sobre el baúl, y las paredes con un papel que tuvo flores. El cuarto de Perugia huele a sudor, a hombre encerrado: Valérie piensa que es el olor del mundo de un hombre que no sabe que hay olores en el mundo —o se ha olvidado. El cuarto, piensa, de un hombre que se olvida y otra vez el frío y el sofoco: de un hombre, piensa, no de uno de esos que quieren que yo los haga hombres. Él le suelta la mano.

Pero sigue callado —y ella sigue callada. Sobre la mesa hay una botella de aguardiente y él llena, callado, los dos vasos: los levantan, brindan sin palabras. Ella se atreve a sonreír, a abrir la boca grande. El kerosén hace una llama que se mueve. Están parados en el único vacío de la pieza —el medio de la pieza— y, por un momento que puede ser muy largo, no se miran. Valérie piensa que tiene que hacer algo. Pero odia pensar que tiene que hacer algo —está ahí porque pensó que no tenía— y se queda parada. Recuerda que sabe cómo hacer que un hombre salte de placer, se estire de placer, se duela de placer, se duela pero se queda quieta, deleitada en la espera: allí parada. Él hará lo que sea necesario. Piensa, se estremece, piensa: él hará lo que sea necesario. El silencio, ahora, no es una amenaza.

Él le agarró la cara con las manos y le besó la boca con la cara agarrada y le recorrió los dientes con la lengua, sus dientes uno a uno con la lengua, porque sabe o porque no sabe nada: sus dientes rotos con la lengua, como quien reconoce, compra, acepta. Como quien dice toda toda. Hasta los dientes.

Hay momentos en que el tiempo se confunde. Es lo mejor del tiempo: esos momentos en que se confunde —y deja de servir como medida. Alguien cree que si se hace tal pregunta va a dar con tal respuesta y se sorprende con la respuesta, ya, a flor de labios. Alguien cree que nada sería mejor que cerrar los ojos y dejarse envolver dulce por el sueño y sentir el sopor y la caída de los músculos y el abandono más y más pero se encuentra, de pronto, despertándose. Alguien cree que si estira la mano y roza con la mano la mejilla de otro y después atrapa con la vista la mirada curiosa o invitante que su gesto produzca y después acerca sus ojos a esos ojos, labio a esos labios, el resto a todo el resto, probablemente al cabo de ese rato se produzca el encuentro de los cuerpos pero entonces descubre, sin saber qué fue, que todo eso ya pasó y que está recordándolo. Alguien, entonces, puede creer que el tiempo no es una amenaza.

Manda amor en su fatiga,
escucharía
mucho tiempo después.

Valérie está tirada sobre la cama angosta, deshecha, sembrada sobre la cama angosta: el cuerpo quieto, los brazos quietos a los lados, las tetas derramadas a los lados, piernas un poco abiertas estiradas y, a su lado, sentado a su lado, desnudo también, con los pelos revueltos, la pija que le cuelga entre las piernas, Perugia la mira como se mira a quien no está: un retrato, una estatua —la mira como si no tuviera que explicarle nada. Fuma, la mira, calla, fuma. Ahora la mira: sí la mira. La mira, piensa ella, como si ella fuera para ser mirada.

La escena es quieta: está —trata de estar— fuera del tiempo. Dura. Por eso, seguramente, dura y dura.

Si sólo pudiéramos callarnos, así, horas y horas, días, lo que fuera, piensa. Pero entonces él habla:

Podría seguir así para siempre.

¿Te parece que son horas para decir palabras como siempre?

¿Cómo?

Nada.

Valérie se levanta, se viste: le da vergüenza —¿vergüenza?— que él la mire mientras se viste y, en cuanto termina de cubrirse, se va sin decir nada. Él lo intenta, ella sale. En la calle llueve todavía. No lo puede creer, pero en la calle llueve todavía.

BONAGLIA

1

Que cuando salió de la cárcel lo primero que hizo, por supuesto, fue embarcarse. Que había estado tantos años encerrado que pensó que tenía que llegar por fin al mundo y consiguió un puesto de pinche de cocina en un clipper francés que dejaba el puerto de Buenos Aires para llevar caballos pura sangre a California. Que no sabía más: sólo que su parada siguiente sería San Francisco y que después el capitán ordenaría pero que estaba dispuesto a entregarse a ese azar de la navegación, de los caminos sin dibujar, que sólo la esperanza de algo así —de algo que no había sabido precisar pero que podía perfectamente ser ese velero sin destino— lo había mantenido vivo en sus cuatro años de encierro.

Que en ese primer viaje —que en realidad no era el primero sino el segundo pero que del primero, cuando era tan chiquito, no recordaba nada— aprendió muchas cosas: que algunas le gustaron más que otras. Que aprendió que cuando alguien imagina una situación salvadora y trata de alcanzarla es probable que lo salvador en esa situación no sea lo que uno imaginó, pero algo habrá; que tenía cierta aptitud para marearse; que podía aprender idiomas y gestos y poses y maneras con una facilidad que por momentos llegaba a sorprenderlo; que, en esas situaciones, le daba miedo no poder volver a lo que era; que llegaba a olvidar, en esas situaciones, lo que era; que dos puertos lejanos pueden parecerse mucho más que dos pueblos contiguos; que dos hombres lejanos pueden entenderse mucho mejor que compatriotas; que no tenía nada que extrañar y le pesaba; que era importante hacerse con recuerdos; que la vida en un barco puede ser demasiado parecida a la prisión aunque parezca lo contrario; que a veces lo que parece lo contrario es semejante; que hay presentes que no dejan pensar futuros diferentes y que él, en ese barco, llegó a verse para siempre en un barco como ése, siempre él así, siempre rodeado por el agua; que hay noches en que uno daría lo que fuera por una caricia aunque no fuera comprada; que en esas noches un hombre puede ser muy frágil y hacer cosas que no hubiera querido; que un hombre —él— era capaz de hacer muchas cosas que no hubiera querido; que era difícil saber qué quería un hombre —él—, y entender realmente qué lo hacía distinto de los otros o, por lo menos: qué lo hacía ser él, ahora Enrique o Enrico Bonaglia.

Y que así, poco a poco, de puerto en puerto, iba aprendiendo muchas cosas pero que la revelación le llegó una noche de calor bochornoso en el barrio chino de Malaca.

Dos o tres días antes, cuando entramos en el Estrecho, nos habían asaltado unos piratas. Usted sabe que ese brazo de mar estaba infestado de ese tipo de gente, y todavía lo está. Los muchachos tienen fama de ser despiadados, y seguramente se la han ganado bien: más de una vez habrá escuchado historias de la calma con que tiran a sus víctimas al mar, de su riqueza. Pero ésos que nos tocaron debían ser la carroña de la sociedad filibustera: un hato de desarrapados que nos abordó desde un sampán a punto del naufragio. Usted me dirá que su propia miseria, su posible desesperación los harían más temibles: supongo que nuestro capitán pensó lo mismo.

Nuestro capitán Burton era un inglés imponente, de ésos que llevan en sus patillas toda la fuerza del Imperio: patillas que son una bandera, una amenaza, y los ojitos claros de aguilucho. Como buen inglés, el capitán Burton basaba su mando en látigo y desprecio: son formas de disimular que a veces sirven. Ya había oscurecido cuando vimos que la cubierta de nuestro velero se inundaba de facinerosos. Los malayos tenían cimitarras herrumbradas y una flacura que no debía resistir el menor viento. Pero eran piratas del Estrecho: quizás imaginaron que, pese a su estado, podrían aprovecharse de su reputación. A muchos les pasa, y la mayoría lo consigue: no le hablo sólo de piratas. Nuestro capitán, para nuestra sorpresa, cayó en la trampa: en cuanto los vio a su alrededor les dijo en un tono muy poco imperial que se llevaran todo lo que quisieran pero que le dejaran —a él, sin duda, y quizás a nosotros, no terminó de quedar claro— la vida o algo parecido. Se lo veía tan preocupado, pobre hombre. El jefe de los piratas le dijo que sí pero no lo miraba.

Tuvimos la suerte de que el señor Hopkins no creyera en las promesas de los forajidos: algo debía saber. El contramaestre señor Hopkins tenía un nombre tan británico y kilos y más kilos de músculos muy negros: una bestia escapada de vaya a saber qué fondo de la selva. El señor Hopkins tenía una cicatriz que le cruzaba el cráneo y se le ponía blanca cuando estaba a punto de atacar; esa noche la cicatriz resplandecía. El negro Hopkins gritó algo confuso y encabezó el ataque; todos los demás, dos docenas de desesperados, atacamos con él. Podría adornar la historia, pero lo cierto es que la contienda fue tan breve que no merece ni siquiera ese nombre. En minutos los piratas estaban alimentando tiburones —si es que había, en esas aguas, tiburones tan poco exigentes. Yo, aunque no me lo crea, le diré que pasé bastante miedo.

Llegamos al puerto de Malaca a la mañana: había sol, una brisa agradable, los olores, los gritos. El capitán Burton nos juntó en la cubierta y dijo algo sobre nuestro coraje y una semana de descanso merecido. Sospecho que él la necesitaba más que nadie y, sobre todo, quería que su tripulación bebiera lo suficiente como para olvidarse de su conducta frente al peligro: de su cobardía. Quizás así, supondría, iba a recuperar algo de autoridad: nunca lo consiguió, pero ésa es otra historia.

En cuanto bajamos me ocupé de las urgencias: una pequeña hindú que me costó unas pocas monedas me atendió un par de horas. Después fui a dar unas vueltas por el pueblo. Probablemente usted no lo conozca: lo bueno de Malaca es que no lo conoce casi nadie. Pero Malaca es un laberinto de callecitas que lo soprenderían. Yo, a esa altura, ya había visto muchos puertos y, al cabo de un tiempo, todos se parecen. Me registré en una posada, me compré un par de botellas y pasé a la etapa siguiente. Para el marinero que desembarca lo más difícil es volver a ser un ser humano; algunos no lo consiguen nunca. Comí, bebí, oí y conté esas historias que los marineros retorcemos hasta la falsificación. En la posada había un viejo que debía ser alemán o escandinavo; estaba en los últimos pasos del delirium tremens y me vendió, por el precio de tres o cuatro botellas, su baúl, su última pertenencia. No se crea que lo compré por interés; suponía que no iba a encontrar nada que me sirviera pero quería ayudarlo. A veces me pasaron esas cosas. De hecho, el baúl no tenía nada interesante; sólo un traje de oficial que me quedaba más o menos.

Me lo puse la tarde siguiente, cuando me levanté, me bañé y salí a dar más vueltas. La calle estaba vacía, o así la recuerdo: extraña, silenciosa. No sabía qué estaba buscando; probablemente nada. Pero me llamó la atención el cartel de un establecimiento lleno de caracteres chinos. No hay nadie más dispuesto a perder el tiempo que un marinero en un puerto lejano; yo no era la excepción. Al contrario: perder el tiempo siempre fue uno de mis pasatiempos favoritos.

El chino que me recibió hablaba alguna forma del inglés y yo, a esa altura, otra. El chino me miró el traje, me llamó capitán, me atendió con deferencia, me hizo pasar a un cuarto que, dijo, estaba reservado a los señores como yo. Usted sabe cómo es esa gente. Les alcanza con ver un blanco con sombrero para suponer que tienen que tratarlo como a un amo. Me dirá que nosotros no somos muy distintos. Es cierto, pero a veces uno necesita alejarse para entender su alrededor: cuanto más viajaba más me convencía de lo fácil que resulta convertirse en otro.

Pero no quiero adelantarme a los hechos. El cuarto estaba casi iluminado por unas pocas lámparas de kerosén con pantallas de carey y se respiraba un olor inconfundible. Había muchachas chinas de seda ajustadísima que recorrían los seis o siete catres tendidos con tapices; en casi todos yacían hombres colgados de sus pipas. Ya habrá adivinado que estábamos en un fumadero de opio. Yo había estado un par de veces en establecimientos parecidos; debo confesarle que la actividad no me resultaba del todo desagradable. Pero nunca había probado un opio como ése.

No sé cuántas horas me pasé en ese antro. Sé que a lo largo de esa larga noche fui una mujer gorda que trataba de levantarse y se caía bajo su propio peso. Fui un padre que buscaba a su hijo y se perdía cada vez que estaba a punto de encontrarlo. Fui un perro: creo que fui un perro. Fui un italiano torvo que ponía una bomba en un confesionario y que estallaba, después: era la bomba. Y fui interminablemente un hombre a quien cada interlocutor llamaba por un nombre diferente. Una camarera francesa me vestía hablándome en un alemán que conseguí entender; un banquero americano me llamaba conte y me contaba que él también conocía mi país, sobre todo Florencia, para tratar de venderme acciones de un ferrocarril; un sacerdote vasco me recomendaba que me cuidara de los hombres y yo recordaba haberle contado algo terrible que prefería no recordar pero volvía; un pescador japonés me gritaba en un idioma que no reconocí pero entendía perfectamente: me reprochaba que mis antepasados chinos habían invadido su bahía con juncos predadores; hubo más. Es fácil resumirlo, pero el viaje duró una eternidad y estuvo lleno de asechanzas, placeres, desesperanza y tedio. Estaba a punto de hablarme a mí mismo —de decirme algo y, entonces, averiguar cuál era mi verdadero idioma— cuando me desperté. O quizás no me desperté, pero las ondas del opio dejaron de llevarme o produjeron ese efecto: la ilusión del final.

Después dormí durante un día, quizás más. Cuando conseguí levantarme y comer algo me acordaba vagamente de algunas de las escenas que acabo de contarle: me costó, más tarde, mucho reconstruirlas. Caminé un rato largo por las calles de Malaca: había chinos que vendían arroz con pollo, malayos que cargaban fardos imposibles, musulmanas sin velos y, sobre todo, un olor insistente. No conseguía identificarlo. Hasta que me pareció que había entendido algo. Lo entendí sin palabras, sin saber por qué vías: como había entendido, muy de chico, que lo que el padre Franco toqueteaba no era yo. Fue una revelación: desde el principio había sabido que no iba a ser un marinero para siempre, pero suponía que el azar me iría llevando de un lugar a otro, de profesión en profesión. Esa mañana decidí que yo sería el azar. Que yo decidiría esos lugares; que yo sabría cómo hacer para ser siempre otro. Que tenía que elegir quién sería, y dedicarme a serlo. Que es pura cobardía si los hombres siguen siendo el que les tocó en esa tómbola. Que no hay mayor empresa que construir un hombre.

Nunca volví al velero inglés. Tenía algunos amigos en Malaca: primero comercié con piedras de Borneo, después con otros géneros menos prestigiosos. Tuve varias mujeres, vendí algunas. Hice dinero y me compré una reputación: fueron pasando años. La vida era tranquila y placentera pero, con el tiempo, algo empezó a faltarme. No quería terminarla como un colono rico de origen dudoso refugiado en un rincón perdido. Viajé, intenté nuevos comercios, gané más dinero. Me disculpará que no sea más preciso, pero hay cosas que prefiero no contarle. Lo cierto es que ya tenía casi cuarenta años cuando empecé a sufrir esa nostalgia. O quizás deba llamarla de otro modo. En cualquier caso, quería ser el que quisiera ser en Buenos Aires: en el lugar donde sólo había sido un presidiario. Llámelo venganza, revancha, lo que quiera; yo lo consideré mi desafío. Creí —supongamos que creí— que la última prueba de que uno es el que quiere ser es serlo en el lugar que le tocó primero. Y que sólo ahí se puede ser el que uno quiere: me faltaba, para completar mi persona, mi país. En junio de 1903 llegué al puerto del Plata: llevaba un traje blanco impecable, un baúl con varios más y algunas piedras y las tarjetas con mi auténtico nombre: marqués Eduardo de Valfierno.

Me dijo Valfierno en nuestra primera charla después de ofrecerme —¿pedirme?— que escribiera su historia. Yo le creí: no tenía ninguna razón para dudar de él. Nos encontramos otra vez al día siguiente. Tomábamos una copa de cointreau cuando él me preguntó si sabía lo que era estar en un velero en el medio del Océano Índico.

¿Usted sabe, periodista, lo que es estar en un velero en el medio del Océano Índico y las nubes que empiezan a amenazar por el oeste?

No, pero puedo imaginarlo.

Claro, claro. Se puede imaginar. Yo también puedo. Eso quería decirle, periodista.

Es la fiebre, la convulsión del placer, la enajenación del poseído, que ha dejado de presidir a los movimientos del cuerpo y se abandona a otra alma que la suya, que está haciendo cosas sobrehumanas, no soñadas —escribió don Domingo Faustino Sarmiento y es probable que Valfierno lo leyera. Pero Sarmiento hablaba, como siempre, de una bailarina.

A veces todavía puedo pensar en las formas de esas nubes: en la forma en que esas nubes toman formas. Cómo parece que fuera el viento el que las va moldeando y cómo no; cómo parece que sus contornos desaparecen y cómo, en cambio, quedan en la mirada de otros. Cómo, por maleable que sea, por más formas que tome, la nube sigue siendo la nube —y lo es, incluso, en el cielo más claro, por su ausencia. Y cómo todo eso importa casi nada.

¿La verdad, periodista?
No sé que me quiere decir.
Si quiere que le cuente la verdad.
¿Y qué, si no?
No sé, pero la verdad que yo no salí de la Argentina hasta 1908, cuando me fui a París.
¿Y toda esta historia de marineros y piratas y delirios del opio?
Exactamente eso.

Que cuando salió de la cárcel estaba perdido como un perro, que las calles de una capital son demasiado para un jovencito que ha vivido en provincias y en prisión, que se pasó tres días caminando por esas calles con la sensación de que era más que un extranjero: nadie. Que podría caminar y caminar y seguir caminando años y años y esas calles y la gente que pasaba por ellas y los dueños de las casas que las bordeaban jamás notarían su presencia: que era nadie, mucho más que en la casa grande cuando chico, mucho más que en las calles de Rosario cuando los expulsaron, que en el colegio cuando el cura, mucho más que en la cárcel. Que pasó hambre, esos dos o tres días, porque no se atrevía a pedir aunque veía que muchos otros sí, porque tampoco se sentía parte de esa turba de desarrapados que recorrían las calles como si esas calles les pertenecieran. Que él no era de los que piden, pero que tenía hambre. Que él era mejor que eso, aunque no fuera nada. Que el hambre no era lo peor. Que no entendía quién era. Que no sabía cómo mirarse, con qué nombre llamarse. Que hacía calor —que era pleno verano— y bajó hasta la costa del río y se pasó horas mirando los movimientos de las lavanderas —no las lavanderas, los movimientos de las lavanderas— hasta que estuvo a punto de estallar de odio, de distancia, de desprecio por su situación por no decir por él —por sí mismo— y que entonces sí juntó coraje para ir a jugar su única carta.

Que tenía una carta. Que la única carta que tenía era el nombre de una señora que le había dado el Francés Dasset y que fue a su establecimiento, una fonda en la calle Bolívar frente a la iglesia de los jesuitas. Que el olor a comida lo mareó y tuvo que sentarse en un banquito. Que le pareció que lo miraban pero quizás no lo miraran. Que la señora Berta era casi tan gorda como su madre pero que tenía, probablemente, los brazos mucho más rollizos: que armada de su palo de amasar o su cuchillo era un monumento a la potencia limitada de las mujeres, al dominio de las mujeres sobre ese territorio que los hombres fingen no querer, y que al verla no quiso hablar con ella: que algo le impedía hablar con ella, que quizás fuera miedo aunque no había razones. Que se fue: que no pudo jugar su única carta.

Que volvió a vagar —tres días, cuatro días— por esas calles donde no existía y que tantas veces pensó que al cabo no sería tan difícil ir a hablar con la señora Berta pero no lo hacía, que seguía sin hacerlo y así siguió hasta que el hambre lo hizo dormir más de la cuenta en el zaguán de otra iglesia y que un mendigo lo vio, pudo verlo y le dijo que si iba al puerto podía encontrar quizás algún cacho de carne seca de esos que se caían de los carros que los llevaban a los barcos y que si se sentía muy dispuesto quizás incluso consiguiera que lo contrataran en algún barco que hubiera perdido marineros en tugurios; que los barcos siempre perdían sus marineros en tugurios y siempre estaban buscando jóvenes dispuestos a embarcarse. Que fue al puerto y vagó horas por el puerto sin encontrar ningún cacho de carne ni atreverse a hablar con el contramaestre de ningún velero y que allí, desesperado, se animó por fin a pedirle al mozo de una fonda que alimentaba jornaleros y hombreadores que le diera aunque más no fuera un pedazo de pan y que el mozo le dijo que si lo quería tendría que ganárselo. Y que entonces volvió a la fonda de la señora Berta. Que no sabe por qué entonces sí decidió volver a la fonda de la señora Berta, que habló con ella y que ella le dijo que si era amigo del Francés —que si él, que se había presentado como Enrique Bonaglia, era amigo del Francés, y dijo amigo con una sonrisa que él no supo o quiso interpretar— ella con todo gusto le daría un trabajo en su cocina y un catre en el altillo. Que esa noche comió como un poseso. Que se pasó la noche vomitando.

Y ya nunca me llamé Bollino. O a veces sí, debo decir. Pero ya nunca nadie me llamó Bollino. Ni ningún otro de esos nombres.

Que no estuvo en la fonda muchos meses porque la vida lo fue apartando de ese rumbo —que la vida lo fue apartando, dice, de ese rumbo— pero que le gustaba el trabajo en los fogones: que la fonda de la señora Berta se alimentaba de rateros, recién llegados, putas y vigilantes y que la comida que servían no siempre estaba en buen estado y que le gustó aprender a cocinar, o sea: a disimular con artes de la gorda la podredumbre de un pescado, el agusanamiento de una carne, la perdición de una lechuga o sea: a rescatar aquello que la naturaleza ya había desechado y recuperarlo para el ciclo de la vida o sea: a pelear contra el tiempo y derrotarlo —aunque no fue así como lo dijo. Es decir: que en la fonda volvió a creer que nada es lo que es y que todo consiste en aprender a transformarlo. Y que pasados esos meses la señora gorda Berta le dijo una noche que un chico tan buen mozo como él no tenía por qué pasarse la vida detrás de ollas tiznadas y que él le dijo que no le entendía bien y que la señora se sonrió y le dijo que no se preocupara, que ella ya no estaba para esas cosas pero que tenía una amiga que lo había visto allí más de una vez y que se preguntaba si él no querría —si él no querría, le dijo, que si él no querría— visitarla en su casa. Que su amiga era una señora viuda joven —bastante joven, le dijo, todavía bastante joven— y que sabría tratarlo como se merecía. Y que él tardó muchos días en contestar que iría y que nunca habría creído que fuera así de fácil, que tardó mucho tiempo en descubrir que había cosas que le salían fácil.

Que se pasó varios años viviendo con la viuda. Que me sorprendería saber quién era esa mujer —que era una mujer bien ubicada en esa sociedad, bien ubicada— y que le había dado un cuarto en su casa y que nunca le faltaba algún dinero y que no tenía que acompañarla a ningún lado, que no quería mostrarlo —que no quería mostrarlo: que por respeto o por vergüenza, dijo, no quería mostrarlo—, que nada más lo llamaba ciertas noches, ni siquiera tantas noches y que se puede decir que de algún modo se habían hecho amigos. Y que entonces descubrió que nunca era difícil conseguir que una mujer diera dinero: que bastaba con contarle una buena historia: algo que le permitiera decirse que no se lo daba por los abrazos sino por su bondad de corazón y que se aprovechó de ese descubrimiento y de saber que esos abrazos eran tan fáciles de cocinar como los platos de la fonda de la señora Berta —la podredumbre de la carne, perdición de una boga— y el tiempo derrotado. Y que fueron, vistos desde ahora —quizás no desde entonces—, muy buenos años de su vida. Ahora.

Y así podríamos seguir un rato largo.

¿Pero en verdad qué hizo, Valfierno, en esos años?

¿Para qué le serviría saberlo, periodista?

Bueno, es lo que estamos haciendo, ¿no es así? Reconstruir su vida.

¿De verdad le parece que necesita ser reconstruida? Cualquier historia que le cuente —y sobre todo la real— sería mucho más vulgar, más tonta que las que usted y sus lectores pueden imaginar. Mucho más, eso se lo aseguro.

Buenos Aires, en esos días, no tenía descripción: una ciudad que no era lo que era porque todos los días se empeñaba en ser otra. Una ciudad que era lo que no era todavía, lo que estaba por ser a cada momento. Una ciudad a la que cada día llegaban miles de señores y señoras que escapaban de sus ciudades, de sus pueblos, porque les habían dicho que esa ciudad sería lo que quisieran: que estaba por hacerse —que ellos podrían hacerla. Una ciudad que era lo que sería. Una ciudad donde los señorones que habían vivido en ella cuando era tan tan otra —unos días antes, una semana antes, veinte, cincuenta, setenta y siete años antes— buscaban su lugar para escaparse de la llegada de la chusma y la mugre y los idiomas y los cambios: se mudaban para seguir siendo los mismos —lo mismo que todos esos inmigrantes.

Una ciudad que ya empezaba a tener calles empedradas, farolas en las calles, trajes de organza bajo las farolas, en las farolas pañoletas negras, gatos de presa, ciertos locos, sus acentos propios, ladrones, abogados, cárceles, carricoches y muchos menos perros, hoteles, restaurantes, principio de una música, un tranvía, segundos pisos pura teja francesa, señores ricos, señores millonarios, señores presidentes, señores senadores ministros diputados, perfumes y colonias, chasiretes, una cantante de ópera, coristas, escritores, poetas, más poetas, policías con uniforme y gorra, taitas y pobres que se creían autóctonos, taitas y pobres que peleaban por su lugar creyendo que era suyo, barcos de vela, barcos de vapor, vacas y vacas y más vacas camino al sacrificio, lenguas, madres, recuerdos de otros mundos, una bandera nacional, menos iglesias, abundancia de fondas, profusión de mendigos, otras vacas y sobre todo el caos, la confusión perfecta, el remolino, la noche amaneciendo: tantos creyendo que ya llegaba el día —y que llegaba para ellos. Buenos Aires era una premonición, un desvarío. Buenos Aires, en esos días, era el futuro más presente.

Y el hombre persigue también una cosa que él mismo no sabe qué es; busca, mira, camina, pasa delante, va dulcemente, hace rodeos, marcha, y llega al fin... a veces a orillas del Sena, al bulevar otras, o al Palais Royal con más frecuencia —escribió también don Domingo, y cada vez es más probable que Valfierno lo sepa.

Que su nombre no le importaba a nadie, que lo llamaban Quique. Que en la fonda habían empezado a llamarlo Quique y que la viuda lo siguió llamando Quique con sus pequeñas variaciones de alcoba, o sea: de lecho. Que podría haber seguido así muchos años —que, de hecho, así se pasó varios— pero algo lo incomodaba más y más. Que, si quiero, puede cambiar de historia. Que si yo quiero él puede.

Si usted quiere le cuento la historia verdadera. Pero va a ver que entonces va a extrañar éstas, va a ver que la verdad no sirve para nada. Además, usted ya sabe cómo es: una de las formas más vulgares de hacer cierta una historia inventada es contar otra más inventada todavía y, después, aceptar que la primera era un invento pero que ahora, ahora sí, le estoy contando la verdad verdadera. El viejo truco de descúbranme el truco y crean que ahora ya no hay. ¿Usted sabe algo de magia, periodista?

Yo creí que sabía.

Que se pasó varios años tratando de aprender quién era, dice ahora. Que se pasó todos esos años viviendo como lo que era: un expulsado, un pobre muchacho suburbano que no encontraba su lugar ni su persona.

2

El marqués Eduardo de Valfierno llega cuando la misa está por terminar. Nunca le gustaron estas ceremonias —y hace tanto que las evita con cuidado. Pero esta mañana, 25 de mayo de 1910, primavera radiante, necesita encontrarse con alguien sin que parezca que lo busca. Así que se saca respetuoso el panamá cuando cruza las puertas excesivas de la basílica del Sacré-Cœur, en lo más alto de la colina de Montmartre. Valfierno camina muy erguido sobre sus tacos un poco exagerados. Hay días —como hoy— en que se siente casi alto.

—Ave María purísima.

Murmura cuando entra —y arruga la nariz. La iglesia huele a obras: cal, cemento, pintura. Desde que el obispo de París decidió construirla para agradecer a dios la derrota de la Comuna ya pasaron más de treinta años pero los trabajos no terminan. Esta mañana los argentinos de París están agregando su óbolo al proyecto: aprovechan la misa que celebra los primeros cien años de su país para inaugurar el gran vitral que regalaron a la basílica. O aprovechan que regalaron un gran vitral para conseguir que la basílica celebre con una misa los primeros cien años de su país. En cualquier caso se los ve orgullosos: están dejando su marca en el monumento más ambicioso de París. La Argentina le está demostrando a Francia su potencia.

—Ite missa est.

Dice ahora el sacerdote y varias docenas de señoras enjoyadas y señores ducales se levantan y caminan hacia la salida, se saludan con las manos y brazos y algún grito. Casi todos se conocen de siempre: son algunos de los argentinos más ricos, que se pasan buena parte del invierno austral en el verano boreal. Casi todos tienen casa en París —y decir casa es un gesto de modestia. Valfierno saluda a cuatro o cinco con sonrisas e inclinaciones de cabeza: los ha visto en una reunión de la embajada, a la salida de la Ópera, en el hipódromo de Chantilly. Pero no está tranquilo: sabe que cada vez que se mezcla con argentinos corre riesgos —de que alguno lo conozca de antes, de que Aliaga haya hablado. No cree, pero no puede estar seguro. Y esta mañana no tiene más remedio: si quiere poner en marcha su operación no tiene más remedio.

—¡Sebastián! ¡Sebastián!

Le grita ahora a un muchacho de treinta y tantos años y cara de bebé extenuado, el pelo rubio achatado de gomina, los ojos azules oscurecidos por ojeras violetas, el traje de algodón finísimo arrugado.

—Eduardo, qué gusto verlo.

—Lo mismo digo, Sebastián. ¿Qué milagro que se dignó aparecer por acá a estas horas?

—Milagro es la palabra. Pero no tenía forma de escaparme. Si mi padre se llega a enterar de que no vine a controlar su parte de la donación me corta el chorro en un minuto y medio.

—Me imagino. Igual, qué bueno verlo. ¿Qué le parece si vamos a comer chez Fouquet? No, no me mire así, yo invito.

—No es para tanto, marqués. Todavía queda algo. Pero sí, encantado, como no.

El almuerzo se hace largo. Los dos argentinos piden roast beef inglés y un vino de Pommard y Sebastián relata con detalles despiadados su estadía en Deauville, su mala suerte en el casino, los pechos de la cocotte que se está quedando con el resto, la próxima llegada de su padre, las ancas de la cocotte, sus amenazas de suspenderle su asignación si no retoma los estudios o vuelve a la Argentina a administrar algún campo familiar.

—Yo ni loco me vuelvo, marqués. Por más que hayamos progresado mucho no me va a comparar la vida parisina con el tedio porteño. Y además, con la plata que me pasa papá, allá no me alcanzaría para nada.

—Me imagino. Aunque esto se está poniendo terrible: en cuanto se enteran de que uno es argentino le cobran todo el doble.

Valfierno se regodea: está reproduciendo los lugares comunes de su interlocutor y sus amigos —y le salen perfectos. A veces todavía se asombra de lo fácil que es; muchas otras ni siquiera lo piensa.

—¿Vio, marqués? Digamos que es el precio de la fama.

—Por llamarlo de algún modo. Sí, yo tampoco estoy muy tentado de volver. Es más, si los negocios siguen funcionando pienso quedarme en Francia para siempre.

Fouquet es uno de los restaurantes de rigurosa moda: ejércitos de espejos, cortinas de terciopelo malva, la plata de los cubiertos refulgiendo. Los camareros se mueven como sombras —y hay más olor a puros que a comida.

—¡Ay, qué envidia, marqués! Pero claro, un hombre de su posición, de su experiencia, no tiene por qué ir a pudrirse a Buenos Aires. Si yo tuviera sus recursos...

—No sea modesto, Sebastián.

—No, se lo digo de veras. A propósito: en estos días nos vamos al château de Santiago con el barón de Longueville, su primo d'Alémain, el Colorado Lynch-Dubois y quizás mi pariente Calzadilla. ¿Le interesa? Vamos en la voiture del barón, una Daimler, usted la conoce. Nos quedaremos cuatro o cinco días, quién sabe una semana...

—Es posible, déjeme ver si puedo deshacer un par de compromisos.

—Claro, usted...

El camarero les sirve el café en tazas de porcelana china y ofrece los licores; Valfierno piensa que es el momento pero que debe ir con cuidado. Se acomoda el pelo que le cae en la frente: teme que se le note la tintura.

—¿Usted sigue comprando cuadros para la colección de su padre?

—Sí, de tanto en tanto me encarga algún mandado. Lo menos que puede, porque dice que me encariño con los vueltos...

Dice Sebastián y agita la mano derecha como quien se sacude algo pegajoso. El barniz de sus uñas lanza destellos nacarados.

—¿Y la colección sigue creciendo?

—Siempre más lejos, siempre más alto, siempre más fuerte. Un verdadero olímpico de la pintura, si ve lo que le digo.

—Sí, claro. Es una de las mejores colecciones que yo he visto.

—¿Usted la conoce?

—¿No se lo había contado? Por supuesto, la he visto un par de veces. Y el tema es que probablemente tenga algunos cuadros que deba vender...

—...y querría vendérselos a él.

—No, no están a su altura. Pero pensé que quizás usted me podía conectar con algunos coleccionistas norteamericanos que conozca.

—Uy, los americanos compran cualquier cosa.

—No como nosotros, que somos tan cuidadosos, selectivos.

Dice Valfierno y se sonríe.

—Bueno, nosotros compramos casi cualquier cosa. Pero ellos son más incultos todavía, se dejan engañar como chorlitos.

—No es mi intención.

Dice Valfierno y el silencio se congela en un momento que dura demasiado. Valfierno se concentra en su anillo de sello.

—No, marqués, disculpe, no quise ni pensarlo. Lo que quiero decir es que están ávidos, sedientos.

Dice Sebastián y empieza a contar con salva de detalles batallas épicas en las salas de remate de Londres y París entre su padre y tres o cuatro coleccionistas norteamericanos.

—De tanto pelearse ya se puede decir que son amigos. Hace años que se vienen disputando cuadros libra a libra, franco a franco, y no siempre gana mi padre, así que puede imaginarse el calibre de los fulanos.

—Me imagino. ¿Y usted podría recomendarme con un par de estos señores?

—Sí, siempre que…

—Por supuesto que si las operaciones se concretan usted será gratificado, faltaba más.

—No, yo no quería decir eso, pero si usted insiste.

—Insisto, por favor. Hay quienes sólo son generosos en la mala, pero no es mi caso, le aseguro. Ya verá.

3

¿Cómo contar los años en que no pasa nada? ¿Cómo contarlos si nada marca diferencias, si el dos y el ocho se parecen tanto?

Quizás la idea de que no pasa nada sea el error. Siempre pasa algo.

¿Ah, sí? Se ve que usted nunca fue Bonaglia, el empleado de don Simón en San José de Flores.

Es cierto —supongamos, ahora sí, que es cierto— que, cuando salió de la Penitenciaría Nacional, Bollino, Juan María Perrone, se convirtió en Enrique Bonaglia. No tenía una razón precisa —o no sabía, si la tenía, cuál era. Pero sí la sensación de que tenía que dejar atrás todo lo que había sido —lo que fuera que hubiese sido— hasta ese entonces. Que venía junto con la sensación, todavía más confusa, de que no tenía nada por delante. Y es difícil saber —hay razones, pero son demasiadas— por qué se dio, para ese viaje, el nombre de un padre casi falso.

Es cierto —ahora sí, supongamos— que caminó por la ciudad extraña algunos días sin encontrar cobijo. No está claro quién lo dirigió hacia don Simón; parece, sí, que se resignó casi feliz a ese destierro. Es cierto que no tenía nada alentador; tampoco tenía, es cierto, mucho para elegir. Quizás pensó que no sabría abandonar la cárcel de un día para el otro: que tenía que ir dejándola de a poco.

Don Simón Coutiño era un gallego cincuentón que había trabajado cada día de su vida desde los diez u once para lograr la tienda de telas, hilos, lanas que regenteaba junto a la plaza de San José de Flores. La tienda era sólida sin dejar de ser modesta: las señoras porteñas que veraneaban en el pueblo se traían sus enseres del centro, pero los quinteros y peones y mucamas le hacían clientela. Don Simón acababa de despedir a un dependiente; cuando Enrique Bonaglia —veinticuatro años, la mirada atenta, la frente despejada, una sonrisa que ya no era arrogante y todavía no lo era, la palabra, pese a todo, rápida— se presentó para pedirle el puesto, el tendero no vio ninguna razón para no dárselo. Y sí alguna, que prefirió no decir, para tomarlo. No le preguntó nada. En esos días, en Buenos Aires, no se indagaban las historias personales: quien más, quien menos, todos acababan de llegar de alguna parte. El puesto —el alivio de Enrique— suponía trece horas de trabajo seis días por semana, un sueldo escaso, el derecho diario a dos comidas y el uso de una piecita al fondo como habitación. Enrique Bonaglia se dijo que era una buena manera de dejar de buscar —y eso era, entonces, todo lo que quería.

Era tan raro ser Bonaglia. Era, algunas noches, espantoso: Bonaglia, el apellido de mi padre, pobre, convertido en esta porquería: el escondite de un infeliz que nadie busca, que no busca nada.

Clientas cuchichean. Cuando entran en la tienda de don Simón —y, sobre todo, cuando salen— cuchichean. Comprar es una de las escasas diversiones de los quinteros y peones y mucamas del pueblo de San José de Flores. Tienen, también, la opción de ir a misa, un baile cada tanto, el paseíto por la plaza a la caída de la tarde, algún asado los domingos, pero comprar es el gesto que más los acerca a sus patrones: que les permite creerse, por un momento, como ellos. El pueblo no ofrece muchas posibilidades de comprar; por eso no es raro que lleguen a la tienda buscando un carrete de hilo, veinte centímetros de puntillas, un ovillo de lana.

Los quinteros y los peones no son de cuchichear: son, todavía, fuertemente criollos y esa condición está basada en ciertas formas del silencio. Pero quinteros y peones sólo van a la tienda de don Simón cuando pueden argüir que los manda su señora —o su patrona. Y, aun así, simulan una distancia distraída. En cambio las mucamas de los señores y las mujeres de quinteros y peones se hacen presentes con ahínco. Y cuchichean.

Se preguntan —muchas veces se lo preguntaron— quién será ese mozo atento y tan apuesto aunque no sea muy alto que las atiende como si cada una de ellas fuera la mujer de su vida pero mira delicadamente al infinito cuando cada una de ellas le dedica una caída de ojos, un mohín invitante, un comentario tan levemente descarado. En esos casos el mozo Bonaglia parece siempre en otro mundo. A poco, las clientas de don Simón se consuelan cuchicheando que el mozo no debe ser muy hombre. Y que si don Simón lo tomó con la esperanza de casarlo —como muchas sospechan— con su hija, se ha equivocado de chorlito.

Que se pasó varios años tratando de aprender quién era, dice ahora.

Que todavía pensaba que era algo que tenía que aprender. O que podía.

Merceditas Coutiño ya ha pasado los veinticuatro, que, dicen las comadres, es la edad en que una moza deja de ser moza y se acerca peligrosamente a la categoría de señorita de su casa: solterona. Merceditas Coutiño no debe ser bonita. Nunca se sabe, porque —se sabe— toda belleza está en el ojo, y los ojos son lo más caprichoso, pero la señorita no parece cumplir con ninguna de las cláusulas que la belleza pide. No tiene el cutis terso como una rosa fresca ni la esbeltez de un sauce junto al río ni los pechos finas frutas maduras ni paso de gacela. Tiene, sí, la cara redonda levemente galleta, una ceja imponente y el cuerpo corto tan rotundo. Es —suele pasar que alguien se crea que es— una mujer en un envase equivocado: su espíritu sutil preso de carnes brutas.

Esa inadecuación la vuelve tímida. Cuando Enrique Bonaglia empezó a trabajar en la tienda de su padre, Merceditas pretextó una debilidad para pasarse dos semanas encerrada en su cuarto del piso alto. Su madre había muerto años antes; Merceditas era hija única y la única mujer, llevaba la casa con diligencia y su padre detestaba —¿temía?— la idea de separarse de ella. Por eso se negó en redondo cuando su hija le dijo, a sus dieciocho, que quería ser maestra. No, era su única hija. No, no haría cosas raras: se casaría y su marido regentearía la tienda cuando él fuera demasiado viejo. Nunca decía cuando me muera; decía: cuando ya sea demasiado viejo. Merceditas aceptó, como correspondía, la decisión paterna. Y cuando llegó Enrique Bonaglia se asustó muchísimo. Se pasó esas semanas encerrada; después no tuvo más remedio que volver. Cada día los dos jóvenes se saludan con decoro, se evitan sin alardes, buscan una manera de convivencia sin intimidad.

He visto, señorita, que su libro está en francés.
Sí, pero no se crea. No lo entiendo muy bien.
Yo podría ayudarla, si le parece.
¿Usted entiende el francés?

Sí, bastante.
¿Y dónde lo aprendió?
Bueno, usted sabe, en el barco donde trabajé varios años...

Por alguna razón que no termina de entender, Enrique se ha hecho el propósito de mentirle lo menos posible. La idea lo sorprende: se pregunta por qué se le ha ocurrido. Hay matices: su propósito incluye todo lo que tenga que ver con el trabajo y la vida doméstica pero no llega —no puede llegar— a su pasado. Él —Enrique Bonaglia— no tiene un pasado: lo que no existe no puede medirse según criterios de verdad o mentira. No podría decirlo de ese modo, pero está aprendiendo —sin darse cuenta todavía— el privilegio que algunos hombres se arrogan de escribir su pasado.

Nada de lo cual impide que su trabajo sea eficaz. Don Simón está encantado con su dependiente y pasa más y más horas en la pulpería de Canedo jugando al mus con sus paisanos. Son tardes largas en que los dos jóvenes buscan la manera de tratarse: no les resulta fácil. Los envuelve, para empezar, el olor engomado de las telas.

Está entendido que Enrique debe recibir a los clientes; a menos que sea indispensable, Merceditas no deja la silla en la que borda o lee. Si hay algo que no sabe, Enrique se lo pregunta con el respeto debido a una patrona; si no, pueden pasar los días sin hablarse. Vistos desde afuera —desde los cuchicheos, piensa Enrique— pueden parecer un viejo matrimonio que nunca hubiese sido nuevo. Pero la realidad es más tajante, piensa —porque todavía se permite pensar "la realidad". Aquella vez ella desechó su ofrecimiento apenas velado de enseñarle francés, y él no quiere intentar otros caminos. Algo en ella le hace sentir que no puede hablarle de las tonterías corrientes del negocio o de los chismes del pueblo. Ella —piensa Enrique— está mucho más allá y sería vulgar molestarla con eso.

Ella no se merece esas pequeñeces, pero tampoco se le ocurre qué otras cosas decirle. Y Merceditas, por su parte, no considera correcto conversar con un hombre con quien no la une ningún vínculo. La mayoría de las tardes la convivencia del silencio funciona; algunas, muy de tanto en tanto, la tensión se derrama en las miradas huidizas, ciertas toses, el olor aumentado de las telas. Así se les va el tiempo.

Te prometo enmendarme, amigo mío. No quiero seguir, como hasta hoy, saboreando hasta la más pequeña gota de amargura que nos dé la vida. Gozaré el presente, y el pasado siempre será el pasado. Tienes razón, amigo mío; los hombres no sufrirían tanto si, en vez de aplicar tenazmente su imaginación al constante recuerdo de sus males, procurasen hacer soportable su presente mediocre, dice el libro que lee.

Después le parecerá que tendría que haberlo pensado mucho antes, pero pasaron meses hasta que a Enrique se le ocurre preguntarle de qué habla el libro que ella está leyendo. Es una novela, le dice, de un alemán que se llama Goethe, una novela que se llama *Werther*. Enrique se queda callado unos segundos y después le pregunta de nuevo de qué trata; Merceditas se sonroja y le cuenta la historia de un amor desdichado. Enrique le pregunta más y, por fin, se atreve a pedirle que le preste alguno de sus libros. Ella le dice que encantada; al día siguiente baja a la tienda con un libro que se llama Amalia. Cuando se lo da, quizás —la luz es tenue, Enrique no puede estar seguro—, le suben los colores.

Yo leía. A partir de entonces, durante años, yo fui ése que leía. Yo podía parecer un muchacho más o menos agradable que se aburría y despachaba telas en la tienda de don Simón Coutiño, el que se había resignado a vaya a saber qué. Pero ése no era yo. Yo era el que leía.

Como en la casa grande de Diego y Marianita, de don Manuel, leía.

La tienda, de pronto, empieza a parecerle un accidente: un error de sus ojos o del mundo que no debería estar allí, en el espacio donde viven las historias. Todo, de pronto, le parece un accidente o una confusión; salvando, por supuesto, las historias que lee y la señorita que se las da y comenta. Ella es lo único que, ahora, le resulta real: ella y los libros, que se parecen tanto.

Ahora las tardes en la tienda son perfectas. Las tardes sobre todo: la hora de la siesta, cuando don Simón se va a jugar al mus y las clientas no molestan, cuando Enrique y Mercedes se sientan a leer. Mercedes en el cuarto donde se guardan las facturas y el cuaderno del fiado; Enrique en su silla de paja detrás del mostrador. No pueden verse; saben que el otro está y, de tanto en tanto, Mercedes se acerca para ofrecerle un mate, Enrique se levanta a comentarle algo. Pero la mayor parte del tiempo sólo leen, cada uno en su silla, sin mirarse: Enrique tiene la extraña sensación de que por fin lo está haciendo con alguien. Y cree —quiere creer, con tantas dudas— que es igual para ella. Se pregunta cómo es para ella; se pregunta, también, cómo es para él. Busca —encuentra, a veces— también en esos libros sus respuestas.

El hombre de quien te hablé ayer, ese demente feliz, era el secretario del padre de Carlota, y la causa de su locura una pasión desgraciada que por ella concibió. Mucho tiempo guardó el secreto, pero un día se descubrió y el juez lo dejó cesante. Comprenderás por estas breves y secas palabras, dice el libro que lee.

Una de esas tardes me convencí de que había encontrado por fin el amor. Me gustaría saber qué estaba leyendo: recuerdo confusamente una escena en que el hombre mira a una mujer y la ve como una anciana y siente que él es el anciano que camina con ella, un poco más allá, detrás de la sombrilla que ella lleva. El hombre la mira de nuevo y no la ve muy atractiva y la recorre con los ojos despectivos y, cuando los cierra, la vuelve a ver anciana y sin sombrilla y ahora sí, él a su lado. El hombre se reconoce sin la menor duda: está encorvado, surcado de arrugas y sin embargo algo en su cara lo reconforta, lo apacigua. Recuerdo que entonces cerré el libro, me levanté sin hacer ruido y la miré sin que se diera cuenta: Mercedes estaba enfrascada en su propia lectura, y yo entendí.

Tuve un destello de alegría: como una llamarada. Yo no había tenido mucha experiencia del amor: la cárcel me llegó muy pronto y decir que no había tenido mucha es un modo de decir ninguna. Marianita era el recuerdo de otra vida. Yo ya había, por supuesto, transpirado en burdeles: nada más alejado. Esto era lo más distinto que se pudiera imaginar: el amor, una reunión tan pura de las almas. Era un encuentro sin barreras, en un terreno tanto más elevado que la lascivia de la carne. Y ahora sabía —sin necesidad de decírselo ni de escuchárselo decir— que ella lo compartía: que ella, sin decírmelo tampoco, sentía por mí lo mismo.

Amor tiene sus reglas. Amor, en realidad —lo que cada tiempo o lugar suele llamar amor— es un conjunto de reglas que cada tiempo reformula. Amor tiene sentidos que varían: serenidad, desquicio, el hallazgo, una meta, lo imposible, un presupuesto básico, la razón de su vida, el muro insuperable, una mantita. Amor es una palabra que sólo se pronuncia —que sólo se supone, se vislumbra— cuando el que puede pronunciarla conoce esas reglas, cree que tal situación se adapta a ellas. Enrique no las conocía. Dedicaba tantas horas a estudiarlas: empezaba a sospechar que ya sabría.

No es que me lo dijera, pero sí: en su modo silencioso de alcanzarme el mate, en la forma en que me comentaba la frase de un autor, el destino de un personaje desdichado, la belleza de una descripción, Merceditas me estaba diciendo cuánto nos entendíamos, qué forma tan privilegiada del amor habíamos sabido construir. Nos hablábamos con palabras de otros, con palabras en las que ningún otro habría reconocido lo que en verdad decíamos: era nuestro secreto, el que no habíamos tenido que pactar siquiera, el que no necesitó que lo nombráramos. El respeto infinito.

La miraba: a veces me quedaba mirándola un rato largo sin que ella lo notara —¿sin que ella lo notara?— y me alegraba ver que no había nada que enturbiara esa pureza: que lo que sentía por ella no estaba ensuciado por la carne. Ella no estaba ensuciada por la carne. Tenía dientes notorios, la frente ancha y abombada, los pómulos marcados: carne que no disimulaba los huesos por debajo. La carne no era lo que importaba en esa cara, tan veraz, tan cerca de su calavera. A veces —alguna vez— pensé en hablarle de nuestros sentimientos, en pedirle su mano, en estrecharla. Pero me maravillaba ver cómo podía controlar esos impulsos. Además cualquiera de esas cosas me parecía una traición: arruinar todo con un golpe animal. Éramos, sin duda, mucho más.

A veces —más de una vez— volvió esa urgencia de la carne a molestarme. Me confundía, me desorientaba. Hasta que entendí que no era ella quien me la provocaba —que era sólo el tributo que me cobraba mi condición bestial— y que no era difícil de curar. Cada quince días —el primer y tercer domingo de cada mes— me tomaba el tren en la estación del pueblo a la hora de la siesta y me iba hasta el centro. Allí, como quien cumple con un deber penoso y le encuentra su costado grato, me encerraba media hora con la misma mujerona calabresa en el prostíbulo de doña Anunciación. La calabresa era todo lo contrario de Mercedes: una vulgaridad extrema, la palabra soez, las carnes torrentosas. La calabresa era la masa oscura sobre la que brillaba, sin sombras, el alma de Mercedes. Cuando salía del prostíbulo —aliviado, contento, sin el menor remordimiento— caminaba un rato por el centro: toda esa gente bullanguera, apresurada, me daba pena, compasión, me reafirmaba en la elección de mi refugio.

Esas noches volvia a casa —yo llamaba, entonces, a ese lugar mi casa— más lleno todavía de mi amor. Ella nunca me preguntó adónde iba —confiaba en mí, nunca me preguntaba nada— y, si me lo hubiera preguntado, si nuestra comunicación hubiese necesitado esas pamplinas, yo habría podido decirle qué hacía y que lo hacía por ella: para que nuestro amor siguiera siendo lo más puro. Sabía que tanta perfección no podía ser eterna: nada nunca dura cuando es bueno. Pero ambos estábamos confabulados en intentar que durara todo lo posible: que no cambiara nada.

Fue un tiempo tan feliz. Aunque el maestro Rousseau diría que la frase es una contradicción: el privilegio de la felicidad consiste en anular el tiempo. Yo lo sentí: tuve que hacer después, cuando pasó lo que pasó, un esfuerzo para decidir cuántos años habíamos vivido esa pasión sin sobresaltos.

Disculpe, marqués, la intromisión, pero ¿nunca pensó que simplemente no le atraía esa mujer como mujer?

Claro que lo pensé, periodista, ya se lo dije. Y me dije que eran tonterías.

¿Y lo sigue pensando?

¿Qué me quiere decir? ¿Qué quiere que le cuente, mi vida o mi opinión sobre mi vida?

Es curioso lo fácil que resulta creer que las cosas serán siempre como son. Siempre, quiero decir: por más tiempo que el que uno se permite imaginar. Por otro tiempo.

Fue dura la mañana en que dudó. Don Simón se había levantado de un humor de perros —le sucedía muy de tanto en tanto, y terminaba casi siempre en el alcohol— y le hizo un reproche cualquiera. No era importante: quizás un ovillo en el cajón equivocado, un rollo de puntillas amarilleado por el sol, una mota de polvo. No era importante pero el reproche fue severo. A Enrique no le importaba —sabía que recibirlos cada tanto era parte de sus obligaciones— pero le pareció ver, mientras gritaba el viejo, una luz de placer en los ojos de Mercedes asomada. Dudó, esa mañana, y se pasó días a punto de preguntarle algo. Por suerte —pensaría después— no supo qué. Porque podría haber arruinado todo. Seguro que había sido una ilusión, el destello de una luz que se coló, un espejismo. Y seguramente su pregunta habría arruinado todo. Por suerte —pensaría— no supo cómo hacerla —y siempre se dijo que al callarse, aquella vez, había aprendido algo.

4

—¿Así que me va a hacer una oferta extraordinaria?

—Bueno, no sé si llamarla extraordinaria.

—Vamos, marqués. El señor Merryl-Addams me dijo que si lo recibía podía llegar a sorprenderme.

Dice el coronel Gladstone Burton y Valfierno se sorprende de ver que, pese a la aparente solidez del personaje, la idea de la sorpresa le pone un brillito en los ojos. El coronel Burton tiene unos setenta años y el aspecto de quien nunca necesitó sorpresas para conseguir lo que quería en la vida: esa mandíbula cuadrada que los americanos suponen condición necesaria para ciertos logros, un saco de terciopelo carmesí que sólo usaría quien no tuviera nada que pedir, las manos como aspas. Un aspecto demasiado sólido para ser cierto, piensa Valfierno: un tipo que necesita demostrarse que está por encima de todo, el tipo de personaje que mejor entra en su juego.

—Espero no decepcionarlo, coronel.

—Marqués, no sea modesto.

—No es mi peor defecto.

Dice Valfierno y sonríe con su mejor sonrisa autoincriminatoria: ha descubierto —hace tiempo que ha descubierto— que nada engaña más a un desconfiado que decirle la verdad sobre uno mismo, y simular que es una broma. Pero el coronel Burton no parece un hombre preocupado por matices. Su escritorio es uno de los cuarenta o cincuenta cuartos de su nueva mansión en la Quinta Avenida y rebosa de obras de arte de todo tipo y procedencia: media docena de bustos clásicos —copias romanas, probablemente, de originales griegos—, un león alado que podría ser asirio, dos enormes paisajes boscosos que parecen flamencos, media docena de bodegones y naturalezas muertas españolas, una escena callejera de Renoir —o algún alumno aventajado.

—Juguemos un juego. Si pudiera elegir entre todos los cuadros del mundo, ¿cuál tendría?

—Bueno, supongo que sería algún italiano. Una vez estuve a punto de conseguir un Rafael...

—¿Y eso sería todo? Coronel, esperaba más ambición del hombre que llenó los Estados Unidos de cables de teléfonos.

—Bueno, si realmente pudiera elegir cualquiera...

—Sí, si pudiera. Imagine que usted tiene poder, que realmente tiene poder.

Burton lo mira con inquina; Valfierno se divierte: le sorprende notar que, además, se divierte. La escena le está saliendo cada vez mejor: es la quinta vez que repite la fórmula —la misma introducción, las mismas fintas, los mismos medios tonos— y le parece que ya ha llegado muy cerca de la perfección. Aunque siempre queda la posibilidad de algún tropiezo —o la caída: no puede descuidarse ni un momento.

—¿La verdad, marqués? Si realmente tuviera tanto poder no necesitaría comprarme ningún cuadro.

—Touché.

Dice Valfierno y decide intentar un rodeo. El brillante de su corbata destella como si fuera verdadero.

—Esa pieza asiria es digna de un museo. De un gran museo.

—Sin duda. Y allí va a terminar, cuando yo me haya ido. Mis hijos no se interesan por estas cosas.

El gambito termina en una vía muerta y Valfierno cambia otra vez de táctica: está empezando a preocuparse, pero trata de que no se le note. Se ha pasado todos estos años intentando que nada se le note —y muchas veces lo consigue. Ahora comenta con su anfitrión un concierto en el Carnegie Hall, la nieve de este invierno, las posibilidades de guerra allá en Europa. Al cabo de unos minutos el coronel mete un dedo en la trampa:

—Pero, mi estimado, seguramente no es de eso de lo que vino a hablarme.

—No, pero quizás no valga la pena...

—Por favor.

—No, de verdad. Quizás no sea usted mi hombre.

Es un riesgo. Tal vez esté arriesgando demasiado, pero lo pierde el placer de que un tipo tan poderoso tenga que rogarle.

—Mire, no tengo la costumbre de pedir. Pero exijo que me diga aquello que vino a decirme.

—Quería preguntarle a qué estaría dispuesto para conseguir algo que todo el mundo busca.

—¿Que todo el mundo busca?

—Una hipótesis: si le dijeran que la Gioconda puede ser suya, ¿qué estaría dispuesto a dar a cambio?

—Me parece que se equivoca conmigo, marqués...

Es el momento clave y Valfierno está a punto de darse por vencido. Levanta las palmas de las manos como para decir no se preocupe pero el americano lo para y termina su frase:

—...cualquiera sabe que la Gioconda está en el Louvre.

—Sí, claro. Pero podría dejar de estar.

—¿Dejar de estar?

—Podría. Y yo podría conocer la forma de que pasara a estar aquí, por ejemplo, en esta misma sala. ¿Le interesa?

El riesgo es calculado. Antes de ver a sus posibles clientes, Valfierno se informa cuidadosamente —y, en la mayoría de los casos, sabe que han comprado, alguna vez, arte robado. Así que no hace mucho caso de las protestas del coronel Burton:

—¿Qué cree que me está diciendo?

—Lo que oye, coronel. ¿Le interesa?

Sabe, también, que éste es el momento en que su interlocutor supone que tiene que tener dudas morales y que, seguramente, va a transferirlas sobre él: despreciarlo para no despreciarse. No es un precio muy caro, piensa, y espera el movimiento:

—Tendría que verla.

Dice el coronel. El gesto de desdén es su coartada.

—Pero no la va a ver. Es una hipótesis. Si yo me presentara aquí con ese cuadro, ¿estaría dispuesto a pagar medio millón de dólares?

—Como mucho un cuarto.

Valfierno trata de que no se le note la sonrisa: el tipo acaba de caer, como tres de los cuatro anteriores.

—No, un cuarto de millón es un insulto.

—Hasta trescientos mil, digamos. Pero no vale la pena seguir hablando de quimeras.

—Puede no serlo, coronel, puede no serlo.

Dice Valfierno y piensa que quizás se apresuró. El coronel Burton también sabe hacer maniobras de distracción: acaba de darse cuenta de que quedó demasiado expuesto, e intenta una:

—¿De dónde es usted, si no le molesta decírmelo?

—Faltaba más. Soy argentino.

—Ahora entiendo.

—¿Qué, si me permite?

Valfierno trata de darle un punto de honor herido a sus palabras: lo contrario sería sospechoso. Por suerte para él, el coronel no se da cuenta.

—Ahora entiendo con quien estoy hablando. Ustedes son como nosotros, no se detienen ante minucias. Por eso estamos llamados a ser los grandes países del futuro. Pero no sabía, marqués, que hubiera nobleza en la Argentina.

—Bueno, usted sabe cómo son nuestros países: nos importa mucho parecer republicanos, pero sin nuestras aristocracias —sin los hombres como usted y como yo— seguiríamos siendo una banda de bárbaros. Incapaces de apreciar como usted y como yo el verdadero arte, por ejemplo.

—¿La Gioconda? ¿Dijo bien: la Gioconda?

—Eso dije.

—¿Y su hipótesis tiene alguna posibilidad de realizarse?

—Eso depende, entre otras cosas, de sus trescientos cincuenta mil dólares.

El coronel se queda callado un rato que podría ser demasiado largo. Valfierno enciende un puro; el coronel sigue en silencio. Cuando empieza a hablar, su voz es un susurro:

—Una pregunta personal. Usted sabe que ese cuadro es oro puro, que puede ofrecérselo a quien quiera. ¿Por qué me eligió a mí?

El coronel se atusa los bigotes y los ojos le brillan. Es el momento de acariciarle el lomo: sus compradores —sabe Valfierno— le están comprando sobre todo una imagen de sí mismos: yo soy el que tiene lo que no tiene nadie, lo supe conseguir, me lo merezco.

—Primero, porque me han dicho que su discreción es a prueba de balas. Es obvio que, quien lo tuviera, tendría que guardarlo de forma tal que nunca nadie podría saberlo.

—Es obvio. Es, incluso, la única forma de evitar…

—Y, sobre todo, porque me importa que lo tenga alguien que sepa apreciarlo.

Le dice Valfierno y, por un momento, teme haber jugado un poco tosco.

—Marqués, no sabe cuánto se lo agradezco.

Contesta el coronel: cayó en la trampa.

5

Les dijeron que el Vasco no tenía la culpa. Que había sido el caballo, su caballo pero que fue un accidente, pura mala suerte que ese perro ladrara justo cuando el Vasco Arispe pasaba con su carro y que el caballo tan acostumbrado a perros y ladridos se asustara, se desbocara justo entonces, cuando ella cruzaba la calle saliendo de la iglesia. Que el Vasco nunca pasaba por ahí a esa hora, que justo se había demorado en lo de una clienta y que además justo esa tarde, les dijeron, les iban a decir, pero entendieron que no tenía sentido insistir con el azar tan cruel, tan rematadamente idiota. Les dijeron que el Vasco estaba muerto de pena, no sabían lo apenado que estaba ese pobre hombre les dijeron pero era una descortesía enfatizar ese dolor hablando con el padre de la herida y con el otro, el dependiente, que algo debía tener que ver porque se le había puesto la cara pálida como la luna llena: quizás los chismes, al final, fueran ciertos. Les dijeron, entonces, que Mercedes estaba en el dispensario, que ya había llegado el doctor Firmin y que sí, que el golpe había sido muy duro pero que tuvieran esperanzas. Que sí, que quizás se salvara, les dijeron. Que dios se iba a apiadar de ella.

Lo primero que pensé fue cómo no se me había ocurrido alguna vez matar al perro ese, evitar esa cadena desde el principio, si sólo se me hubiera podido ocurrir antes. Antes.

El accidente es un exabrupto de segundos que modifica horas, meses, años, todo. Solemos creer que el accidente es un patinazo súbito del orden natural, donde ciertas cosas o personas —el perro, el sulky, esa mujer— no se cruzan, no deberían cruzarse. Solemos creerlo: porque solemos creer que existe como base un orden natural —una sucesión ordenada que no incluiría accidentes: una sucesión ordenada por algo o por alguien. Pero todo es un accidente. Sólo que algunos —los menos, los más bruscos— se manifiestan como tales.

Lo que solemos llamar, entonces, accidente, son esas situaciones donde la tontería del azar se manifiesta: se vuelve rimbombante. El accidente —lo que llamamos accidente— es el azar de siempre cuando define años en segundos: modifica las maneras del tiempo. Como una pincelada —digamos, por ejemplo— que demora segundos en ser dada y después dura. El accidente —lo que llamamos accidente— participa de la esencia del arte. La vida nos parece hecha de esos minutos que no cambian nada sustancial, de esos azares sin manifestación; el arte y el accidente están hechos, en cambio, de los otros.

El accidente es aterrador: la evidencia de que los azares rigen todo y que, a veces, no soportan pasar inadvertidos. Y los hombres no toleran esa prepotencia, el sinsentido. Entonces inventan cuentos para sobrellevar la tontería del azar: filosofías, religiones. La historia de los hombres es la historia de los relatos que inventaron para hacer menos cruel la tontería: para creer que todo tiene algún sentido.

Después, muchas veces, intenté recordar qué estaba haciendo cuando me dieron la noticia y, sobre todo, qué en el momento preciso en que voló la coz de ese caballo. Lo peor era la certeza de que, cuando ella ya yacía, para mí todo siguió igual. Que nuestra comunión, entonces, no era como creía.

Mercedes Coutiño tiene una venda ensangrentada alrededor de la cabeza, los ojos cerrados y moretones en todo el resto de la cara pero lo más grave es el golpe en el pecho: de las dos coces, la peor fue la que —parece, dice el médico, no podemos saberlo a ciencia cierta— le ha herido los pulmones. Mercedes respira como si no supiera: despacio, irregular, buscando. A su lado, de pie junto a la cama de la enfermería, Enrique Bonaglia aspira y espira como si pudiese comunicarle el modo: aspira para que aspire ella. Piensa que lo que parecía rutina se ha vuelto sobrehumano: que cada intento de la mujer por sorber aire es un esfuerzo que denuncia el esfuerzo enorme —silencioso— que hace el cuerpo, siempre. Piensa que el cuerpo es generoso cuando trata de disimularse: cuando no pide reconocimientos por todo lo que hace pero que, de pronto, el accidente acaba con esa pretensión —y también, con su ilusión de que los cuerpos no eran lo importante. Piensa que, si acaso —si acaso, se dice, porque no quiere decirse: si ella sobrevive—, van a tener que aprender otras maneras.

Durante una semana van todos los días, Enrique y don Simón, a visitar a Mercedes en el dispensario de San José de Flores. Van en horas distintas, para no desatender la tienda: don Simón por las mañanas, cuando el médico le repite que no pierda las esperanzas, que sea fuerte; Enrique a la hora de la siesta, cuando la monja le cuenta los pequeños progresos de la herida. Enrique está seguro de que la monja trata de engañarlo: no ve ningún avance y, al sexto día, se sorprende tratando de hacer planes para después que Mercedes muera. No se le ocurre nada: por ahora, murmura, no se me ocurre nada. Menos mal, murmura, y le mira la boca y los esfuerzos por el aire. Querría sentirse peor, más abatido. Una tarde trata de imaginar cómo murió su madre.

El octavo día —al caer la tarde, sola— Mercedes abre los ojos, balbucea unas palabras: cuando llega la monja no consigue entenderlas. La monja manda a llamar a los dos hombres que ahora sí cierran la tienda, corren.

¿Usted qué cree, don Simón?

Nada, hijo mío, nada. ¿Cómo quiere que crea?

Tenga cuidado, don Simón.

Oh, si hubiera tenido la dicha de morir por ti, Carlota, de sacrificarme por ti. Lleno de gozo habría buscado la muerte si hubiera podido proporcionarte la dicha y la tranquilidad. Pero ¡ay!, sólo a algunos hombres privilegiados les fue dado verter su sangre por los suyos, decía el libro que leyó hace tiempo, que relee, que no sabe si entiende ahora, en medio del desasosiego.

Nos dijeron que la podíamos llevar de vuelta a la casa. No que estaba curada, ni fuera de peligro, pero que de ahí en más lo que necesitaba no eran cuidados médicos sino reposo y tranquilidad y la ayuda de dios. Yo supuse después —muchas veces, todas las veces en que no pude evitar pensar en esos días— que el doctor Firmin simplemente no sabía más qué hacer. Don Simón le dejó la cama de su cuarto y contrató a otra monja para que se quedara con ella todo el tiempo; Mercedes se pasaba las horas adormilada y, muy de tanto en tanto, se despertaba y trataba de hablar. Esa noche hizo varios intentos: yo no llegaba a reconocer, en esos sonidos roncos enrevesados, las palabras. Mercedes, la cara todavía más cerca de su calavera, los ojos saltando entre esos huesos, me miraba con desesperación. Yo le agarré la mano y la suya se crispó; quería decirme algo.

Dejó de intentarlo. Se durmió y yo me quedé una o dos horas a su lado, mirando su pelea por el aire. Pensé que la carne que habíamos sabido desdeñar trataba de vengarse. Pensé que, si se recuperaba, le pediría matrimonio: que me resignaría a la banalidad de la unión de los cuerpos. Después pensé —odio decirlo, pero lo pensaba— que si se recuperase quedaría baldada: de alguna forma imposibilitada de volver a ser ella misma. No toleraba esa idea. Y menos toleraba la certeza de que ella, si hubiera estado en mi lugar y yo en el suyo, me habría atendido con toda la devoción de su bondad. O, incluso: que habría sentido cierto placer de tenerme baldado para ella, dependiente de ella, a la merced de su bondad. Eso pensé —y me estremeció.

Mercedes se murió unas horas más tarde, en plena noche, bien dormida. Yo también estaba dormitando. Yo me morí bastante menos. Aunque nunca se sabe.

6

Valérie Larbin está aburrida. La noche está por empezar y el Faux Chien parece, como cada vez, una empresa imposible: es la hora en que Valérie piensa, cada vez, que no va a venir nadie aunque sabe que sí. Piensa que la sensación no vale frente a la experiencia pero no piensa eso, piensa: qué raro que cada noche me parezca lo mismo aunque sé que no es. Piensa qué distinto de lo que sabe es lo que siente —o algo así, y se pide un pernod. El pernod le gusta porque le deja gusto a fresco: gusto a no haber tomado.

Valérie Larbin se toma su pernod y descubre que sí hay alguien: en una mesa al lado de la puerta un señor de cierta edad con canas muy brillosas, el bigote perfecto, aspecto tan compuesto, sorbe su champaña. Es una sorpresa; cuando lo ve, el hecho de compartir con él ese salón desierto le parece grosero: de una intimidad intolerable. Vuelve a mirarlo. Algo de él la atrae, así que va a agredirlo:

—Éste no parece un lugar para usted.

—¿Y cuál sería un lugar para mí?

—No sé. Mejor dicho: todavía no lo sé.

La atrae, sobre todo, un estilo: su forma de moverse como si se quedara quieto, de hablar como si las palabras se dijeran solas. Eso debe ser categoría, clase, distinción: hay varias palabras para decirlo y ninguna define claro nada. Le gustaría poder decir qué significan; en general le alcanza con saber que definen a los clientes más apetecibles pero esa noche que no empieza le gustaría saber más. Por eso se queda con Eduardo de Valfierno:

—Pero éste es un lugar para mí, no para usted.

—Por eso, señorita.

Valérie no le contesta: es, sin duda, una trampa que el señor le tiende y a ella le gusta mantener el control. No le contesta, no le sonríe, Valfierno no tiene base pero sigue. Ella está muy maquillada; Valfierno cree ver debajo un moretón. Y no le vio los dientes todavía:

—Por eso me gustaría verla en otra parte.

Dice, y le entrega una tarjeta.

Manda amor en su fatiga que se sienta y no se diga,
le diría él poco después.

Vincenzo Perugia fue a buscarla a la salida del Faux Chien, pasadas las tres de la mañana. A veces iba sin avisar, pero esa noche lo habían acordado: Valérie lo invitaba a quedarse con ella hasta el domingo en la casa de una amiga que se había ido a ver a sus padres a Bretaña.

Se encontraban de tanto en tanto: cada vez Valérie se decía que era la última, cada vez volvía a caer. Vincenzo Perugia la aburría. La excitaba su fuerza tranquila, su aparente falta de propósito, su desidia, su manera de no pretenderla —y todo eso la aburría. Y, sobre todo, no terminaba de entenderlo: habría querido saber qué quería de ella. La última vez habían pasado una noche especialmente intensa, de silencios perfectos. A la mañana, cuando se iba, Valérie le dio cien francos: para una camisa, mi tesoro, alcanzó a decirle antes de que el muy animal le torciera la cara de un sopapo. Ella le gritó que se fuera a la mierda y que si lo único que quería de ella era su cuerpo y él le dijo que no y se calló la boca. Ella le repitió que se fuera a la mierda y que era un campesino bruto y que no la merecía y nunca más.

O sea: nunca más, le dijo él; muy bien, ya lo entendí, y no volvió por el Faux hasta que Valérie le mandó la notita invitándolo. Dudó antes de escribirla: primero no quería, después se preguntó si él la entendería. Si sabría leer, para empezar. Quizás.

Después el tiempo escapa

y se disuelve: él lleva su mano izquierda —corta, de dedos como golpes— a la entrepierna de ella: el pulgar en su concha, los otros cuatro un ramillete sobre el pubis, el movimiento que se va haciendo fuerte, acompasado, y ella se arquea y él con la otra mano en su pija lo acompaña y ella grita o suspira y él se le encarama, se trepa, se encarama campea por encima y ahora lo que se mueve son los cuerpos la galopa: el tiempo ha vuelto ella se arquea grita grita se quiebra

él ya no importa.

Él ahora le importa tres carajos.

Pero tú no sabes lo que es nacer en un pueblo, vivir en un pueblo creyendo que nunca vas a poder salir de ahí.

¿Que yo no lo sé?

No, no es lo mismo. Acá es distinto. En mi pueblo los muchachos lo único que dicen es que ojalá se pudieran ir pero los ves y sabes que no van a poder, que no tienen pelotas. Yo sí tengo pelotas, acá estoy.

¿Pelotas, se llama eso? ¿Así que tú eres el que tiene pelotas?

Claro, señorita. Por eso estoy acá: porque tengo pelotas. Yo voy a hacer lo que ellos quieren y no pueden. Yo sí lo voy a hacer. Yo voy a hacer plata acá, tú sabes cómo es.

Si yo supiera cómo es...

Tú sabes cómo es, acá en la ciudad sí que se puede. Yo voy a poder. Aunque no te parezca yo voy a poder. Y entonces sí que voy a volver al pueblo...

¿Vas a volver a tu pueblo?

Claro, voy a volver al pueblo con dinero y voy a poner mi propio taller de carpintero, me voy a hacer famoso en toda la comarca porque yo sé hacer cosas que allá nadie sabe, modernas, de París. Entonces voy a ganar más plata todavía y me voy a conseguir una mujer buena, decente, una del pueblo para criar una familia juntos, una buena familia que...

Qué bueno. ¿Y todo eso se te ocurrió a ti solo?

Déjame hablar. Te digo: una buena familia, mis hijos no van a tener que meterse en problemas, desde chicos les voy a enseñar el oficio y van a llegar a ser grandes carpinteros, todavía mejores que su padre. Yo, así como me ves, soy un buen carpintero.

Seguro, sí.

Sí, soy un buen carpintero. ¿Me oyes? Soy un buen carpintero. Si hasta me contrataron en el Louvre, a mí, en el museo, para trabajar de carpintero.

¿En el museo del Louvre?

Sí, en el museo del Louvre. Te sorprende, ¿no? Creías que era un idiota, pero no: hasta en el Louvre trabajé, yo. Ahora, hace unos meses. Me fui porque me salió otro trabajo, pero puedo volver cuando quiera, yo, así como me ves, puedo volver si se me da la gana.

¿Ah, sí?

Sí, cuando se me dé la real gana.

Hasta la forma en que decía Louvre —el acento tan espeso con el que pronunciaba Louvre— la irritaba. Todo en él la irritaba. Y no podía conseguir que se callara. Tampoco que se fuera —o no llamarlo.

Cuando recibe el llamado de Valérie, Valfierno tarda un momento en recordar de quién se trata. Lo siguiente es el gusto salvajito del triunfo: me llamó, la muy imbécil me llamó. Se hacía la chancha renga pero me llamó. A veces lo sorprende —lo avergüenza— gozar así de victorias tan menores, todavía. Lo sorprende lo difícil que le resulta ser Valfierno.

¿Se acuerda de mí, marqués?
No juguetee con su víctima, le ruego.
Pero marqués.

Esa noche se encuentran y Valfierno la lleva al baile de l'Opéra Comique. Hay luces: tal desborde de luces. Valérie mira a todos —el baile es tan mundano, tan tan elegante— y Valfierno espera que no se dé cuenta de que todos la miran: Valfierno disfruta de que todos la miren —que lo envidien. Mundano y elegante: una manada de buscavidas como yo preparando sus camas, buscavidas como yo, piensa Valfierno, aunque algunos hayan empezado a buscársela hace dos o tres o diez generaciones: todos bailan. Suena una canción de moda: ma tonkiki ma tonkiki ma tonkinoise, bailarines se agitan a un ritmo inverosímil, va la velocidad, bate y se bate, se agita el aire, los perfumes no disimulan el sudor: mon anana mon anana mon anammite, olor a cuerpos en el aire. Valérie lleva un vestido lila con brillos carmesí, el escote como el fondo del mar, al final esas olas: una vulgaridad que sólo un caballero puede permitirse —piensa Valfierno y de pronto se asusta: quizás la miran por lo basta, por lo desubicada. Ella ha bebido, se carcajea y sus dientes partidos y oscuros la oscurecen y es tan joven y lo miran por eso. Olor a cuerpos que se gastan y él que piensa la miran por vulgar y se ríen de mí por lo bajo y que los zurzan: son modos de disfrazar la envidia, piensa, y los que me conocen saben que yo puedo permitírmelo y me envidian por eso y qué me importa los que no me conocen piensa —pero no se convence. Un cuerpo pura bestia, piensa, las tetas como torres, a quién le importa el resto, piensa: que se jodan, yo sí puedo. Más olores, la velocidad, m'appelle sa p'tite bourgeoise sa tonkiki sa tonkiki sa tonkinoise Marqués, lléveme a otro lugar. ¿A otro lugar, tesoro? A un lugar donde podamos estar solos y el movimiento desbocado y el olor, sobre todo, esos olores. No tendría que haberme dicho eso, piensa Valfierno, se regodea de antemano y ella da vueltas y más vueltas: Marqués, lléveme a ese lugar donde podamos.

Quizás el peor error que cometí fue incluir en la historia a esa chica Valérie.

¿Y lo pagó caro?

Según se mire. Yo diría que sí.

Cuénteme cómo fue que la incluyó.

No sé si estaría bien.

Quedamos en que me iba a contar todos los hechos.

Ya lo sé. Pero eso es sólo un pacto.

Más tarde, alguna noche, pensó que la probabilidad de que una huérfana medio-mundana de los suburbios obreros de París y el hijo de una costurera italiana refugiada en la ciudad de Rosario se encontraran en algún lugar de este planeta no llegaba a despreciable. Después le pareció improbable que las cosas que suceden sean aquellas que gozan de probabilidades altas.

Primero tengo que hacerlo sentir el rey del mundo, un verdadero hombre pero eso nunca fue un problema y recién después, entonces, cuando ya se crea capaz de llevarse todo por delante entonces sí. Pero primero conseguir que se le vayan esos humos, que se vuelva un tipo como todos, que se le caiga la maldita corona y se despeine, se le deshaga el dibujo del bigote, el gesto de las cejas, que la cara se le desarme buscando un poco más de aire para seguir moviéndose, tocándome, buscándome y ahí la fuga que parece entrega, la entrega que una fuga, darle y sacarle y darle y otra vez hasta que se deshaga, que se quede deshecho, hecho un idiota satisfecho, un verdadero hombre, que sienta que es capaz de todo entonces sí: entonces cómo hago para empezar a hablarle del museo.

Si yo pudiera hacerlo sola todo sería distinto. Si yo pudiera hacer marchar al italiano sola, armar todo el asunto sola sería tan distinto pero no, lo necesito y para eso necesito desarmarlo: convertirlo en un hombre satisfecho, un rey del mundo. Pero eso nunca fue un problema para mí.

Marqués, ¿no quiere que trabajemos juntos?

Sólo eso me faltaba.

Ya me lo va a pedir.

Sin duda, mi querida. Pero ahora tengo que almorzar y, si usted no se adecenta, voy a llegar ligeramente tarde.

Marqués, no sea idiota. No es lo que usted se imagina.

¿Y qué me imagino, dígame?

Prefiero no pensarlo. De todas formas es pura fantasía, ya sabemos. Sólo quiero decirle una cosa: una amiga mía conoce a un tipo que hasta hace poco trabajó en el Louvre. El tipo es un tonto pero no tiene escrúpulos; no es común, en los idiotas como él. Usted conoce el dicho: cuanto más tonto, más moral. El tipo puede entrar y salir del museo como usted del hipódromo de Auteuil.

¿Y eso a mí qué?

No sé qué, Valfierno. Piénselo. Usted es de esos que saben pensar cosas. No siempre hacer, pero pensar sí sabe. Si nos esforzamos, mi querido, un poco más que anoche, quizás incluso consigamos que se le ocurra algo.

Quizás.

O si quiere le cuento lo que he pensado yo.

¿Usted?

Sí, yo.

7

Ella ya se había ido, nosotros nos quedamos: yo y don Simón, dos hombres que les faltaba lo mismo tan distinto. La muerte de Mercedes nos había ligado de una manera vaga: éramos víctimas del mismo golpe y, además, parecíamos destinados —¿destinados?— a sufrirlo juntos. Yo habría podido irme, por supuesto, pero no encontraba razones para hacerlo. Y el viejo me trataba con un afecto extraño, que no estaba hecho de palabras ni de gestos sino de un modo pudoroso de cuidar los silencios: como si hubiera entendido el pacto que me había unido con su hija y quisiera resarcirme por la pérdida. O, también, distinto: como si la desaparición de la mujer nos hubiera sacado a los dos algún peso de encima, una barrera.

Don Simón seguía con las partidas de mus, que se hacían largas, y se desinteresaba de la tienda; yo leía y leía y trataba de cubrir sus ausencias, pero los dos sabíamos —sin decírnoslo, porque no nos decíamos— que no sabíamos para qué lo seguíamos haciendo. Una muerte no es dura por lo que se va; es terrible porque te obliga a inventarte otra vida cuando creías que ya tenías una.

Eran días interminables —y hubo tantos. Yo, en esos días, en esos años, no soportaba el acabarse de las cosas y siempre me dejaba un resto de lo que fuera, para poder seguirla, si acaso, cuando necesitase: un último trago de la sopa que me llevaba al cuarto cada noche, un culito de vino en cada vaso, cinco o seis páginas sin leer en cada libro. Y había conseguido, entonces, una vida que no parecía tener principio ni final: siempre igual, el tiempo no la atravesaba. Hacía y hacía sin saber para qué. Y no estoy seguro de haber sido infeliz.

Yo había heredado sus libros: todos sus libros. Pero además tomé la costumbre de comprarme uno o dos cada vez que iba al centro: ahora, todos los domingos. Ya no sólo leía sus novelas. También libros de historia, relatos de viajes a los lugares más extraños, algunas biografías de los grandes hombres que estaban cambiando nuestro mundo. A veces me apenaba la sensación de que, con esos libros nuevos, la iba dejando atrás.

El paseo del domingo era mi única salida: el momento de asomarme al precipicio. Cada domingo me levantaba a las ocho, me lavaba, me afeitaba y me tomaba el tren a la ciudad. Después comía en alguna fonda del centro —la de la francesa Berta, la del catalán Narcis, alguna vez una italiana— con un par de vasos de vino. Entonado, me acercaba hasta el prostíbulo de doña Anunciación: algunas veces me atendía la calabresa; otras, otras; todas tenían el mismo olor a flores falsas del desinfectante; todas repetían, poco más o menos, los mismos gestos: quizás lo hacían a propósito, para que el cliente imaginara que era él quien los creaba: que eran suyos. Más de una vez pensé en dejar de ir, pero nunca faltaba. Seguía siendo, cada vez, un homenaje al recuerdo de Mercedes: una forma de renovar nuestra comunión, de decirle que los cuerpos seguían sin tener importancia y que ninguna ocuparía su lugar en mi alma. Cuando salía, renovado, solía ir a caminar por la calle Florida y terminaba, de tanto en tanto, en un teatro: había descubierto en esas representaciones una forma de no pensar que no estaba muy lejos de la lectura de los libros.

Cuando caía la noche me tomaba el tren de vuelta a San José de Flores. Llegaba, cada domingo, cansado y satisfecho: había palpado ese mundo que otros envidiaban y deseaban, y confirmado que podía desdeñarlo. Nada de eso me resultaba necesario.

Hay una felicidad posible en la imaginación que no prevé ningún contraste: que no imagina confrontaciones con la realidad. Hay un placer extremo en la imaginación que se basta a sí misma.

Eran los días en que Enrique Bonaglia imaginaba cosas que nunca podría hacer y era feliz. Se le ocurrían ideas: que se embarcaría, que sería ladrón de guante blanco, que viviría de una viuda millonaria. Que sería marinero y después contramaestre en un velero que surcaría los mares del mundo desafiando tormentas y salvajes y llevaría su audacia hasta los límites. Que inventaría un ardid infalible para embaucar a nuevos ricos brutos con unos bonos de una pequeña monarquía centroeuropea que les rendirían tremendos beneficios financieros e irresistibles beneficios secundarios. Que la viuda joven de un hacendado de las pampas pasaría por azar por la tienda y caería rendida a sus encantos y le ofrecería el moro y sobre todo el oro y lo demás para atraerlo. Se pensaba historias cada vez más complejas, más llenas de peripecias y riesgos y triunfos. A veces, incluso, algunas siestas, se complacía en la derrota —y se vengaba, se recuperaba. Que en uno de sus viajes quedaría al borde del naufragio y salvaría a los suyos y cometería hazañas increíbles y descubriría comercios que le darían fortuna: que se convertiría, por ejemplo, en el traficante de opio más potente del sudeste asiático y construiría un imperio secreto que tejería sus redes a través de selvas y pagodas, tugurios y palacios y que, ya mayor, escribiría unas memorias que revelarían al mundo de los aburridos cómo la vida puede ser tan distinta de lo que ni siquiera se imaginan —pero que sus memorias, para no comprometer su posición, sólo podrían publicarse cuando él ya no estuviera. Que aprovecharía la codicia de los brutos inmigrantes recién enriquecidos para venderles esas obligaciones del reino de Belgravia y, gracias a la promesa de grandes ganancias —sostenida, por supuesto, en pequeñas ganancias iniciales y, sobre todo, en la concesión de títulos nobiliarios belgravos a todos los compradores importantes— frecuentaría los ambientes más aristocráticos y se convertiría, él mismo, en uno de ellos. Que su vida de hacendado consentido por la viuda sería tranquila y regalada por un tiempo —los veranos en el campo, los viajes a París en el invierno, el otoño en la ópera— hasta que, cansado de la haraganería y entusiasmado por la perspectiva de heredar los campos a la muerte de su protectora experimentaría con cruzas de vacunos y crearía una raza nueva que revolucionaría la ganadería argentina y la llevaría al lugar de privilegio que el mundo, por ahora, sólo teme y ganaría tantísimo dinero y se compraría la ciudadanía argentina y empezaría una carrera política llena de inteligencia, ganaría más plata todavía, haría una campaña para diputado y llegaría a ministro y al final, quizás, a presidente.

Sería, imaginaba, interesante millonario noble líder: objeto de la envidia. Se le ocurrían ejércitos de ideas y tenía el gran placer de saber que no tendría que realizarlas. El alivio de saber que eran ideas: la perfección inconmovible.

Pero después se le ocurría que ese hombre, don Simón, debía tener una tranquilidad de espíritu: saber que vino a este país a buscar algo y que lo consiguió. Yo, que no quiero nada, también puedo conseguirlo si me esfuerzo.

Hasta esa noche en que don Simón me dijo que tenía algo importante que decirme. Era raro —y creo que me asusté. Después supuse que me había asustado porque creía saber lo que me iba a decir, y temía que no me lo dijera.

Hacía calor: la noche de verano. Los mosquitos rondaban la luz de kerosén, olía a kerosén; más allá, ladridos de los perros. El viejo sirvió vino y fue preciso: que yo sabía que él, como yo, estaba solo en el mundo; que todo lo había hecho para su pobre hija pero que ahora que ella no estaba su mundo se había desvanecido, dijo y se quedó callado. Tomó un trago de vino: me pareció que estaba yendo en la dirección que imaginaba. O sea que ya no tendría que preocuparme por mi futuro. O sea que, sin decírmelo, estaba preocupado por mi futuro: por lo que podría pasar si alguna vez debía dejar la tienda. O sea que ya no: si el viejo seguía por la dirección que imaginaba ya nunca tendría que preocuparme y podría seguir imaginando, tranquilo, sin pesares.

Hijo, todo lo que imaginé para mi vida ha quedado destruido. Pero no quiero que lo que pude construir desaparezca. Dime que cuando yo no esté tú vas a ocuparte de la tienda, vas a garantizar que sobreviva.

Por supuesto, don Simón, si es lo que usted quiere.

Claro que es lo que quiero.

Entonces, don Simón, no se hable más.

Es una rara sensación, esa noche, transpirando en su cama: que su vida está solucionada. Y le busca el júbilo a novedad tan trascendente y no lo encuentra y sospecha que es tonto, carente de imaginación: que no había conseguido figurarse lo que podría haber sido su vida tras la muerte del viejo si lo que acababa de suceder no hubiera sucedido.

Su vida está solucionada, o sea: puede seguir haciendo lo que ya lleva años —lo que, a esta altura, le parece su destino o su naturaleza. Su destino, piensa, o su naturaleza.

Un día se le ocurrió que Diego de Baltiérrez —su amigo Diego, de su primera vida— ya debía ser grande y se sorprendió de no haberlo pensado y se dijo que iba a tratar de averiguarlo: debe salir en la prensa, supuso, en las revistas, debe ser un señor importante.

La historia de Grecia la estudié de memoria, y la de Roma en seguida, sintiéndome sucesivamente Leónidas y Bruto, Arístides y Camilo, Harmodio y Epaminondas; y esto mientras vendía yerba y azúcar y ponía mala cara a los que me venían a sacar de aquel mundo que yo había descubierto para vivir en él. Por las mañanas, después de barrida la tienda, yo estaba leyendo y una señora Laora pasaba para la iglesia, leía Enrique y se regodeaba: la historia de un hombre —del dependiente de una tienda— que se había inventado a sí mismo con éxito perfecto.

Leyendo —no sólo leyendo, pero leyendo mucho— entendí que la Argentina servía para eso: la Argentina era una idea que se estaba haciendo, y un país que se hacía permitía que sus hombres se hicieran —y que se hicieran otros hombres. Esos mercachifles vascos que recorrían la pampa con una carreta, viviendo como gitanos, hasta que reunían suficientes títulos de tierras que los soldados les cambiaban por ginebra y, de pronto, en unos años, se inventaban señores feudales, aristócratas de esta nueva nobleza de las vacas. Esos compatriotas o casi compatriotas que llegaban de Italia sin más equipaje que sus manos y el hambre y usaban ambos para hacerse una familia y una casa. Esos judíos que aprovechaban la solidaridad de sus hermanos de raza para iniciarse en los negocios y la usura y convertirse, a poco de llegados, en comerciantes prósperos. Esas mujeres rubias que se entregaban aquí al comercio que nunca habrían osado en sus países fríos —y se retiraban, al cabo de unos años, con pensiones que les permitían comprarse una reputación casi sin uso. Esos criollos pobres de provincia que, a fuerza de esfuerzos y de estudios, escalaban las cimas del país, como el finado Sarmiento, dependiente de tienda que llegó a presidente. Él fue, si alguien lo hizo, el que marcó el camino.

Se le ocurrió de puro aburrimiento. Una tarde, aburrido en la tienda, se le ocurrió empezar a ofrecer unos géneros que nunca se vendían. Les decía a las clientas —a ciertas clientas, a las que lo miraban con más detenimiento— que estaban por acabarse, que eran la última moda de París, que eran muy caros pero para ella tenía un precio especial y le daba un precio exagerado y la clienta, en general, compraba. Hasta que don Simón descubrió que estaba vendiendo más que de costumbre y preguntó por qué. Bonaglia le contó, casi orgulloso, su estrategia, y el viejo le prohibió que lo siguiera haciendo. Bonaglia le dijo que no le hacía mal a nadie; don Simón le contestó que no se trataba de eso: que en la tienda se hacía lo que él decía. Por ahora, le dijo, acá sigo mandando yo, mocito. Se lo dijo sereno, sin ninguna estridencia. Bonaglia pensó que no le importaba nada, que ese hombre era un tonto, que nadie lo entendía y que él no necesitaba que lo entendieran esos tontos.

Ha engordado. Se mira en el espejo cuerpo entero que don Simón puso en la tienda para atraer más y más a las mucamas que le compran —y se place: él, Enrique Bonaglia, que nunca estuvo cerca de su cuerpo, ahora tiene una panza que refleja el confort de su estado. Le gusta. Le gusta la palabra confort, que sale en las revistas; le resuena a moderno, a europeo, a muy sofisticado. Lee revistas, ahora, también, Enrique, desde que sabe que va a ser dueño de una tienda. Las lee: las estudia.

Sobre todo en el tren, los domingos, cuando va a Buenos Aires. Se le ocurre, una tarde, a la salida del prostíbulo, que cuando sea el dueño de la tienda va a poder pagar a un dependiente que le permita ir más al centro —dos o tres veces por semana, si se le da la gana. Después de todo va a ser un comerciante próspero. Se sonríe, se asusta. Quizás hasta se case: cuando sea un tendero no le van a faltar las pretendientes. Se sonríe, se asusta un poco más. No quiere cambios brutales en su vida.

Pero esa tarde, en el teatro —donde una familia aristocrática lidia con la deshonra de su hija y se hunde en la tragedia—, piensa de nuevo en la casa de Baltiérrez y piensa que también podría vender la tienda y hacerse un capital que le permita lanzarse a alguna de las vidas que alguna vez se ha imaginado. Entonces sale del teatro y entra, sin decidirlo, en un café y se pide una grapa: esa noche bebe mucho, hasta la borrachera.

Que es pura cobardía si los hombres siguen siendo el que les tocó en la célebre tómbola. Que no hay mayor empresa que construir un hombre. Que no hay empresa más difícil, mayor arte. Que no hay estupidez tan grande.

Pasé meses en un estado de desasosiego que no me conocía. Don Simón desmejoraba cada día: el momento de decidir mi vida se acercaba. Aunque me dijera que no era necesario, que nada me impediría seguir como hasta entonces, ya me había desviado: nadie vuelve al paraíso después de abandonarlo. La duda ya me había echado el ojo y, a partir de ese momento, nada fue como antes. Cualquier lectura se me volvía una amenaza; en cuanto me embarcaba —por reflejo, casi, porque había sido mi alimento tanto tiempo— en mis vidas fantásticas, la desazón de saber que si quería quizá podría intentarla le arruinaba todo placer para convertirlo en una cuesta arriba interminable. Sufría, pero volvía: una y otra vez volvía a leer y a imaginar y a pensar mis posibilidades. Lo odiaba, pero volvía y volvía.

Descubrí que se había muerto una mañana. Era otoño pero no hacía frío y me llamó la atención, ya pasadas las ocho, que don Simón no bajara a la tienda. Antes que nada intenté acongojarme y estuve a punto de conseguirlo pero me distraje. Mientras bajaba la escalera fui entendiendo lo obvio: que estaba por empezar mi historia. Ahora, por fin, mi historia.

8

—Ayer estuve con ese amigo suyo.

—¿Amigo mío?

—O lo que sea, prefiero no saberlo. Ese picapedrero italiano, el tal Perugia.

—Tenía entendido que era carpintero.

—¿Y eso hace mucha diferencia?

—Según para qué.

Contesta Valérie y Valfierno piensa que debe ser duro tener veinte, veintiún años y estar sola compitiendo en ese mundo de canallas y que es comprensible que tenga que exhibir todo el tiempo esa estúpida seguridad inverosímil. Pero le molesta que Valérie no encuentre otro camino: que se pare como si no pudiese entender que con esos años uno no sabe todo y algo más. Como si no supiera que no es necesario simular que uno sabe todo, piensa, y se sonríe.

—¿Qué? ¿Ahora qué pasa?

Lo reta Valérie.

—Nada. Pensaba en que a veces es más fácil ver pajas en los ojos ajenos.

—No sé de qué está hablando y me da igual. Me decía que estuvo con Vincenzo.

—¿Vincenzo?

—Perugia.

—Ya, pero usted lo llama Vincenzo.

No se sabe si es una pregunta o una afirmación, y probablemente no sea ninguna de las dos. Valfierno se toma un minuto de tregua: alza su copa de champaña, espera que Valérie lo acompañe en el brindis, le sonríe mirándola a los ojos. Ella le contesta con desgano de libro; alrededor la alharaca de los clientes de la brasserie se va difuminando. Es más de medianoche: cuando hay menos gente conocida, cuando Valfierno se atreve a ir con ella a lugares como ése.

—Anoche estuve con él.

—Ya me lo dijo.

—Ya sé. ¿Realmente le parece un tipo de confianza?

—Hasta donde se puede confiar en un hombre.

—¿Y hasta dónde se puede?

—Sólo un poquito más que en una mujer.

Dice Valérie y abre los labios bermellones para que Valfierno le vea la lengua llena, amenazante. Pero también sus dientes. Valfierno desvía la mirada: primero desvía la mirada y después se obliga a concentrarla en esos dientes. Son el precio, se dice. Y verlos, saber que están ahí puede ayudarme.

—Le pregunté de qué era capaz y me dijo que si había buen dinero era capaz de cualquier cosa.

—No se fíe mucho de su "cualquier cosa". Debería haberle dicho "de cualquier cosa que pueda imaginar", y eso limita mucho el abanico.

—Me pareció. No daba la impresión de ser una luminaria.

—Y usted lo quería para perfeccionar su educación en lenguas clásicas, supongo.

—En serio, Valérie. Tengo miedo de que sea demasiado tonto, incluso para esto.

—¿Incluso para qué?

—Para lo que quiero que haga.

—Que sería...

Valfierno le agarra la mano con joyas de fantasía que yace sobre el mantel blanco, pero no termina la frase que ella dejó pendiente. Siente como sus dedos se contraen: nerviosa o disgustada.

—¿Sabe de qué me acuerdo, marqués?

—Prefiero no imaginarlo.

—Me acuerdo de aquella vez que le pregunté qué era lo más extraño que usted había falsificado. ¿Se acuerda qué me contestó?

—Sí.

—No me contestó nada, se puso digno, y yo pensé que incluso estaba falsificando esa respuesta. Pero ahora no puede: yo soy la que le dije que Perugia había trabajado en el Louvre. A mí se me ocurrió que podíamos organizar algo con él. ¿Ahora no va a intentarme meterme el perro, no?

—Yo nunca intentaría engañarla, Valérie, si a eso se refiere.

—Mi querido, usted sabe que yo podría enterarme tan fácil de todo eso...

Valfierno no sólo lo sabe; supone, además, que Valérie ya se enteró: que está jugando a interrogarlo pero que ya consiguió antes, de Perugia, todas las respuestas. Le gustaría saber qué relación la mezcla con el italiano. Él está más tranquilo: ha decidido que puede soportar que Valérie crea que lo usa, que no le importa: que mientras ella lo satisfaga y pueda usarla, no le importa. Mientras pueda desahogarme con ella, piensa, y la palabra le rebota: desahogarme. Pero hay momentos en que no se convence. Debería dejar de verla, olvidarla de una vez por todas, olvidarse. Y, sobre todo, no mezclarla en esto. Eso va a ser difícil:

—Es mejor que usted no sepa nada, Valérie.

—¿Mejor para qué, para quién?

—Mejor para usted. Y para mí.

—¿Así que me va a dejar afuera?

—¿Afuera de qué?

—Marqués Eduardo de Valfierno, o quienquiera que sea: soy joven y me conviene que gente como usted se crea que soy tontita, pero no soy. Y no creo que a usted le convenga tratarme como si lo fuera.

Hay algo en su tono que lo irrita: Valfierno se limpia la boca con la servilleta de hilo blanco, tose, levanta la cabeza. Y dice lo que no había pensado:

—Entonces vamos a hablar claro. Hoy vamos a dejar de vernos: no nos conviene, ni a usted ni a mí, no nos sirve. Y no se meta en este asunto. Me lo deja a mí. Pero, por supuesto, reconozco su participación y me comprometo: si sale todo bien le hago un regalo extraordinario, más de lo que nunca pudo haber soñado.

—Valfierno, no me puede dejar afuera. Ni me puede dejar, Valfierno, sería una tontería.

Valfierno la mira con algo parecido a la ternura. Se pregunta si de verdad acaba de dejarla:

—Es por su bien.

Le dice, y se preocupa: Valérie es una cría, no tiene nada que perder, no sabe cómo son las cosas. Puede hacer muchas tonterías.

—Usted no sabe con quién está jugando.

Le dice ella, y le muestra los dientes.

9

—¿Y usted no volvió a ver a Valérie?

—¿A quién?

—A Valérie, a la amiga de Valfierno, la que lo ayudó a...

—Ah, se llamaba Valérie.

—¿Se había olvidado? Por lo que me dicen, no parece que haya sido el tipo de mujer que uno olvida tan fácil.

Dije y Chaudron, antes de contestarme, miró hacia la cocina. Ivanka, por el momento, había desaparecido. Pero podía estar detrás de la puerta: él debía saber.

—¿Por qué dijo haya sido? ¿Se murió?

—No sé. Esperaba que usted me dijera algo. Yo no la puedo encontrar de ninguna manera. Pero si usted se ha olvidado hasta el nombre...

—¿Olvidado? Nunca la conocí. Él nunca me la habría presentado. Usted sabe: el argentino era un especialista en dividir para reinar.

Dijo, y se sonrió y se pasó la mano por la cara, como quien espanta. Había un tinte extraño en su forma de pronunciar "el argentino".

—Acá me tiene, otra vez, dejándome avasallar por él. Yo no digo dividir para reinar. Eso habría dicho él, siempre tan rimbombante: dividir para reinar.

—¿Y entonces por qué le importa que esté viva o muerta, si me disculpa la pregunta?

—No me importa. Por supuesto que no me importa. Por qué me iba a importar.

Lo subrayaba: hasta ese momento Yves Chaudron me había parecido una persona reacia a toda afirmación tajante: de ésos que temen que cualquier afirmación los arrastre en una catarata sin final. Y ahora subrayaba demasiado: me intrigó. Pero yo no había ido a verlo para desentrañar el misterio de sus relaciones con Valérie Larbin o como fuera que él pudiera llamarla.

—¿Por qué, dividir para reinar?

—Usted no sabe cómo es él.

—¿A quién se refiere?

—Él, Becker: Valfierno. ¿De qué estamos hablando?

—De él, Chaudron. Disculpe.

—Por eso. Valfierno siempre tuvo miedo de que pudiéramos aliarnos contra él, me parece. Eso creía. Una estupidez. ¿Para qué habríamos hecho semejante cosa?

—¿Para qué?

—No sé. Para robarle sus ideas, supongo. Eso es lo que le daba miedo: que le robaran sus ideas, como si hubiera tenido alguna. Pero siempre creyó que los que estaban alrededor de él no tenían más remedio que envidiarlo y, entonces, iban a tratar de sacarle lo que tenía. O quizá tenía miedo de que nos diéramos cuenta de algo sobre él, no sé. Que no era lo que decía. Que no lo necesitábamos. La verdad, no me importa. No se crea que me importa.

—No se preocupe.

Le dije, pero Chaudron ya se me había escurrido entre los dedos. El viejo oscilaba entre la amabilidad distante y las ausencias. Ahora estaba quieto, la mirada perdida en un cuadro colgado del otro lado del salón de su casita de campo tan cursi, tan francesa: era curioso pensar que este señor mayor había participado en una de las grandes estafas del siglo para amueblarse un salón con sillones falso rústico y rosas de papel. El cuadro me resultaba conocido: una virgen de las rocas de tonos oscuros con su niño regordete entre los brazos.

Era un cuadro grande, de una belleza sombría e imponente y me pregunté si sería una obra suya.

—Sí, yo lo hice.

Me dijo sin que llegara a preguntárselo.

—Lo hice cuando fui Leonardo.

—¿Qué significa cuando fui Leonardo?

—Lo que oyó. ¿O usted se cree que pintar un cuadro ajeno es cuestión de agarrar un pincel y tratar de imitar unos trazos? Eso creía yo al principio, cuando trabajaba con mi maestro Falaise en Lyon. No sabe lo que me costó aprender que no era así. Y, la verdad, se lo debo a Valfierno. Él me hizo entender que para hacer lo que hace otro había que transformarse en ese otro. En eso sí que era el mejor. Imagínese: si ahora hablamos de él y decimos Valfierno...

—Bueno, no veo la relación.

—Yo podría explicársela si no estuviera tan cansado. Aunque no debería. La verdad, no estoy tan viejo como para estar así de cansado, todavía. Pero quedesé con lo que le digo: para pintar como Leonardo tuve que ser Leonardo. Tuve que estudiar sus escritos, comer sus comidas, sentir sus frustraciones, vivir...

No me atreví a preguntarle si también había adoptado sus costumbres sexuales. Así, hundido en su sillón tapizado de cretona floreada, Chaudron parecía un hombre que nunca se hubiera dedicado a tales cosas. Quizás no me mentía, después de todo, cuando me dijo que nunca nadie conseguía recordarlo: que no se hacía memoria. Sus obras eran memorables; él no tenía ni un rasgo distintivo, salvo ése. Se me ocurrió si es fácil recordar a alguien porque no tiene nada que uno pueda recordar: tonterías —y no podía permitirme distracciones. Ivanka sacudió la puerta de la cocina para que la oyéramos entrar. Sin darse cuenta, Chaudron se irguió en el sillón: se enderezó.

—Querido, es la hora de tus medicinas.

—Sí, querida, ahora mismo.

Le pregunté si estaba enfermo y me miró como quien espera una pregunta. Entonces le pedí que me contara qué había hecho a su llegada a Buenos Aires y me dijo que ya me había dicho que no me daría detalles.

—Sí, no le pido detalles. Cuénteme en general.

Yves Chaudron le ordenó a su mujer redonda rusa un vaso de agua para sus remedios y me dijo que al principio Buenos Aires le había resultado tan intimidante como París pero por otras razones: que era un lugar salvaje.

—Era un lugar salvaje, donde todo estaba por hacerse, o parecía. Usted no sabe la energía que circulaba por esa ciudad: toda esa gente que recién llegaba, que traía la fuerza del hambre o de las esperanzas y estaba agazapada buscando su oportunidad para saltar. Créame, no es porque sea yo: daba un poco de miedo.

Chaudron tardó un par de semanas en conseguir su primer empleo: un fotógrafo portugués lo contrató para que hiciera retratos a la acuarela de sus clientes —y por un precio razonable les ofrecía la pintura junto con la foto. Era una buena idea —en los retratos los clientes salían más favorecidos que en las fotos, me explicó— y el portugués empezó a ganar mucho dinero, pero Chaudron se tenía que contentar con un sueldo que apenas le alcanzaba para pagar la pieza y la comida. Lo habría soportado, me dijo, si no hubiese estado medio enamorado de una costurera yugoslava que le echaba en cara su pobreza. Al otro lado del salón Ivanka volvió a interrumpir su bordado para escuchar mejor. Estaba sentada justo debajo del cuadro; de pronto se me ocurrió que la cara de la virgen falsa se parecía mucho a la de Valérie según Valfierno. Por algo no se sonreía.

—Entonces pensé que no necesitaba al portugués ese, que yo podía hacer retratos por mi cuenta y me hice unas tarjetas ofreciendo mis servicios. Yo había pensado que iba a ser difícil conseguir clientes, pero ya entonces Buenos Aires daba para todo. El problema, en realidad, fue cuando quise retratarlos: les pedía que posaran y trataba de pintarlos pero no podía, no había forma de que me salieran parecidos. Con las fotos no tenía problemas; con el modelo vivo no había caso. La verdad, no tendría que haberme sorprendido: era lo mismo que me pasaba acá antes de irme. Pero debo haber creído que con eso de cambiar de país, de empezar una vida nueva, iba a ser capaz de pintar al natural y descubrí que no, que yo seguía siendo yo, el mismo en otro continente. Fue muy decepcionante.

Chaudron buscó un fotógrafo con quien reconstruir el arreglo que tenía con el portugués: tardó meses y meses en volver al punto de partida. Entonces sí se resignó: durante años mantuvo su trabajo de retratista de segunda mano. Ya ganaba lo suficiente para alquilar un pequeño departamento, sacar a pasear a la yugoslava y ahorrar algún dinero; no tenía ambiciones y pensó que su vida podía seguir así durante mucho tiempo.

—O para siempre. En realidad yo creía que iba a ser así para siempre, pero usted sabe cómo es, hay palabras que la gente como yo no se atrevía a decir.

No le pregunté a qué llamaba la gente como él: ya me iba dando cuenta. Había empezado el siglo cuando se consiguió un empleo que le daría más dinero y, sobre todo, más estabilidad: se enteró de que las autoridades del Correo buscaban un dibujante para diseñar sus estampillas.

—Yo nunca lo había hecho, imagínese, pero los argentinos todavía eran muy ingenuos y creían que cualquier francés era capaz de cualquier cosa. Me presenté, me contrataron. Y después, con el tiempo, también me contrataron otros para hacer lo mismo.

—¿Qué quiere decir?

—Lo que le dije, Becker, no se haga el tonto. Que había otros que me pagaban mucho más por los mismos dibujos.

—¿Coleccionistas?

—Becker, por favor. Lo hice, gané bien. Quizás usted no sepa qué poca diferencia hay entre trabajar de un lado de la ley o del otro lado. Sería normal que no lo supiera. Afortunadamente la mayoría de la gente cree que es muy distinto: si no fuera por eso, el mundo sería un caos.

—Disculpe, pero no entiendo muy bien lo que me dice.

—Da lo mismo.

Me dijo Chaudron, sin hacerme el menor caso: por momentos su humildad se transformaba en un desprecio sin alardes. Por momentos parecía claro que no me hablaba a mí, que no me necesitaba para nada.

—La cuestión es que me aburría; tenía mucho tiempo libre, me aburría. La yugoslava se había casado con un compatriota, yo ya estaba grande y seguía soltero, me aburría. Si no hubiera sido por eso supongo que nunca lo habría conocido.

—¿A quién, Chaudron?

—¿De quién hablamos, Becker?

Ivanka se había acercado sin hacer ningún ruido: utilidad de las pantuflas de felpa en interiores. Me pareció que exageraba su acento cuando nos ofreció algo de comer. Yo le dije que no se molestara y ella que no era molestia y que ya lo tenía preparado; Chaudron se sonrió:

—Aproveche, Becker. Mi señora cocina como un ángel pero no suele ser tan generosa. Se ve que usted le cayó bien.

La mesa estaba en la cocina. Ivanka nos sirvió unas pastas que llamó piruguis o pirugues, rellenas de algo que no reconocí y bañadas de crema: tuve que esforzarme para terminarlas. Había vino y la charla se desvió hacia el estado del mundo: la rusa no decía palabra, Chaudron parecía muy versado en los efectos de la crisis, la desocupación, los peligros latentes. Comía como si no le importara pero repitió su plato dos veces. Ivanka sonreía. Chaudron hablaba con la boca llena:

—No sé cómo lo ve usted, Becker, como americano, pero cada vez más gente piensa que el capitalismo no va a sobrevivir a esta crisis, que ésta sí va a ser la última.

—Ésas son tonterías.

—No se crea, no se crea. Fíjese acá al lado, en Alemania: los comunistas están a punto de tomar el poder. Y ahí sí que se acabó todo. Si alguien no los para, el mundo que conocemos se acaba en unos pocos años.

No entendí si lo temía o celebraba —y preferí no indagar. Me seguían pareciendo tonterías. En el mes que llevaba en Francia ya había escuchado esas historias varias veces: veleidades de europeos, pesadillas de países debilitados por la molicie y el exceso de ideas. Cuando Ivanka nos ofreció el café le pedí a Chaudron que lo tomáramos en el salón, que volviéramos a nuestros asuntos antes que se hiciera tarde. La mujer se molestó pero no dijo nada.

—Me decía que conoció a Valfierno por el aburrimiento.

—Una manera de decir. Pero también es cierto.

Dijo, y bajó la voz:

—Yo solía ir a un prostíbulo del centro, una cosa modesta, nada caro. Las chicas ya bailaban el tango, y después estaba todo el resto. Ahí fue donde lo conocí.

—¿O sea que se hicieron amigos porque eran, digamos, compañeros de correrías?

—Amigos es mucho decir. Con él siempre fue decir mucho. El argentino no es el tipo de hombre que sepa cómo tener amigos.

Chaudron lo seguía nombrando en presente y, una vez más, no supe si decírselo. Me preocupaba no saber si sería una buena o una mala noticia.

—No, no éramos amigos. Y además él no iba ahí a divertirse. Él trabajaba ahí.

No sé si lo hizo a propósito, si calculó su golpe, pero me pareció que Chaudron se regodeaba del efecto que me causaron sus palabras. Yo traté de disimularlo, pero sospecho que no me salió bien.

—¿Cómo que trabajaba ahí? ¿No me dijo que era un prostíbulo?

—Sí, claro, le dije, el de la señora Anunciación. Un prostíbulo de muy poca monta. Algo apropiado para él.

10

—Va a tener que hacer seis.

—¿Seis?

—¿Qué le dije? ¿Tres? ¿Nueve? ¿Veinticuatro?

—Tranquilo, marqués, no se sulfure. Y tenga en cuenta que me había dicho cinco.

Son las diez de la mañana: Valfierno no ha bebido nada pero camina, nervioso, de un lado para otro. No tiene mucho espacio: tres pasos, cuatro pasos. Supone que quizás lo que lo enerva es el taller-habitación de Chaudron —ese cuarto atiborrado y triste pese al sol y fastidioso a fuerza de ordenado—, o quizás Chaudron mismo: su parsimonia, su mirada cada vez más timorata lo irritan hasta un punto que empieza a preocuparlo. Necesita controlarse: necesita al pintor.

—Sí, tiene razón, le dije cinco, Yves. Pero acabo de recibir carta de Philadelphia: cayó el último. Ya creía que ése no entraba pero me dice que sí, se disculpa, me pide de rodillas. No se crea que no tiene gracia ver al petrolero más potente de los Estados Unidos suplicando...

Chaudron se limpia las manos con un trapo embebido en trementina y el olor sobresalta a Valfierno. Hace frío: Chaudron, pese a estar en su casa, lleva una bufanda marrón alrededor del cuello, por encima del delantal manchado de colores —y Valfierno no se ha sacado su abrigo de paño negro con cuello de animal.

—Tres copias más, entonces. Eso puede tardar unos meses.

—No tenemos tanto tiempo, Yves.

—Me da igual lo que usted diga que tenemos. Yo tengo

un trabajo para hacer y lo voy a hacer bien. ¿Qué le parecen éstas, como van?

Dice, y le muestra dos Giocondas idénticas apoyadas sobre dos caballetes. Chaudron sabe que su pregunta es pura retórica. En las últimas semanas Valfierno ha ido varias veces al Louvre a ver la verdadera y la tiene presente: a primera vista las Giocondas de su falsificador son inmejorables. Se le ocurre que el riesgo está en que sean demasiado buenas, más parecidas al original que el propio original.

—Asombrosas, Yves, como siempre. Y supongo que los detalles deben estar tan cuidados como la apariencia general.

—Usted sabe, Valfierno. Las tablas de la misma madera bien envejecidas, las pinturas fabricadas con los mismos métodos, las mismas rajaduras... ¿Sabe cuál es mi sueño? Me gustaría ver a Leonardo intentando distinguirlas.

Cuando habla de sus cuadros, de su habilidad, Chaudron se transfigura. Valfierno, entonces, reconoce de nuevo su buena suerte. En un tercer caballete hay una Gioconda a medio hacer: el paisaje está casi completo, la cara de Mona Lisa apenas esbozada.

—O sea que tres más, en vez de dos.

—Sí, y pronto, Yves. En un mes salgo para Nueva York y tengo que llevarme todos los cuadros.

—¿No habrá problemas en la aduana, allá?

—Yves, ¿qué le está pasando? Sabemos que no hay americano que viaje a Europa y no se vuelva con un par de reproducciones baratas, como... las nuestras.

Valfierno se sonríe: pensaba decir suyas, pero al decir nuestras convierte la falsa agresión en broma clara y, de paso, se hace más dueño de los cuadros. Se regodea pensando en su pequeña maniobra inadvertida: que está más y más fino, cada vez más preciso en el manejo de sus armas. Está, se dice, en su mejor momento. Y se ensombrece: si fuera cierto, de ahí en más sólo podría seguir la cuesta abajo. Así que debe ser mentira.

—Pero tiene que terminarlas pronto. Después va a ser imposible salir de este país con una copia de la Gioconda.

—¿Después de qué?

—No me pregunte lo que no quiere saber, mi estimado.

Dice Valfierno y Chaudron lo mira a punto de insistir pero se calla. En un rincón del taller hay un catre estrecho, frágil, y Valfierno lo ve y piensa en su propia cama durante años, cuando Bonaglia, en la tienda de San José de Flores: como si todo se hubiera invertido en algún punto. Chaudron ha limpiado un pincel y retoca el fondo de la tercera Mona Lisa; Chaudron lo mira, fascinado como siempre, y le dice que ya lo va a saber, de todos modos, dentro de unos meses.

—Si hay algo que saber, preferiría saberlo ahora.

—No, no se equivoque.

—Pensar que hace unos años…

—¿Hace unos años qué, Yves? ¿Hace unos años usted me dijo lo que tenía que hacer? Ya se lo agradecí muchas veces, me parece. Pero una vez más le digo que no se equivoque, que fue un momento muy particular.

Chaudron se concentra en el cuadro: es un buen modo de no seguir una discusión que no sabría llevar a ningún lado. Le da placer sentir la mirada del otro admirándolo —y después lo desecha: es pura estupidez. Pero tiene que preguntarle algo y la mejor manera es mantener los ojos fijos en la tabla, en los pliegues de la frente de la muchacha florentina:

—Yo confío en usted, ya se lo he dicho, y no tengo más salida. Pero necesito que me prometa algo.

Dice Chaudron. Valfierno lo mira y bufa: decididamente, su socio se ha convertido en una carga. Le dice que sí, si está a su alcance.

—Está, seguro que está. Espero que esté. Prométame nada más que no vamos a terminar como aquella vez en Buenos Aires.

—Yves, por favor…

11

Era un maestro. Me engañó tan bien, durante todos esos años: parecía un viejo sin dobleces y se rió tanto de mí. A los viejos les resulta más fácil: nos parecen inofensivos, siempre buenos. Si los viejos fueran tan buenos como parecen, ¿quiénes son los malos de este mundo? ¿No los había cuando ellos eran jóvenes? ¿O lo fueron y la vejez los fue limando? Lo que nunca terminé de entender fue para qué lo hizo. ¿Sabe qué? Tantas veces, en aquellos años, me pregunté si no fue su venganza por la muerte de su hija: si no creyó, vaya a saber por qué, que yo era el culpable de la muerte de Mercedes. Si encontró una razón para pensar que yo era el culpable y decidió vengarse o si se le ocurrió vengarse de mí sin necesidad de justificarlo con razones. O si nada más quería vengarse del mundo que le había arrancado su única obra y yo era lo que tenía más a mano. Nunca voy a saberlo. Lo que sí sé es que su venganza fue perfecta. El viejo había falsificado mi futuro. Día tras día fue falsificando mi futuro, convenciéndome de que mi futuro sería la consecuencia de la promesa que él me hacía —de esa promesa falsa. El viejo, le digo, consiguió falsificar mi vida: era un maestro. Es cierto que al final, con su engaño, me hizo un favor enorme pero él, por supuesto, no podía saberlo: nunca llegó a saberlo. Ésa, si acaso, es mi venganza. Todos tenemos una, ¿sabe? Lo difícil es reconocerla.

La muerte de don Simón había sido tan fácil. Es lo más decisivo que le sucede a un hombre y, sin embargo, no es gran cosa. Enterrarlo, en cambio, siempre es una historia: el modo de marcar que algo pasó.

Nadie, en un pueblo como San José de Flores, principios del demorado siglo veinte, se siente en condiciones de desaprovechar una muerte, su velorio, su entierro. En el gris de esas vidas, cada muerte es una oportunidad para encontrarse con el resto y, sobre todo, con algo que trasciende la chatura habitual. En un velorio los vecinos pueden hablar de aquello que no pueden decir habitualmente. En un entierro los vecinos pueden frotarse con el escalofrío del más allá y sus cursos posibles. En un pueblo como San José de Flores, que todavía se resiste a formar parte de la ciudad de la que va a terminar por formar parte, la muerte —ajena— es uno de los momentos más vitales. En un pueblo como San José de Flores la muerte —ajena— no es inútil.

Enrique Bonaglia cumplió con todos sus deberes en esos días de tránsito: él fue quien se encargó de contratar un buen servicio —que pagó de sus pocos ahorros, total ya nunca tendría problemas de dinero—, él quien compró la cruz y la lápida de mármol, él quien trajo las flores, él quien recibió a las mujeres del barrio que lloraban y a los hombres que, a falta de mejor recipiente, le daban a él los pésames debidos. Fue él, Enrique Bonaglia, quien distribuyó aguardiente y café a los jugadores de mus, anís a las señoras, granadina a los dos o tres chicos que aparecieron en la tienda presidida por el cajón de madera con herrajes y los restos de un hombre que había llegado a Buenos Aires décadas antes para hacerse un futuro.

—Pobrecito don Simón. Qué pena esto de morirse sin que te sobreviva nadie.

—¿Usted cree que será muy diferente?

—Pero doña Puritas, dónde va a comparar.

—No, le digo porque yo...

Nadie sabe qué debe hacer en un velorio. La experiencia en casos significativos es, por definición, bastante escasa. No se sabe si hay que tratar de sobrellevar el momento esquivándolo con risas o historias o chismes de ocasión o entregarse de lleno a ese dolor —que justifica la velada. Por eso los velorios suelen ser oscilaciones ligeramente torpes entre el dolor más duro y la risa gratuita.

—¿Usted se acuerda de esa vez que se empecinó en comprarse ese matungo rengo?

—Claro. De caballos sí que no entendía, pobre viejo.

La ventaja de este velorio —el velorio de un hombre sin parientes— es que nadie se duele demasiado por su muerte. Que todos saben que lo van a olvidar en poco tiempo. Pero aun así van, se quedan: el muerto se merece esas dos horas que se pierden por él o para él. Se merece las frases. Que dios se apiade de su alma. Él ya no sufre pobrecito. Ahora va a descansar. Tarde o temprano todos como él. Por qué será que siempre se nos van los mejores. Por lo menos no sufrió, ni se dio cuenta. Ya no tiene problemas. No somos nada. El hombre propone y el Señor dispone. Donde manda capitán no manda marinero. Vamos quedando pocos. Tan vivo que se lo veía. Hoy estamos mañana no estamos. De carne somos. Hay que resignarse. Así es la vida. Los que sufrimos somos nosotros, que quedamos. Y, dicho lo dicho, los corrillos siguen:

—Siempre me impresionó la cantidad de trampas que podía hacer en una sola partida, ese gallego pillo.

Le dice uno de la mesa de mus y Bonaglia se sorprende: nunca lo hubiera imaginado.

—Y sí, se lo tomaba tan a pecho. ¿Se acuerda de aquella vez que quiso jugarse la tienda al pase inglés?

—Uy si no lo parábamos…

Después escucha a dos clientas que murmuran lo galante que era, y lo pícaro y también lo insistente y la cantidad de muchachas que se corrió en sus años mozos.

—Y no tan mozos, doña Eulalia. Yo sé lo que le digo.

Dice una vieja de riguroso luto. Y entonces Bonaglia mira de otro modo a esa señora mayor con ese chico apenas más joven que Mercedes que se quedan en un rincón sin decir nada, lagrimeando, sin mezclarse con nadie. Y se pregunta quién era don Simón —y cuándo se termina de escribir cada historia.

Y es él, Enrique Bonaglia todavía, quien encabeza la comitiva que camina detrás del carro con el cajón lustrado hasta el cementerio de San José de Flores y quien echa la primera palada de tierra cuando el señor cura termina de decir que devuelve al Señor un cristiano que se merece todo lo mejor porque sus pecados nunca le han hecho ningún mal a nadie.

—Pobre viejo. De eso sí que se debe estar arrepintiendo.

Sí, pobre viejo. Toda una vida de esfuerzos para llegar a esto.

Y es él quien debe, tres días después, cuando se cumple el luto, abrir la tienda: él, Enrique Bonaglia, quien se dispone a abrir por primera vez como patrón la tienda donde se ha dejado como dependiente tantos años. Y él quien se encuentra, esa mañana, apenas abierta la puerta de la tienda, con un señor de chaquetón oscuro y un muchacho que lleva una especie de casaca de sport, algodón claro, y un canotier de paja con su cinta roja. El canotier puede llegar a veinticinco años; el otro, cincuenta por lo menos. El canotier se queda un poco más atrás; habla el oscuro:

—Disculpe, señor. ¿Es usted el que se hace llamar Enrique Bonaglia?

—Sí señor. Así me llamo. ¿Quién me busca?

—Mi nombre es Castellani: doctor Alfredo Castellani, abogado. Y aquí el señor Augusto Pérez Coutiño, sobrino del difunto don Simón, para servirle.

Enrique tarda en entender lo que le va a pasar. O, mejor dicho, no lo entiende hasta que el abogado le pide ver los papeles que legalizan su derecho sobre los bienes del difunto. Enrique le dice que todavía no se ha ocupado del asunto, por el duelo, pero que todo el mundo sabe que él es el único y legítimo heredero.

—Puede ser, mi estimado. Sólo querríamos, mi cliente y yo, asegurarnos de que así sea. Quisiera, mientras tanto, presentarle los papeles de mi cliente, que muestran a las claras que, si no hay testamento que determine lo contrario, él, como hijo de su difunta hermana, es el auténtico heredero.

Dice el abogado y le extiende un hato de papeles, que Enrique mira sin poder concentrarse. Pero reconoce una partida de nacimiento a nombre de Pérez Coutiño Augusto, hijo de Miguel Pérez Pérez y Josefa Coutiño Álvarez, y la constancia parroquial de que el citado Augusto es ahijado de su tío Simón Coutiño Álvarez, y otros papeles semejantes. La cabeza le da vueltas y piensa que tiene que pensar algo de inmediato.

—Señores, encantado. Pero les pido únicamente que me den dos o tres días para hacerme con lo que me solicitan. Si les parece bien, los espero aquí mismo el viernes próximo.

—Faltaba más, señor, con todo gusto.

Nunca había imaginado que un papel pudiera volverse cuestión de vida o muerte. Pero fue: durante esos dos días no dejé en la tienda ni en la casa un cajón sin abrir ni un libro sin revisar hoja por hoja ni una libreta sin despanzurrar. Al principio pensaba que el maldito testamento debía estar en algún lado: que sólo la distracción comprensible de un hombre que está entrando en su muerte le hizo olvidar el detalle de dármelo. Así que cuando terminé de hurgar en los lugares lógicos entendí que un papel tan importante debía estar bien escondido y me dediqué a los imposibles: golpée todas las paredes buscando el eco de algún hueco, levanté tablas del suelo, desarmé las patas de sillas y de mesas, pinché con una aguja de tejer almohadas y almohadones: para nada.

Hubo un momento en que pensé que enloquecía. Seguía seguro de que el testamento estaba en algún sitio pero que era posible —era incluso probable— que nunca lo encontrara. Me imaginé la burla terrible del destino: que mi vida futura se me escapara entre los dedos por la ausencia de esa hoja de papel. Hasta que sentí un golpe: no la metáfora de un golpe; un verdadero golpe que nadie pudo darme. Me quedé unos minutos atontado. Era el atardecer del jueves: sin encender el farol de kerosén me serví un vaso de vino, me senté en el sillón que supo ser de Merceditas y tuve la sospecha —porque fue, primero, una sospecha— de que no iba a encontrar lo que nunca había existido. Entonces me escuché —sin saber cómo ni por qué— la carcajada. Fue tremenda, aquella carcajada.

Me había quedado sin futuro.

¿Y estaba seguro de que ese muchacho era el legítimo heredero?

Bueno, parece que vamos aprendiendo, periodista. Por

fin una pregunta. No, por supuesto que no estaba seguro. Es más: a lo largo de esa noche hubo un momento en que estuve convencido de que los falsificadores eran ellos. Que el supuesto abogado había inventado esos papeles y se estaba echando un farol como en el mus.

Y ahí fue cuando decidió pelear por lo suyo.

Ahí fue cuando me acordé de que yo tampoco me llamaba Bonaglia —o, por lo menos, que no tenía ningún documento con ese nombre— y que, si establecían mi verdadera identidad...

¿Su verdadera identidad?

Ah, se está afilando. Digo: la que ellos habrían considerado verdadera. Si la establecían, le decía, rápidamente aparecería mi historia de penitenciaría. Llegados a ese punto ya no sólo perdería la tienda, ¿se da cuenta?

Sí, lo entiendo.

Es otro avance.

Pero no creo que se haya resignado así como así a perder todo lo que tenía —lo que estaba seguro que tenía.

No fue así como así, periodista.

O sea que sí se resignó.

Primero pensé que, incluso si el testamento no existía, el viejo me lo debía de todas formas y que hacerlo no sería tan difícil.

¿Hacer qué?

El testamento, Becker, de qué estamos hablando. No debía ser difícil buscar a alguien que pudiera reproducir las firmas correspondientes, los sellos, los timbres fiscales.

Pero claro, no sabía dónde encontrarlo.

No sabía, pero el problema no fue ése. Podía buscarlo. Lo que me detuvo fue que pensé que, si lo hacía, iba a comprometer el resto de mi vida. Que me tendría que quedar ahí, sentado sobre mi delito por el resto de mi vida y que mi vida iba a ser un hormiguero: que ésa era, quizás, la venganza que don Simón Coutiño había pensado. Eso pensaba yo, ese viernes a la madrugada.

Claro, lo entiendo.

No creo. Y además, ¿sabe qué? Me parece que me sentí muy aliviado.

Amanece. Enrique Bonaglia mete en una valija de cartón sus tres mudas de ropa, varios libros, el otro par de zapatos y una foto de Mercedes. Después saca la foto de Mercedes y cierra la valija, prende un fósforo, apaga el fósforo, sale de la tienda, cierra la puerta con llave, se mete la llave en el bolsillo, prende otro fósforo, lo apaga, camina a la estación. Le cuesta, es cierto, no mirar atrás.

Un gran alivio: como si fuera posible despertarse.

¿Y entonces?

A usted no le importará saber qué hacía yo en el establecimiento de doña Anunciación, periodista.

En realidad sí.

Ah, sí. Así que ahora usted me va a decir cómo tengo que contarle mi vida.

Un alivio increíble.

12

Puede ser. Él nunca me contó cómo había llegado hasta el prostíbulo, pero sí me dijo que no llevaba mucho tiempo, no más de un año.

Disculpe mi sorpresa, Chaudron. No sabía que las mujeres argentinas pagasen prostitutos. Me imaginaba una sociedad más…

No se equivoque, Becker. Él no hacía eso. Además usted lo conoce: tampoco es que sea gran cosa. Él trabajaba ahí, era una especie de contable, de administrador.

Ahora lo entiendo.

¿Sí?

13

Yves Chaudron fue un infeliz, un tipo que nunca supo qué hacer con esa habilidad extraordinaria que le había tocado por azar: no se la merecía. En toda su vida se le ocurrió una sola idea. Es curioso que esa idea sea yo.

Se siente lejos, viejo, a veces piensa: como un hombre que pasó y no ha sido. El gusto amargo de haber sido sin haber sido nada, el alivio de no tener que ser nada distinto. La tranquilidad de conformarse con sí mismo. El alivio, otra vez, el desespero.

La humillación, podría.

Usted disculpe, pero realmente no entiendo cómo fue que terminó en ese lugar.

No me extraña que no lo entienda, Becker. Pero igual voy a tratar de explicárselo: no era un lugar. Para mí eso no fue irme a un lugar; fue no matarme. Había perdido en un par de días todo mi futuro —otra vez, como cuando acusaron a mi madre por el collar que yo robé, había perdido todo. Y esta vez no tenía ninguna culpa, o sea que tenerla o no tenerla no cambiaba nada. Pensé seriamente en matarme. Pero me pareció un exceso.

¿Le dio miedo?

Quizás. Pero pensé que era un exceso, que era demasiado para mí: que no había hecho nada para merecer una muerte importante. Y me enterré en ese burdel. La vieja Anunciación me lo ofreció y yo feliz de no tener que pensar, planificar más nada.

Después confirmaría tantas veces que no había realmente ninguna razón para que conversaran: que el mundo podría haber girado años y años sin que siquiera se encontrasen, que podrían haber pasado sus vidas en ciudades distintas o haberse cruzado en calles sin mirarse o haber compartido incluso una comida sin decirse palabra. Pero esa noche en el prostíbulo de doña Anunciación el retratista francés sufrió un percance —un exceso de alcohol, probablemente, aunque Yves Chaudron no parecía el tipo de persona que comete excesos— y la madama tuvo el buen gesto de no echarlo a la calle en cuanto se recuperó de su desmayo. La situación era compleja: en esas condiciones, Chaudron ya no era un cliente y no correspondía que volviera al salón en ese estado desastrado —los pelos ya raleando descompuestos, el olor, alguna mancha sospechosa en la camisa—; por eso la madama lo acompañó hasta el único lugar donde, en ese sábado de plena ocupación, no sería una molestia: la oficina y residencia del contable Bonaglia.

Que se ajetrea entre fichas de lata —una por polvo y no fue fácil, al principio, acostumbrarse a verlas como una mera unidad de medida— para volcar en una planilla, bajo el nombre o el apodo de cada pupila, la suma que cobrará al final de la semana, una vez descontados los gastos de hospedaje, comida, lavandería, servicios médicos y salarios de todo el personal, incluido, por supuesto, quien computa. Que apenas levanta la cabeza cuando su patrona le dice que el señor Chaudron se va a quedar un rato descansando en el sillón, si no tiene inconveniente. No lo tiene —o mejor: no tiene autoridad para tenerlo. Se oye a lo lejos una música rara: violines y guitarras juguetonas. En cuanto la señora Anunciación los deja, Bonaglia vuelve al recuento de sus chapas. Chaudron le dice que éste sí es un buen trabajo para un hombre y Bonaglia no levanta la vista; sí, para que un hombre se divierta, dice Chaudron, insiste. Bueno, si a usted le parece, dice Bonaglia para cortar la iniciativa pero Chaudron insiste, claro, con tanta mujer alrededor, y Bonaglia considera necesario informarle que las mujeres son para los clientes.

—Pero no me va a decir que...

No, dice Bonaglia, y retoma ostentoso, en voz alta, la cuenta de sus fichas de lata. La empresa, piensa, funciona cada vez mejor. Él se encarga de eso: le gusta la sensación de que cumple con eficacia plena una labor innecesaria. El resto son tonterías de babosos.

Yo estaba allí como podría haber estado en cualquier otro lado: que vendieran carne o pompas fúnebres me habría dado lo mismo. Todo me daba lo mismo y doña Anunciación me protegía. Un día me equivoqué en un par de cuentas y ella me dijo que entendiera que yo —que mi trabajo en su establecimiento— era un gesto de buena voluntad de una mujer que, por encima de todo, era buena con sus semejantes. Y entonces recordé lo que decía en la cárcel mi mentor, el francés Daván: que las personas se dividen entre los que prefieren pensar que son bondadosos y los que eligen suponer que son malas personas. Y que no son mejores unos que otros, aunque es cierto que los que eligen pensar que son buena gente deben tener más estima por la bondad que por la maldad, porque nadie se resigna a definirse como algo que aborrece. Nadie que no estime o admire o envidie un poco la maldad se definiría a sí mismo como mala persona. Y en cambio los que se dicen buenos probablemente no lo sean pero por lo menos prefieren la bondad, la suponen más atractiva por alguna razón. A mí todo eso, por supuesto, no me importaba nada.

Fueron meses tranquilos. Tan tranquilos. Era puro presente: es el secreto.

Así fue. Quién sabe qué habría sido de mi vida si esa noche no me tomaba un par de copas.

Algo muy parecido, Chaudron, me imagino.

Eso sí que es no tener imaginación, señor Becker. Pero me atrevo a decir, también: qué habría sido de la suya.

¿De la de quién?

Por favor, señor Becker.

Cuando terminé mis cuentas las empecé de nuevo —las revisé, podríamos decir— para que no pareciera que no estaba haciendo nada y el huésped o refugiado no me diera la lata. Suele pasar que se crean obligados, por algún mito sobre la educación, a hablar de tonterías. Lo raro fue que fui yo, finalmente, el que empezó la charla. Supongo que me dio un ataque de vanidad —y quise ver si mis lecturas de Conan Doyle me habían servido para algo. Lo tengo dicho: yo leía.

—¿Usted no será pintor, por un casual?

—¿Yo?

Mi silencio lo obligó a una respuesta:

—Sí señor. ¿Por qué me lo pregunta?

No le dije que la mezcla de esas manchas mal borradas en sus dedos y el olor a trementina que insistía por encima de los demás olores —alcohol sin digerir, sudor, el perfume barato, un resto de algo que podía ser vómito— era bastante clara. Y fue más raro todavía que él empezara a contarme que sí, que hacía retratos pero sólo a partir de fotografías o de otros retratos y que si yo quería podía hacer el mío por un precio bastante razonable y, sobre todo, que a mí no me molestara su oferta y me diera cierta curiosidad y quedáramos incluso de acuerdo para volver a vernos. Yo nunca hacía esas cosas. Pero fue, imagino, más vanidad y fue tan sorprendente: yo habría jurado, en esos días, que no tenía ninguna. Que yo, Bonaglia, no tenía ninguna.

Yo nunca me había visto. Parece mentira, pero nunca me había hecho una fotografía; mucho menos un retrato pintado.

¿Nunca, de verdad?

Me parece que usted no entiende lo que había sido mi vida hasta entonces, periodista.

Lo intento, se lo aseguro.

Yo nunca me había visto: fue un golpe extraordinario. Esa cara que veía en el cartón parecía tener un mundo muy distinto del mío. Pensé, cuando me vi, que quizás no supiera.

Que no entiende por qué, con esa habilidad increíble que tiene para copiar, no le saca mejor utilidad, le dice, dice utilidad para no usar una palabra más brutal y Chaudron sonríe y le dice quién sabe. Después sabrá que ya lo hizo, que Chaudron ya lleva años utilizando su habilidad para la copia pero ahora sólo tiene esa respuesta ambigua y la sonrisa que parecen formas de alentarlo para que vaya más allá y, sin saber por qué, sin haberlo pensado, Bonaglia sigue. Que si nunca pensó en bueno, usted ya sabe, reproducir ciertos cuadros importantes, dice, y Chaudron por el momento se divierte y le dice que sí, que por qué no, que alguna vez se le ha ocurrido la idea de vender reproducciones de ciertos artistas y se calla para obligarlo a contestar. A buscar la manera de decirle que no, que no hablaba precisamente de reproducciones, a buscarla durante un rato, titubeando, con miedo de cruzar el límite de lo conveniente y sin saber por qué se le ocurrió cruzarlo y, finalmente, sin cruzarlo hasta que Yves Chaudron se apiada de él, o lo que sea: usted sabe, Bonaglia, la falsificación tiene algunos peligros.

Pero es otro convite: no le dice, como la frase requería, tiene muchos peligros —y clausurar con eso ese camino. No, le dice tiene algunos, la falsificación tiene algunos peligros como quien invita a sopesarlos, a tomarlos en cuenta para pensar la forma de evitarlos, algunos como cuál, digamos, un ejemplo, si puedo preguntarle. Y Chaudron que le explica que el principal es no elegir correctamente a los clientes, que tienen que ser personas lo bastante educadas como para apreciar y desear determinados cuadros, lo bastante indefensas para no ser peligrosas si alguna vez descubren el engaño, lo bastante fatuas para no querer verlo si no es muy evidente. Y lo bastante deshonestas, dice, se sonríe, para pensar que si compran por poco no es porque los engañan sino porque ellos, él, el cliente, está engañando al vendedor. Es básico, Bonaglia, que el cliente se crea que lo estafa, aunque sea un poco, le dice y es, por un momento, otra persona.

Un hombre firme, aplomado, capaz de cualquier cosa no ese muchacho casi viejo que sólo puede pintar lo que otros ya pintaron, no ese francés delgado hasta la lástima, de mirada que escapa que ahora le sirve un vaso de vino y lo mira a la luz del único rayo que ilumina su taller habitación salita y le dice que no crea, no se vaya a creer; que por más que hablen, por más que digan lo que digan este negocio lo define el vendedor: que él sería capaz de pintar casi cualquier cosa pero seguramente nunca de venderla, que para vender bien lo primero es dar la impresión de no querer vender, de no necesitarlo: que el vendedor debe ser alguien que le hace al comprador el favor —dice el favor, repite: la merced— de venderle ese cuadro. Que condesciende a vendérselo si el comprador insiste mucho. Y que él, le dice, no podría, que él habría querido pero que no podría, porque él era el tipo de persona que nadie llega a recordar, le dice, que no produce ningún tipo de memoria pero que si encontrase a alguien dispuesto estaría muy dispuesto, él, Chaudron, a iniciar un negocio que podría ser tan provechoso, no le parece, Bonaglia, usted qué piensa. Le digo, un suponer: usted qué piensa.

Imagínese, yo. Yo era un cuarentón que había decidido o que se había resignado a que lo que tenía, lo poco que tenía ya era todo, a no buscar más nada.

Valfierno, me cuesta reconocerlo en esta versión lastimera.

No, a ver si me entiende, por lo menos esta vez. No se lo digo para darle pena. Al contrario: se lo digo para que vea lo enorme del camino que recorrí después. Para que entienda cómo un hombre puede hacerse a sí mismo. Para que se dé cuenta del ejemplo.

¿A mí me dice?

Sí, claro. A usted le digo. Usted podría.

Pero digame un poco, ¿quién le va a comprar un cuadro al empleado de doña Anunciación?

No, al empleado nunca: a eso me refiero. Para vender tiene que ser un tipo al que todos querrían comprarle algo. El tonto al que se engaña. Un rico que llega de otra parte, una provincia rica pero alejada, alguna cosa así. Usted puede hacer eso, Bonaglia. Yo sé que usted podría.

Como si tuviera en la vida esa misión. Se lo veía como nunca: fogoso, convencido. Como si hubiera nacido para hacerme.

Yo vivía tan tranquilo: en el presente puro.

No, Chaudron. Yo estoy bien como estoy. Si quiere hacer esas cosas, hágalas usted solo. Yo ya le digo, yo estoy bien como estoy.

14

Querría que la planchada durase para siempre. Piensa que ojalá esa planchada —tan sólidamente amarrada a los flancos del barco, tan bien cubierta con esa alfombra roja, tan en el medio de ninguna parte todavía, tan fuera de las leyes, tan segura— no acabase, que no tuviera que poner primero un pie después el otro en el empedrado resbaladizo que lo espera adelante, en ese suelo: que ojalá no tuviera que pasar este momento, o al menos poder pasarlo sin este nudo que le agarrota las piernas y el estómago, sin estas ganas de salir corriendo, sin preguntas.

No lo molesta la llovizna ni lo incomodan el griterío y el movimiento y la confusión del puerto ni lo intimida llegar a Nueva York: de hecho —se dice, para darse ánimo— ya ha estado allí el verano anterior, cuando arregló las ventas de los cuadros, y todo funcionó perfectamente. Pero sabe que en los próximos minutos puede jugarse su destino: empieza la sucesión de acontecimientos en que —dos, tres, cinco veces en los meses siguientes— va a jugárselo todo en cada carta. Le han dicho que este paso es el más fácil, pero igual desconfía.

—Eduardo de Valfierno, ¿no es así?

—Sí señor. Ése es mi nombre.

—¿Y trae algo para declarar?

—No señor, nada de valor.

Dice, en un inglés perdidamente macarrónico mientras el vista de la aduana empieza a abrirle las valijas. Valfierno lleva un traje comprado para la ocasión: muy caro, muy sobrio, la elegancia de quien no se interesa en esas cosas complementada con su echarpe de seda marfil y un sombrero de fieltro de primera. Y las valijas que ahora está abriendo el revisor son de ese cuero claro tan delicado que sólo sobrevive en buenos barcos, primera de los trenes, hoteles de gran lujo. Entre esas inversiones, el camarote del Mauritania y lo que deberá gastar en Estados Unidos va a estar cerca de agotar su capital. Pero no es grave, piensa: en unos meses, cuando haya terminado, nunca más va a tener que pensar en el dinero. Eso sí va a ser raro.

—Ésta es una bonita pintura.

—Una copia excelente, sí lo es.

—Yo creo que la he visto. ¿Cómo era que le decían?

—Mona Lisa.

—Sí, eso era. De un italiano, me parece.

—Leonardo. Se llama Leonardo da Vinci. Se llamaba.

El aduanero de patillas pelirrojas irlandesas tropieza tratando de pronunciar davinci y sigue sacando cuadros de la valija grande: dos pequeños óleos sobre tela con retratos flamencos, un paisaje francés del siglo dieciocho.

—Y acá tiene otro de estos davinci.

Dice el revisor poniendo las dos Giocondas hombro a hombro.

—Sí. Me encanta ese cuadro. Me parece el mejor para regalarle a una señora.

Dice Valfierno y la sonrisa cómplice le sale medio mueca. El aduanero parece bien dispuesto y no se muestra sorprendido por su carga de reproducciones. Valfierno trata de mantenerse impávido; parece que tenían razón quienes le dijeron que no hay turista rico que no vuelva con sus reproducciones de cuadros famosos, que es de lo más normal. Que los americanos las compran por carradas y que las aduanas americanas no se preocupan por esos cargamentos:

que casi siempre son reproducciones y que incluso si sospechan que no lo son —dicen las malas lenguas—, prefieren dejarlas entrar para engordar el patrimonio cultural de los Estados Unidos de América: maneras de hacer patria. Es cierto que se lo habían dicho, pero Valfierno no estaba nada convencido.

—Esto no será queso de Francia.

—Sí, se lo traigo a un amigo. ¿Por qué, algún problema?

—Ah sí, absolutamente. No se puede entrar en nuestro país con materias crudas que podrían traer plagas.

Dice el aduanero. De pronto el talante amable se le ha convertido en la mirada del tigre cazador: un animal que husmea la presa y trata de disimular con cortesías.

—Lo siento, pero voy a tener que requisarlo.

—No, por favor, es un regalo.

—Lo siento, señor, ya se lo he dicho. Lo siento pero tengo que cumplir con mi deber.

Valfierno trata de subrayar la mueca de fastidio: que no se le dibuje la sonrisa que le llena la cara. Más tarde, en el hotel, sacará las dos Giocondas de la valija grande y la otra —que el revisor no ha visto— de su bolso y las guardará en el fondo del armario, bien envueltas en camisetas sucias. Al día siguiente irá a buscar el paquete con las otras tres a una compañía de fletes internacionales en Church casi esquina con Broadway. Y esa noche reunirá por fin a las seis en su cuarto de hotel, las apoyará en el suelo contra la pared, las mirará durante horas. Es curioso: esperará ver seis veces trescientos mil dólares, la fortuna que vestirá su vida, el futuro seguro pero verá algo más, algo que no terminará de definir, algo que sus palabras no sabrán decirle. Que no será sólo el miedo ni sólo la victoria ni sólo la evidencia de su genio ni sólo la amenaza. Que no sabrá: que querrá saber y no sabrá. Y se dejará envolver por el sueño con la mirada en esa cara repetida, esa inquietud, esa felicidad de seis sonrisas.

Al día siguiente comprará papel y cuerda, las empaquetará con esmero y las llevará a un guardamuebles de la avenida Houston donde las dejará depositadas hasta que llegue —en pocos meses; si todo sale bien, en pocos meses— el momento de darles su destino.

VALFIERNO

1

Mi madre, todos los que cambiaron de país, las chicas de las chapas: al principio era fácil. Mi madre, todos los que cambiaron de país, las chicas de las chapas. Monsieur Jourdan que se dio cuenta de que hacía prosa porque hablaba y estaba tan feliz porque era otro, Montecristo que se hizo conde para ser su venganza, Garay cuando pasó de porquerizo a fundador de una ciudad, Ulises de mendigo puerco paria para llegar adonde nadie lo esperaba, Julieta que preguntaba qué importaba el nombre y el nombre la mató, mi madre, todos los que cambiaron de país, don Alonso Quijano, por supuesto, don Quijano, el propio Júpiter que seducía hecho vaca cisne lluvia pero la noche no, la noche no que se hace día para volver a hacerse noche y día y noche y día y otra noche no, los mejores traidores, quién sabe Merceditas, don Simón, el francés tan lejos de su pueblo y en la cárcel, yo Bollino, el pobre Bollino preso por tan poco y convertido, mi madre, la derrota de no saber qué, Bollino convertido en no sé qué, seguir sin saber qué, cambiando más, cambiando más, cambiando pero Sarmiento, otra vez Sarmiento, sobre todo don Domingo Sarmiento, todos los que cambiaron de país. Nunca di tantas vueltas en mi cama: nunca tantas. Pensaba, daba vueltas: a quién se le ocurre la soberbia de decidir quién será uno; pensaba, daba vueltas: cómo se hace para decidir quién será uno; pensaba: para qué, daba más vueltas. Por qué otra vez. Si ya soy yo, si ya estoy éste acá.

Me serenaba, por momentos: hacia la madrugada, cuando me di cuenta de que ya había sido otros: entonces descubrí que lo que no quería hacer ya lo había hecho y no lo había hecho nunca. Que había sido otros sin decidir quién. Que sólo había ido derivando de un nombre al sucesivo como una rama en un estanque sin corrientes, viento apenas, que había dejado que el azar de unos nombres me arrastrara; que ahora era otra cosa. Que tenía que decidir cómo sería, quién, con qué maneras. Que podía equivocarme tan terrible. Que Julieta en veneno, que otro nombre. Que ya me había equivocado tantas veces. Que tantas tantas veces. Que no paraba de dar vueltas. Que tampoco era tan fácil seguir siendo quien era. Que yo no era quien era. Que no, que no era fácil. Que quién era. Que total qué perdía. Que Domingo Faustino y Montecristo, Ulises hecho puerco, mi madre de las chapas. Que me perdía a mí tal como entonces, que no era perder mucho, que no era mucho pero era perder todo, que todo es casi nada, que ya basta, carajo. Que Garay, que Garay. Que si me duermo el sueño va a saber quién duerme. Que quizás o quién sabe. Que quién sabe, sobre todo: quién lo sabe.

Don Eduardo de Valfierno nací en San Juan —donde teníamos tierras— el 29 de mayo de 1861 y tengo, por lo tanto, ya, cuarenta y cinco años cumplidos. Antes de mis dos años mi padre debió instalarse en Valparaíso para hacerse cargo de la empresa familiar, la naviera más importante de ese puerto, que le legó su tío. Su tío, está de más decirlo, había nacido en Génova; mi padre era la primera generación de Valfiernos en América pero mantenía las tradiciones de su tierra de origen. Por eso, entre otras cosas, cuando, ya mayor, decidió que era hora de casarse, se hizo buscar una muchacha de buena familia genovesa a la que cortejó por carta y que llegó, con apenas veintiún años, para entregarse a ese señor poco menor que yo en este momento. La muchacha, mi madre, esperaba lo peor: sabía que sus padres la enviaban al confín de América para ligar mejores vínculos con el poderoso clan Valfierno y no se hacía ninguna ilusión sobre su futuro; sabía, sin embargo, que sería nadie si desobedecía. La muchacha, mi madre, habría esperado lo peor: me imagino su alivio cuando se encontró con un caballero dedicado y respetuoso, buen mozo todavía, que trató de hacerle llevadero su destierro.

Valparaíso era, entonces, el puerto más activo del Pacífico sudamericano. Allí me crié: mis padres me hablaban italiano, mi institutriz francés, la servidumbre —por supuesto— el raro castellano de esa gente. Allí viví, feliz, sin sobresaltos, hasta los dieciocho años: recuerdo una infancia solitaria y protegida, los primeros juegos de muchachos, el pelo negro de esa criada que se hacía llamar Nena. Aquel año estalló la guerra con Bolivia; el comercio marítimo estaba interrumpido y mi padre decidió que pasáramos a Mendoza, donde esperamos más de un año. Nada me atrajo en esa aldea reseca, recién reconstruida tras su terrible terremoto; celebré cuando mi padre, desalentado por la prolongación de la guerra, nos comunicó que aprovecharíamos el tiempo perdido para ir a visitar a los parientes en la tierra de origen. Mi madre era feliz; fue la ironía más cruel que muriera durante el cruce del Atlántico. Mi padre y yo quedamos sin familia.

Mi padre se negó a volver a Sudamérica. Durante varios años, la casa matriz genovesa fue el escenario de nuestras discusiones: él pretendía que yo siguiera la tradición comercial de los Valfierno y yo, honestamente, no encontraba la vocación por más que la buscara. Cuando cumplí veinticinco años la muerte de mi abuelo materno me dejó en posesión de una bolsa decente: no tardé en decidir que Francia era el mejor lugar para gastarla. No voy a fatigarlos con el recuento de esos años: cualquiera puede imaginar lo que es tener algún dinero, no haber cumplido treinta y gozar de París. Así seguí, hasta mis treinta y siete —y ojalá hubiera seguido siempre.

Pero mi padre tuvo a bien morirse. Se había vuelto a casar: aunque no tuvieron hijos, su segunda mujer se guardó buena parte de lo que le quedaba —sus finanzas, entonces, ya no eran tan boyantes. A mí me tocó, de todas formas, una herencia sensata y, por supuesto, el título. Sí, había olvidado el título: mi padre tenía derecho al marquesado de Valfierno pero nunca había querido ostentarlo. Yo, en ese punto, sigo sus consejos: en estas tierras republicanas, un noble puede llegar a ser algo irritante. En París, está claro, era distinto.

Me quedé unos años todavía. Pero, para ser sinceros, mi bolsa ya no me permitía el ritmo de vida acostumbrado y, además, la ciudad se estaba convirtiendo en un refugio para bohemios decadentes y buscavidas sin escrúpulos. Ya no era, me pareció, el destino de un hombre de bien.

Me dijeron que Buenos Aires era el futuro —y que lo era sin menosprecio de las tradiciones y las buenas costumbres: que allí, todavía, un hombre decente y educado obtenía el respeto merecido. Pensé, también, confieso, que era mi hora de sentar cabeza y recordaba, de mi juventud, la belleza de las hijas de la tierra —y la riqueza, es cierto, de sus campos.

Así fue como volví a la patria. Y, les puedo asegurar, no me arrepiento.

¿Marqués, Bonaglia? ¿No será un poco mucho?
¿Quién es, Chaudron, Bonaglia?

Su madre, todos los que cambiaron de país, Quijano, Monsieur Jourdan, Sarmiento, las chicas de las chapas: Montecristo.

Sólo después, mucho después, se le ocurrirá la justificación perfecta: que quería hacer la obra de arte más difícil: una vida. Que para hacer de una vida una obra de arte debía falsificarla: que ser el hijo de tu padre y de tu madre es pura naturaleza, que ser el mismo siempre es resignarse a la naturaleza, que una vida sólo es obra cuando se la inventa. Después, mucho después, la justificación —aunque, sin saberlo, lo estaba haciendo desde siempre.

Soy Valfierno. Yo soy Eduardo de Valfierno.

2

Al principio lo irritaba; ahora, que ella le lleve una cabeza se ha convertido en una forma más de mostrar su triunfo: un galardón. Es obvio para todos, piensa, que ella no está con él por su bella figura sino por algo menos visible que, a primera vista, debe ser su billetera. Y le conviene, piensa: como usar un buen traje, un brillante estentóreo en el anillo. Aunque los que lo miran se equivoquen —aunque no sea por eso, aunque siga sin saber por qué es, aunque sus tentativas de dejar de verla hayan fallado sin estruendo. Esta tarde, además, Valérie está radiante: el vestido blanco etéreo entallado cuajado de puntillas, el collar que le brilla sobre el pecho escotado, que palpita sobre el pecho escotado con destellos, el sombrero de alas como alas, la sombrilla de seda apenas rosa apoyada al desgaire sobre el hombro en pompa, los pelos negros refulgiendo. Valfierno sabe que lo envidian —o, se le ocurre de pronto, lo miran con sorna: otro viejo que cayó en la trampa. La idea lo desarma.

—Eduardo, escúcheme.

Valfierno la mira, trata de pensar en otra cosa. Se dice que ha hecho un buen trabajo: que ha conseguido que Valérie esconda aquella vulgaridad que lo excitaba para ser, a veces, una señorita que uno puede llevar, por ejemplo, al hipódromo de Chantilly. Aunque insista en meterse en asuntos que no le corresponden:

—Eduardo, tengo que pedirle un favor.

Valfierno mira alrededor; le parece que todos esos señores y señoras elegantes los están mirando. Suele pasarle: la convicción de que tiene que armar su vida como en un escenario. Por si acaso, ensaya una galantería:

—Mientras no sea mi nombre y un anillo, todo lo demás que tengo es suyo.

—¿Y algo verdadero?

Dice ella y se ríe con los dientes y todo se derrumba. Ella no sabe, no puede manejarlo: sus dientes le deshacen la imagen y ella sigue hablando como si fuera la de un momento antes, la magnífica.

—Usted, supongo. La única verdad, mi querida, es usted.

Dice Valfierno: se hace el tonto.

—Si fuera así no seguiríamos viéndonos.

Dice Valérie, y Valfierno la odia: si por lo menos fuera agradecida. No dice amor, ternura; dice agradecimiento. Que le agradeciera quc la soporta, que la invita a pasear, que se hace el tonto. Que se hiciera la tonta ella también. Después de todo, en eso consisten esos pactos, piensa: en hacerse los tontos. Valérie se pasa la lengua por los labios muy rojos; despacio, rosita sobre rojo: sabe que él no puede resistirlo.

—En serio, quiero pedirle que deje a Perugia afuera de ese asunto. Es demasiado tonto.

Por lo menos no le dice Vincenzo, piensa Valfierno: está tratando de cuidarse.

—Y ahora me lo dice.

—Siempre se lo he dicho, marqués.

—¿Cómo que siempre me lo dijo? ¿No fue más bien lo contrario?

—No importa, no le busque la quinta pata al gato. Le digo que lo deje afuera, es un idiota, con él todo va a salir mal.

—No creí que estuviera tan enamorada de ese imbécil.

Dice Valfierno, y la voz se le hace más aguda. Valérie le contesta en un susurro ronco, marca la diferencia:

—¿Enamorada, yo? ¿Usted por quién me toma, mi querido?

El torrente de señoras y señores avanza hacia las gradas y

suena la campana de largada. Valfierno y Valérie se quedan solos junto a la pista, apoyados en la baranda; las patas de los caballos retumban sobre el césped.

—Una vez tuve una amiga que estaba enamorada. No sabe lo imbécil que se puso. Y las tonterías que hizo, si yo le contara… No, no se equivoque. Le digo de verdad que si lo mantiene en esta historia el italiano va a arruinar todo.

—Valérie, usted sabe que sin él es imposible.

—No, marqués, yo no sé. ¿O se olvidó de que se niega a contarme los detalles?

—¿Para qué quiere los detalles?

—Porque sin mí nada de esto habría sido posible.

—Lo sé, querida, lo sé y va a tener su recompensa.

Los caballos entran en la recta y crece el griterío. Valfierno piensa que debe ser maravilloso tener tanto dinero como para jugárselo a algo tan incontrolable como el tranco de un potro: un lujo que alguna vez va a darse. Que quizás muy pronto pueda darse. Sí, seguro.

—Le insisto, marqués. El pobre Perugia es un incapaz, va a arruinar todo. Tiene que reemplazarlo.

—No quiero hablar de más, mi querida, pero acepte mi palabra de que sin él es imposible. Es así de simple: sin él no hay manera.

—Sí, solamente tenemos que encontrar otra manera.

Valérie le habla —siempre le habla— como si supiera algo que él no sabe: cómo manejar a un hombre, por ejemplo.

—¿Tenemos, Valérie? La que se tiene que quedar afuera de una vez por todas es usted. Y más si no le tiene confianza al italiano. Piense que si él cae, usted puede caer. Él sabe todo de usted, dónde vive, dónde trabaja, todo.

—¿Y de usted no?

—De mí no sabe nada. Yo lo he visto un par de veces por ahí, no sabe ni mi nombre, absolutamente nada. En cambio de usted…

—De mí sí, claro. Pero yo sé todo de usted, no se olvide de eso. Yo sé absolutamente todo.

Valfierno piensa que quizás sea cierto: aunque no tenga sentido, puede que sea cierto. Igual le dice que no hay forma, que se olvide.

—Lo que usted diga. Pero acuérdese que si él llega a ir preso, usted también. Yo me encargo.

—¿Quién le va a creer a una puta?

—¿A una qué?

Le grita Valérie. Valfierno ya se está arrepintiendo, pero es tarde.

3

Tengo miedo. Yo no quería ser nada que no fuera. Ya no necesitaba. Creía que ya no necesitaba nada más. Y ahora tengo miedo..

No se preocupe, no hay apuro. Tenemos que tomarnos nuestro tiempo.

¿Nuestro tiempo?

Sí, Valfierno. Tenemos que ir de a poco.

¿Pero usted dijo nuestro tiempo?

Se creyó —yo creo que al principio se creyó— que tenía que hacerme como a un cuadro. Que tenía que encontrar un modelo, desarmarlo, entenderlo, producir el boceto general y después colorearlo, afinar cada trazo, relamerlo. Se creyó —seguro que al principio se creyó— que yo sería su obra.

Sí, eso le dije:

El falsificador —lo descubrí después— es un asceta, casi un santo: alguien que está dispuesto al mayor sacrificio, a la renuncia más completa. No hay nada más peligroso que un asceta: se creen que su renuncia los autoriza, los llena de derechos.

Y ellos hacen, en definitiva, lo mismo que todos pero más. Cualquier autor desaparece, de una manera u otra, detrás de lo que hace: el falsificador desaparece por completo porque la condición de su existencia —y de su subsistencia— es no dejar el menor rastro. Sólo conocemos a los falsificadores fracasados; el otro, el victorioso, desaparece tras sus obras. La condición de su existencia es no existir: disimular quién es, negar que es alguien, abandonar su peculiaridad: ser otro, indistinguiblemente el otro. Yo también tendría que serlo: que disolverme, pero no en una obra sino en mi nueva vida —y, por el momento, Chaudron imaginaba que mi vida podía ser su obra.

nuestro tiempo

Y sin embargo pienso que quizás llegue un día —ojalá llegue un día— en que no reconozca mi cara en el espejo. Aunque la frase es falsa, porque: quién será ése que no reconozca esa cara de quién en el espejo. Quién será entonces el que reconozca, quién la cara. Y seguramente ése conocerá su cara, que ya va a ser la suya. Yo, entonces, qué. Yo, más que nada, quién. La excitación, el miedo todavía. Ya no soy un muchacho.

¿No le parece extraño haber creído que era capaz de convertirse en otro?

Sí, periodista. Visto desde ahora parece una locura.

¿Y no es una locura?

¿Con quién está hablando usted ahora?

¿Pero de dónde sacó la confianza, la energía para pensar que podía ser alguien tan distinto?

Nunca la tuve. Me imagino que tuve la suerte de no darme cuenta de lo que estaba haciendo.

¿Qué es lo que hay que olvidar, se pregunta, qué olvido es necesario? No qué deberá aprender, qué simular, qué gestos caras entonaciones afectar: ¿qué tendrá que olvidar para ser otro?

Y entonces Bonaglia ya casi Valfierno se pasa sus últimos tres meses en el prostíbulo leyendo con deliberación sobre los lugares donde va a decir que vivió, mirando reproducciones de los grandes cuadros y estudiando vidas de sus autores, escapándose al teatro cada vez que puede para imitar modales, buscando en *Caras y Caretas* los nombres de quienes van a ser sus pares, oyéndole a Chaudron historias de París, mejorando su francés carcelario, imitando ante el espejo poses y los acentos. Como si le alcanzara, piensa, para hacerse otro, con cosas de mirar o de leer o de escuchar. Como si hubiera algo que alcanzara para eso.

Me sentía, muchas noches, un idiota.
Y no sería capaz de hacerlo. Yo no sería capaz de hacerlo.

Sacó el espejo: descuelga el espejo medio roto, azogado de la pared de su cuarto y oficina para no verse más hasta que viera a otro. Dice: hasta que pueda ver a otro. Y lo saca, en verdad, porque teme no encontrar a nadie.

Hasta que se da cuenta —una noche, todavía en su cuarto y oficina, donde sigue trabajando por ahora, hasta que termine su metamorfosis: donde tiene que salir ya como otro— de que se ha estado preparando tantos años, desde mucho antes de saberlo, para esto. Que sus primeros años en la casa grande, que sus lecturas han sido su preparación, que sus tardes y mañanas en la tienda, que sus noches de tedio imaginando, que la decisión de dejar de imaginar fueron preparación —aunque no lo supiera. Ahora sabe que todo fue un preludio, se regodea, ha encontrado por fin el sentido de todos esos años: todo, por fin, justificado, piensa, y que debe agradecer a vaya a saber quién o qué por habérselo dado.

Que todo se concierta y se combina, que la combinación lo llena de potencia. Como quien nace, piensa, en otro mundo.

¿Realmente tuvo esa sensación, Valfierno?

Sí, es verdad que la tuve.

Debe ser glorioso, me imagino: creer que todo encuentra su sentido.

Es humillante. Ahora me doy cuenta de que, si lo pensé, es que me faltaba mucho trabajo, mucho esfuerzo. Seguía siendo el mismo, todavía.

No lo entiendo.

No me extraña. Pero intente: no hay nada más humano, más bajamente humano que la satisfacción de seguir un supuesto destino. ¿Lo entiende ahora? ¿Se da cuenta de la humillación?

Al contrario, ya le dije: se lo envidio.

Claro, por eso usted hace lo que hace. Pero no lo culpo: yo tardé en entender que esa vida que estaba por empezar no era una fatalidad sino mi decisión. Que era todo lo contrario de someterme a cualquier decisión ajena: mi obra, finalmente.

Yo iba a ser otro porque yo quería. Lo único que quedaría de aquél era querer no serlo.

Se deja barba, se tiñe las primeras canas, recupera el espejo: si se acordara bien de quien ha sido se diría que ya no se parece. Trata, por todos los medios, de olvidarse. Pero no.

Yo creo que ya es hora.
¿Le parece? Yo no estoy seguro.
¿Cuánto le falta?
¿Unos días más?

Sueña —no sueña; en verdad piensa, pero prefiere pensarlo como un sueño— que se encuentra a su madre en una calle de Rosario y que su madre lo mira y está a punto de decirle algo. Y sueña —piensa, prefiere como un sueño— que él va a decirle que no le diga nada pero le da tristeza y se calla y escucha que su madre habla, pero no entiende lo que dice: que no entiende las palabras ni los gestos.

A veces, para convencerse —para agenciarse sueños nuevos, sueños de Valfierno— sueña con ser rico y elegante para ir a buscar a Marianita Baltiérrez y casarse con ella y comprarle la casa grande de Rosario al idiota de Diego —si es que es suya— y volverse con ella a jugar en el parque, en aquel cuarto bajo el techo, en la gran habitación de los señores. Pero no sueña, piensa. Bonaglia ya no sueña; Valfierno todavía.

Y tenía miedo.

Tenemos que empezar, Valfierno, de una vez.

¿Qué le pasa, Chaudron, se le está acabando el capital?

Esto no puede seguir indefinidamente. No tiene sentido. Yo lo veo y realmente veo a otro, le aseguro. Mire, ya ni siquiera se me cruza la idea de decirle Bonaglia.

Puede ser. Puede ser. Estuve pensando.

Ajá.

Pensé en cómo va a ser el principio. Tenemos que hacer algo, supongo, para que yo empiece.

Bueno, por supuesto. Para empezar se tiene que ir de acá.

Claro.

No, digo: irse a vivir a otro lado. Yo le puedo adelantar un dinero para que se alquile un cuarto, y en cuanto hagamos nuestra primera operación me lo devuelve.

¿Un cuarto?

Sí. Por supuesto que no va a estar a la altura de lo que usted se merece pero al principio vamos a tener que adaptarnos. Nadie va a poder saber dónde vive, al principio.

Es un problema. También vamos a tener que comprar ropa. Pero yo pensaba más bien en cómo voy a darme a conocer. Se me ocurrió la idea de la tortuga.

¿La idea de qué?

De la tortuga. Es simple: yo me visto bien, elegante pero sin exagerar, sin galera, con un sombrero bajo, y saco a pasear una tortuga por la calle Florida.

Valfierno...

No, espere, escuche. Saco a pasear a mi tortuga atada a una correa y los que nos importan se van a dar cuenta del mensaje: que el tiempo no es un problema para mí. Que soy un aristócrata, no como estos plebeyos de porteños que andan todo el día ajetreados, corriendo de un lado para el otro. Eso les vamos a decir: que yo no soy de ésos y me atrevo a decirlo.

Valfierno...

No, le estoy hablando muy en serio. Le avisamos a un par de periodistas, quizás de *Caras y Caretas*, de *El Hogar*, y al otro día todo Buenos Aires está hablando de mí. ¿Ya va entendiendo?

No es que no lo entienda, Valfierno: es que me parece un desatino. ¿No se da cuenta de que en este negocio importa mucho ser discretos?

Pero tenemos que darme a conocer, ¿no es así?

Sí, pero tenemos que hacerlo de a poco, sin estridencias.

Chaudron, me he pasado la vida viviendo bien de a poco, sin estridencias. Se acabó. ¿Me entiende lo que le digo? Se acabó.

Pero usted no puede aparecer así de un día para el otro, salir de la nada y plantarse en el medio del escenario. No es así.

No me diga cómo es, Chaudron.

Valfierno, por favor, hágame caso.

Lo más fácil, sin duda: aprovecharse de la muerte.

4

Lo curioso es que él dice que fue usted el que lo empujó a convertirse en Valfierno.

¿Por qué, curioso? ¿Porque él parece el fulano más suficiente y espléndido y yo soy este viejo enterrado en un sillón? ¿Porque usted es tan periodista que no es capaz de imaginar más allá de lo que ve delante de sus narices, periodista? ¿Porque no puede darse cuenta de que hubo épocas en que su héroe era un pobre diablo? ¿O porque no quiere darse cuenta?

¿Y él cambió mucho cuando empezó a llamarse Valfierno?

Mucho es decir poco, periodista. A ver si me entiende: cuando yo lo conocí él era uno de esos hombres que han decidido que ya lo intentaron, que no quieren ir más allá, que van a tratar de quedarse donde están todo lo que puedan o los dejen...

5

El primero que habló con la viuda de López del Mazo, debo reconocerlo, fue Chaudron. Su socio fotógrafo estaba haciendo fortuna con una rama inexplorada del oficio: los retratos de muertos recién muertos. Y, de vez en cuando, la fortuna del difunto o la culpa de los deudos les hacía encargar también un retrato pintado. Don Indalecio López del Mazo había sido en vida abogado de los Anchorena, viceministro de Comercio y, sobre todo, miembro de cuanta comisión y delegación organizó el arzobispado de Buenos Aires para defender sus intereses en los más diversos campos. Su señora no le había dado hijos: para entretenerse —y entretener su devoción a toda prueba— integraba las sociedades de damas de las mejores parroquias porteñas. Cuando enviudó, la pena no le impidió pensar en el retrato del querido muerto —que adornaría para siempre su salón. Al entregárselo, Chaudron le preguntó si ya había decidido qué donaría a la iglesia de San Francisco, donde se dirían las cien misas que don Indalecio había dispuesto por el eterno reposo de su alma. Cuando la viuda le dijo que no, Chaudron le dijo que él podía procurarle el donativo ideal y le sugirió que se pusiera en contacto conmigo: con don Eduardo de Valfierno.

Esperamos seis días —y ya desesperábamos cuando recibí la esquela de la viuda invitándome a pasar por su casa de la calle Esmeralda. Estaba —debo reconocerlo— nervioso cuando llamé a su puerta. Una mucama joven, morena me hizo entrar: hubo algo, en su manera de mirarme —de no mirarme, de bajar los ojos—, que me tranquilizó. La viuda apenas se levantó a saludarme y volvió a caer en un sillón demasiado grande para ella: me alivió, también, que fuera tan chiquita. Le presenté mi pésame y ella me sirvió el té en una taza de porcelana china.

La charla sobre nada fue afortunadamente breve: yo le temía más que al negocio en sí mismo. Pero la viuda no estaba para frivolidades —o, quizás, suponía que no era el momento para desplegarlas. Así que, en cuanto me nombró la propuesta de Chaudron, le hablé de ese cuadro que llevaba tantas generaciones en la familia y que ahora, lamentablemente, yo debía enajenar. Un cuadro del maestro Murillo, señora, imagine mi pena. La viuda podía, por lo que me pareció, imaginar mi pena pero no un cuadro de Murillo: el nombre del gran maestro del barroco español le sonaba croata. No quería, por supuesto, admitirlo, y me hizo alguna pregunta general sobre la pintura. Yo traté de informarla sin molestar su orgullo: señora, es un san Francisco, precisamente, pero pintado como sólo podía hacerlo un maestro del barroco, con esa riqueza de detalles y ese sentimiento tan cristiano que el santo está realmente allí, señora; no ha habido, se lo aseguro, ningún pintor más acorde a las doctrinas de nuestra Santa Madre.

La viuda López del Mazo me escuchaba atenta, hundida en su sillón; parecía realmente indefensa hasta que le dije el precio que esperaba cobrar por el Murillo; entonces se enderezó y mostró los dientes. Los tenía amarillos pero enteros y me dijo que no me dejara engañar por las apariencias. Jamás, señora, pero no sé a qué se refiere. Todo esto que ve a su alrededor, señor de Valfierno. Mi marido lo necesitaba para su vida social, para sus asuntos, pero no se crea que somos millonarios. Doña Socorro, por favor: si alguien sabe que el dinero se va como ha venido, ése soy yo; pero le estoy hablando de una verdadera obra de arte. Sí, claro, por supuesto.

Una obra de arte y, sobre todo, una devoción por el eterno reposo del alma de su esposo. Sí, claro, por supuesto. Y además entiendo que no es lo mismo comprárselo a un caballero como usted que a esos mercachifles gallegos o italianos.

La viuda me sirvió otra taza de té y una sonrisa que quería ser elocuente pero no entendí. Yo se la contesté con otra parecida. Se puso de pie: fue un proceso difícil. Mientras esperábamos a la mucama me dijo que quería consultarlo primero con el párroco de San Francisco y que después volveríamos a hablar —y me pidió que revisara el precio. Yo le dije que con todo gusto pero que era un Murillo. Sí, un Murillo, me dijo, por supuesto.

En la vereda me crucé con gente y nadie me miraba. No podía creerlo: estaba funcionando. Diez días más tarde habíamos cerrado trato y el cuadro de Chaudron fue colgado, con pompa y devoción, junto al altar mayor de San Francisco. El párroco estaba feliz: debía haberse informado sobre el precio de un Murillo y se desvivía por atender a la viuda donante.

Fue nuestra primera operación. Las dos siguientes también fueron un éxito, y fueron más que eso: la verificación de que podíamos. La verificación de que ahora, por fin, yo era Valfierno.

Que el mundo es un lugar lleno de cosas, brillos y, sobre todo: muy lleno de otros mundos.

Así que entonces ganaron su primer monto importante.

Sí, una banalidad.

Bueno, yo no llamaría banalidad a sacarle diez mil pesos a un par de millonarias. Diez mil pesos, una cantidad.

Es tan fácil hacerse rico, señor Becker. No hay nada más

fácil. Basta con ver quiénes lo consiguen: los que no tienen la suficiente imaginación como para desear otra cosa, los que quieren lo mismo que todos, sólo que un poco más.

Sí, por supuesto. La cuestión es que yo he vivido casi toda mi vida en París, por eso. Pero ya no me gusta esa ciudad, he vuelto. Sí, es cierto, querría vender algunos cuadros. Son trastos viejos, caprichos del abuelo, y le confieso que el mantenimiento de mis residencias me insume un poco mucho. Sí, por qué no. Sin duda, por supuesto.

Cambiar no es, al fin, tan difícil: decirse que uno es otro. El problema es que otros se lo crean. El problema ya no es la construcción, ahora, sino el reconocimiento: ser es ser percibido. Por suerte, se dice, la Argentina.

La Argentina era perfecta para eso.

Mirarme en el espejo: ver los rastros.
Encontrar
todavía
tantos rastros.

Y entonces me va a invitar a una copa y me va a decir que cómo es que no nos habíamos encontrado antes y yo le explicaré que mi vida ha sido tan errante, tantos años afuera para volver ahora por fin a encontrar los paisajes de mi infancia y él dirá que claro, que se olvidaba de eso pero qué bueno habernos conocido ahora, marqués, sabe, con tanta chusma como ha llenado nuestra patria es un placer conocer de vez en cuando a una persona de bien, a un señor, a uno como nosotros, y me dirá que por supuesto tenemos que encontrarnos uno de estos días a comer en el club y le diré que claro, que con el mayor gusto y algo le cruzará los ojos y yo después sabré que el mayor gusto es un error, que son palabras que nosotros no usamos y no lo sabré entonces pero sí que acabo de equivocarme en algo, siempre el temor de equivocarme en algo, el miedo de equivocarme en algo y sin embargo él seguirá adelante y supondrá, supongo, que tantos años alejado pueden justificar o explican ciertos deslices pero yo habré pasado por un momento duro, otro momento duro, el error siempre enfrente, amenazando.

Estaba al borde: todo el tiempo en el borde.

Y ésa entonces no va a pensar lo que pensaron tantas otras y va a suspirar con abandono cuando alce mi copa de champaña y le diga que sus ojos me hechizaron y su sonrisa va a ser la invitación que yo finjo que no acepto todavía para que tenga que insistir y me mire a los ojos más provocativa mientras se baja el bretel izquierdo de su deshabillé como quien desafía, me desafía a que mantenga mis ojos en los suyos mientras se deshabilla y yo que por supuesto los mantengo porque soy un hombre lleno de mundo y experiencia, eso es lo que ella va a pensar y no en mis proporciones mientras se baje también el otro bretel y el deshabillé cabalgue sobre sus pechos en equilibrio tan precario, tan aleatorio amenazado por su respiración casi fuera de souffle y me sonría, dificultosa me sonría porque va a estar nerviosa, preocupada por el juicio de mis ojos y mis manos y mis años de farras y jaranas y el temor de no estar a la altura y, para disimular, se deje caer sobre el diván con un mohín y yo como quien no se entera de que el deshabillé le cuelga despendolado en la cintura, escaso en la cintura, superfluo en la cintura, caprichoso y entonces sí me va a decir marqués, por favor marqués, no se da cuenta de que estoy loca por usted, marqués, por favor, que ya no puedo más, no sea tan cruel y yo

entonces

voy a saber que no me equivoqué.

Al borde, digo: de uno y otro lado.

Imaginándome, creándome.

Es necesario mostrarse indiferentes: todos los presentes imaginan que traslucir deslumbramiento sería tan vulgar, una muestra de muy poco mundo. Los presentes son más de novecientos, para mostrar que Buenos Aires es una de las ciudades más ricas en ricos y entenados, y se miran entre ellos sabiendo que, aunque pudiera haber algún error, están tranquilos porque son los mejores o, como ellos dicen, la gente decente, es decir: los que supieron quedarse con la tierra, sus adjuntos. Se sienten cómodos: es tan bueno estar en territorio bien cuidado, rodeados de amigos y parientes y colegas. Ni siquiera por miedos, piensa Aliaga: por la tranquilidad de saber que sí te entienden.

Los presentes muestran indiferencia pero miran, disimulando, impresionados el despliegue: la vajilla de porcelana de Limoges con la G sobredorada en monograma, la cubertería de plata maciza labrada por Cristophle con su remate de cabezas de vaca, el cristal de baccarat quebrándose y quebrándose en un arrullo de dinero, el hilo flamenco de servilletas y manteles, los arreglos florales catedrales, la orquesta de veinticuatro profesores que se percibe apenas, la medalla de oro conmemorativa que cada cual ha recibido cuando entraba: "Familia Guerrico — Bodas de oro — Por la Gracia de Dios".

No es tan difícil —menos que lo que parecía— trasegar las perdices rellenas de foie gras sin salpicarse. Valfierno estrena frac y se limpia los labios después de cada trago de champaña francés. ¿Así que usted es Eduardo de Valfierno? Mi tía Amalia me habló mucho de usted. Marqués Eduardo de Valfierno, a sus órdenes. Ah, sí, claro, marqués; yo soy Mariano de Aliaga, tanto gusto.

¿Y le dijo que era marqués?

Sí, porque soy marqués. Si inventa, mi querido Chaudron, nunca invente modesto. Exagere, si quiere que le crean.

Valfierno, tenga cuidado. No vaya a estropear todo.

Son mucamos ingleses y alemanes los que acercan el rôti de veau truffé y el vino de Château Latour. Valfierno también finge indiferencia pero le cuesta hablar: a pesar de la experiencia acumulada en esos meses tiene miedo de equivocar las palabras, no acertar los acentos. Su vecino de mesa, en cambio, Aliaga, no tiene ese problema: es estúpido, piensa Valfierno, que lo que a él le cuesta tanto esfuerzo sea apenas natural para los otros: que no noten su empeño, que no tengan manera de apreciarlo. Eso, piensa, lo hace mejor que ellos —pero querría que ellos lo supiesen y me tengo que conformar con sacarles su plata.

Aliaga está pletórico y le dice que no soporta a estos criados europeos que, vaya a saber por qué, se creen superiores: nos roban, nos desprecian, viven de nuestro esfuerzo; están acá porque se morían de hambre en sus países y hacen como si nos hicieran un favor, los desgraciados. Otros eran los tiempos, dice, cuando nos servían esos negros fieles que se habían pasado una o dos vidas con nosotros, dice Aliaga y la señora al otro lado de Valfierno asiente con vigor: pero no se preocupe, Mariano, en diez o quince años éstos también van a saber dónde está su lugar; es cierto, no requiere más tiempo, mi querida señora, pero por el momento es enojoso. Ya está bien de tantos extranjeros que desnaturalizan nuestras tradiciones, ¿no le parece, marqués? Al marqués le parece: claro que le parece. Y le ordena a un bávaro más vino, sí, Latour.

¿Y conseguimos algún cliente?

No se adelante, Chaudron, no se adelante. Estar ahí ya era un triunfo extraordinario.

O sea que no.

A ver si tiene un poco de paciencia.

Mariano de Aliaga le dice que no deje pasar ese Château d'Yquem, que él lo prefiere como aperitivo pero que aun así, con los marrons glacés, también es delicioso y Valfierno, que nunca lo ha probado pero recuerda haber leído algo, le contesta que no, que para él es un vino de postre y empiezan un debate. Aliaga tiene la misma edad que Valfierno pero le lleva, aun sentado, por lo menos una cabeza y se lo ve vivido: la piel grisácea, venitas en los ojos. Doña Inés Ezcurra, en cambio, prima lejana de los dueños de casa, es una señora de más de sesenta años, altiva y opulenta, que ahora le dice que la disculpe, que oyó su nombre por casualidad y quiere saber si él es el mismo que tuvo a bien venderle a doña Soledad ese cuadro tan lindo. Valfierno no sabe si es una suerte o un desastre, pero no le quedan más opciones: sí, señora, soy yo, para servirla; usted sabe, el abuelo tenía la manía de juntar tantas cosas y ahora no están los tiempos para eso. Le entiendo, me imagino, dice doña Inés y trata de cruzar con Aliaga una mirada cómplice. Que Aliaga no responde. Y suena el primer vals: danubio azul y los homenajeados, cincuenta años de alianza entre las manos, lo bailan con las piernas pesadas y mil ricos aplauden.

Después los siguen más: el suelo de roble de Eslavonia bajo las suelas impolutas de ricos y sus ricas que bailan bajo la araña de tres mil caireles que reluce bajo la cúpula de siete ninfas gordas escapando de Apolo y tres erinias gordas enloqueciendo hombres y tres danaides gordas bañándose para lavar su sangre y dos hespérides más gordas custodiando el jardín maravilloso y en el medio del medio Júpiter hecho toro para raptar a Europa gorda, blanca, también casi desnuda en los frescos del techo y, por debajo, los giros de ese vals: mujeres que Valfierno nunca había imaginado, mujeres que no existen fuera de ese coto. Mujeres que en las fotos de las revistas de sociedad no huelen como éstas, no les brillan las pieles y los pelos, no se les mueve el cuerpo como a éstas, no dejan a su paso majestad: éstas son —está tan claro— de otro mundo. El mundo huele a rosas y gardenias y Valfierno trata de no dejarse impresionar porque de todos modos, sabe, no son suyas. Mujeres, se dice, que trabajan sobre sí tanto más que yo mismo: que se hacen tanto mejor, obras tan superiores —y visibles. Así que usted sería, mi amigo, como un marchand de arte, dice Aliaga y le propone un brindis con champaña.

No sé si es la palabra pero sí, de tanto en tanto he vendido algún cuadro, le contesta Valfierno: sólo clásicos, si vamos a entendernos. Eso es lo que nos falta, mi estimado: clásicos. Somos un país joven, le dice Aliaga, poderoso, y somos el futuro; lo que nos falta por ahora es el pasado, dice y Valfierno se arriesga: eso también se compra, dice, y se asusta de lo que acaba de decir. Pero Aliaga lo sigue: eso es, mi estimado, nada más fácil de comprarse que un pasado, y se sonríe. Valfierno espera que el vals haya tapado su suspiro de alivio. Dentro de poco, mi estimado, ya ni eso les va a quedar a los europeos: quelle décadence, mon ami, quelle décadence.

Ellos lo hicieron, nosotros lo tendremos, dice Aliaga; hasta que, pronto, empecemos a hacerlo. Quizás, dice Valfierno, ya lo estemos haciendo. Peut-être, Aliaga, ne croyez-vous pas? Quizás, marqués, brindo por eso.

La petulancia de algunos argentinos no conoce límites.

Debería agradecerla. Si no fuera por eso no podríamos hacer nuestros negocios.

Tiene razón, Valfierno. De eso estamos viviendo.

Y no sólo viviendo, Chaudron. Es más que eso.

Hay un momento en que muchos se abandonan. Ya han comido según sus fantasías de los reyes, bebido ríos de plata, intercambiado los unos con los otros los mejores cumplidos y los datos valiosos y los chismes excitantes y los chistes sutiles y los chistes más bastos y, al final, hasta promesas de amistad eterna, bailado con cuerpos propios y con cuerpos ajenos, rechazado la tentación de marcar el peso de la mano en esa espalda, aceptado la tentación de marcar ese peso, de imaginar futuros con la mano, de desecharlos con la mano, agradecido a su suerte y su dios por haberlos puesto donde están, por darles en gracia ese país y ese momento y ese apellido y esa gracia, por permitirles ser uno de ellos, por ofrecerles la posibilidad de decidir por tantos y ayudar a tantos y bebido de nuevo más champaña, repetido los brindis, las sonrisas, las muecas de satisfacción, las promesas, saludos, el disimulo del eructo, los pasos de baile más enclenques, quebrados, el descanso, la pena de que se vaya terminando. Entonces se sientan —muchos se sientan— en sus sillas o en sillones más cómodos y se aflojan —unos pocos se aflojan— el nudo del corbatín o un botón del vestido y dejan que su cuerpo se relaje, su mente se relaje, se convencen de que merecen un último descanso antes de conceder que la fiesta se muere. Es en ese momento, piensa Valfierno, refugiado en su silla, que las manos.

Ha descubierto —acaba de descubrir y se ha sobresaltado, primero, después maravillado, alarmado al final— lo que las manos pueden cuando su dueño no las cuida. Se ha pasado un rato mirando manos; ha descubierto, después, de pronto, sus manos mientras miraba demás manos, y se asusta. Sus manos, desatendidas, se quedan con las palmas vueltas hacia arriba como si pidieran, los dedos ligeramente flexionados, un aire de fofo descontrol que las delata: que —teme— lo delata. Y vuelve a mirar las manos a su alrededor, de los ricos a su alrededor perfectamente controladas, manos posadas delicadas —manos posadas, manos delicadas— sobre el mantel de hilo tan playas con los brillos de los anillos hacia arriba, posadas delicadas una sobre la otra y las dos sobre el muslo por encima del pantalón del frac, posadas delicadas una sobre la otra con guantes entre medio para evitar que el sudor las lubrique y se deslicen, una y la otra entrecruzadas y las dos colocadas a la altura del plexo o de los pechos pero sin tocarlos, apenas por delante, una y la otra entrecruzadas en el aire: aprendizaje antiguo, trabajo de años que les permite no perder el control ni siquiera cuando no controlan. Valfierno se mira las manos, que ahora le transpiran, y ve que se le escapan, que todos pueden verlas, verlo: que le falta tanto todavía.

Cuando arranca, para decir que la fiesta ha terminado, la obertura de La Gioconda de Ponchielli. Suena triste, Valfierno no la escucha.

Lo más complicado era tener que inventar mi historia, que inventarme todo el tiempo.

¿Qué quiere decir?

Si a usted le preguntan por su familia, periodista, seguro que no tiene que pensar demasiado. Con recordar alcanza, ¿no es así?

Por supuesto. Aunque me olvido algunas cosas.

Eso da igual. Yo, en cambio, tenía que estar siempre atento para dejar de lado todo lo que recordaba y reemplazarlo por la historia de Valfierno. ¿No le parece un ejercicio fascinante?

No. Me parece terrible.

Lo era y no lo era, periodista. Hasta que ya no fue más nada: hasta que me di cuenta de que ya no me quedaban más recuerdos. Y entonces, sí, ya fui Valfierno. No sabe lo que me costó, después, recuperarlos.

6

—¿Y usted ya tiene un comprador, jefe?

—¿Y eso a usted por qué podría importarle?

—No, yo decía.

—No diga, Perugia: usted no diga. A ver si dejamos las cosas bien claras desde ya: usted cumple con el plan y gana mucha plata y vive como un duque el resto de su vida. De todo lo demás me encargo yo y usted, cuanto menos sepa, mejor le va a ir en esa vida nueva. ¿Me entendió?

—Le entendí, patrón, no se me ponga...

—No me pongo ni me dejo de poner. Solamente quiero que entienda que si hay cualquier error el que la va a pasar mal no voy a ser yo.

—Sí, seguro.

—No soy yo el que fue preso hace tres años por aquella historia de cerraduras rotas, ni hace dos años por esa navaja...

—¿Cómo?

—Lo que oye.

—Disculpe, Signore, pero no le entiendo.

Valfierno se da cuenta de que la sutileza no funciona y se decide por la brutalidad. A veces, piensa, es necesaria:

—A ver si somos claros: la policía lo conoce. Si llega a cometer cualquier error, va a ser fácil mandarlos a buscarlo.

Perugia lo mira sorprendido. Valfierno se pregunta si no está exagerando: si no está hablando de otra cosa.

—Tranquilo, patrón, tranquilo.

—¿Usted me ve nervioso?

Valfierno lleva una gorra de cuadros calada hasta las cejas: su panamá habría desentonado en este bistró de obreros de Les Halles. Le hace gracia pensar que ahora tiene que disfrazarse para ir a un lugar donde unos años antes no habría desentonado. Perugia, descubierto, levanta su copa de tinto para invitarlo a un brindis; Valfierno la choca con desgano. El aire del bistró es puro humo: tabacos y guisos y sudores.

—A partir de ahora tiene que cuidarse con el alcohol, Vincenzo. El vino hace hablar a los muertos.

—No se preocupe, patrón. Yo sé cuidarme.

Dice Perugia y hace el gesto de cuernos con la mano derecha: nunca le gustó que se nombre a los muertos. Tampoco le gusta que su jefe se deje el sombrero en un lugar cerrado: todo el mundo sabe que eso trae mala suerte. Hay personas que no paran de jugar con fuego —y después se sorprenden si se queman.

—Repasemos el plan.

—¿Otra vez, doctor?

—Le dije que repasemos el plan. El próximo domingo, entonces, usted y sus dos amigos se encuentran en la sala Duchâtel. ¿Sabe cuál es, la sala Duchâtel?

—Por supuesto, doctor.

—Le repito: no entran los tres juntos, se encuentran una vez adentro. Usted entra por un lado y sus amigos por otro, ¿está bien? Y vístanse decente, para no llamar la atención, y no se olviden de llevar las herramientas…

Perugia sigue durante un rato las instrucciones de su jefe: tiene la boca ligeramente abierta, el gesto de concentración de quien escucha con cada músculo del cuerpo.

—…fundamental los guardapolvos blancos. Usted lo sabe mejor que yo: en el museo un fulano en guardapolvo blanco puede hacer lo que se le dé la gana y nadie le va a preguntar nada. Los franceses creen en los uniformes, ¿no es así?

Desde la mesa de al lado dos putas muy maduras los provocan con mohínes sutiles: una se pasa la lengua reseca por los labios, la otra se agarra la concha con una mano gruesa sabañona. Los hombres no les hacen ningún caso.

—...entonces, una vez que están en la calle con el cuadro, tienen que ir directamente a la casa de la mujer esa. Yo quizás pase por ahí.

—Sí, por favor. Necesitamos que usted...

—Yo le digo lo que necesitamos. Si yo no llego a ir, ustedes dejan el cuadro ahí y cada cual se vuelve a su lugar, ¿me entendió, Perugia? No cambia nada de sus costumbres, sigue haciendo todo igual. Va a trabajar, ese lunes, como si no hubiera pasado nada, no cambia nada, me entendió: no cambia nada.

—No, Signore. ¿Por qué iba a cambiar?

—Porque ahora mismo yo le voy a dar una buena cantidad de plata. Pero si usted sabe lo que le conviene, esa plata no la va a tocar hasta que pasen unos meses...

—¿La mitad, entonces, como habíamos dicho?

Los ojos de Perugia se iluminan. Negros, chicos, muy juntos, encierran la nariz ancha ganchuda sobre un bigote descuidado. Rasgos hechos a hachazos, piensa Valfierno, y se pregunta qué puede verle Valérie. Los pómulos cuadrados, los dedos gordos que tamborilean sobre la mesa; quiere alejar el pensamiento pero no lo consigue: qué cornos puede verle Valérie al palurdo este, piensa, y la indignación se le cambia en odio y por un momento piensa que podría aprovechar toda esta historia para deshacerse de él: un negocio redondo. Valfierno trata de calmarse: no sería fácil hacerlo sin arriesgar la operación, basta de tonterías. Tiene que tranquilizarse, seguir hablando, mostrarle quién controla. Por ahora su placer es mostrarle quién controla —mostrarle a Valérie, aunque no pueda verlo:

—Sí, la mitad. Su mitad. Le insisto: no cambie nada de su

vida. A usted no le ha pasado nada. Es probable que en esos primeros días la policía vaya a verlo...

—¿La policía? ¿Dijo la policía?

Perugia se sobresalta. Valfierno piensa que quizás encuentre la manera —y la idea lo conforta y lo preocupa.

—No se preocupe, hombre, seguramente van a ir a ver a todos los que trabajan o trabajaron en el museo. No se preocupe, no se alarme: no tienen nada contra usted. Va a ser una visita de rutina, y usted trátelos así. Recién después de esa visita va a buscar el cuadro y se lo lleva a su pensión, lo guarda bien y me manda el mensaje que le dije, yo aparezco, me lo llevo y le pago el resto.

—Me parece que está todo en orden, doctor. ¿Cree que se va a amar mucho revuelo?

—Se va a armar todo el revuelo del mundo, Perugia, pero usted no se preocupe. Con usted no es. Sí, claro que se va a armar. Usted vio cómo son de orgullosos los franceses. Que les roben la Gioconda les va a parecer una ofensa a la patria.

—¡Carajo, y cuando sepan que se la llevó un obrero italiano!

Dice Perugia y enseguida se arrepiente: nada puede traer más mala suerte que decir algo que podría cumplirse. Tratando de que Valfierno no lo vea se toca el huevo izquierdo y le da un ataque breve de pavor: cuántas cosas habrá hecho, cuántas sigue haciendo que podrían atraer la mala suerte. El mundo es demasiado complicado.

—Nunca van a saberlo, Perugia.

—No, ya sé, doctor, yo pensaba en voz alta.

—No es su papel, ya se lo dije.

—Ya sé, jefe, ya sé. Pero imagínese, los franceses nos la robaron y ahora nosotros la vamos a recuperar.

Valfierno y Perugia hablan en italiano: Perugia con acento toscano, Valfierno con acento indefinible. El marqués piensa en su madre: qué diría si lo viera convertido en un marqués. Qué si supiera que todos los diarios del mundo van a hablar de él —sin saber de quién hablan.

—Entonces, Vincenzo, ¿todo claro?

—Todo claro, patrón.

—El próximo domingo.

—El próximo domingo.

Valfierno piensa que debería estar nervioso: acaba de ordenar el robo del siglo. Debería, se dice, y qué raro que no. Quizás no sea un buen signo.

7

Habíamos quedado en volver a vernos, pero tardé tres semanas en presentarme en la casa de Mariano de Aliaga: le dije que me disculpara pero había tenido que solucionar unas cuestiones en la finca de Mendoza. Entonces me preguntó si hacíamos vino y le dije que muy poco, sólo para los amigos, y que por supuesto sería un placer mandarle una barrica.

Su casa era modesta si se la compara con, digamos, el caserón de los Guerrico: sólo dos pisos cerca de la plaza San Martín, mansarda a la francesa y mármol de Carrara. Pero yo me había informado: Aliaga sí tenía veinte mil hectáreas en la pampa húmeda. Mi nuevo amigo me recibió con simpatía, me hizo pasar a su escritorio, me ofreció buen cognac y conversamos durante un par de horas de todo y nada y, más que nada, de arte. No dejaba de sorprenderme que pudiéramos charlar, compartir esos momentos de sosiego: yo, allí, tan lejos y tan cerca. Sobre la chimenea había un cuadrito de marco redorado que me pareció muy del estilo de Eugenio Delacroix: le dije que se veía que era obra de un discípulo serio. No, por favor, mírelo bien: es Delacroix lui-même. Ah, claro, por supuesto.

Y sobre todo su influencia en los franceses del dieciocho es innegable.

¿Quién me dice, disculpe?

Vermeer, Valfierno.

Sí, claro, Johannes Vermeer. Qué belleza su Paisaje de Delft, Aliaga. ¿Usted la ha visto?

Inconmensurable. La prueba de que el mundo puede equivocarse tanto: ¿cómo se explica que hayan pasado doscientos años hasta que le llegó el reconocimiento que siempre mereció?

Eso sí que es notable: cómo puede ser que el verdadero valor de un hombre sea tan ignorado. Y no le digo ya por las mayorías: por la gente ilustrada.

Un genio, un verdadero genio. Y sobre todo sus retratos de interiores, su Dentellière, su Mujer que lee una carta, su Laitière.

Ah, sí, la Laitière. No sabe lo que me impresionó cuando la vi.

¿En el Louvre?

Claro, por supuesto.

Cierto, en el Louvre. Una delicia. Me atrevo a más: una real obra maestra.

Vive en un departamento de dos habitaciones y pequeño salón, bien amueblado, casi coqueto, en la calle Laprida poco antes de llegar a Santa Fe —y es la primera vez, en sus cuarenta y tantos años, que tiene una vivienda así. Aunque, por supuesto, no puede dar su dirección porque no corresponde a su papel.

Tiene un vestuario de seis trajes, un frac, una galera, tres sombreros, cuatro pares de zapatos de Grimoldi, dos bastones que no le gusta usar y una docena de camisas: todo de muy buen género. Se ha gastado en ropa más que lo que tiene: Chaudron protesta; él le dice que son las herramientas del oficio pero sabe que es cierto sólo a medias. Le gustan esas ropas elegantes y, sobre todo, sabe que sin ellas no podría ser sí mismo. A veces, cuando nadie lo mira, furtivo como un preso, se toca la suavidad de una manga de buen paño inglés, el apresto de un cuello, y le parece que sí toca su historia.

Tiene un círculo de conocidos que se agranda: ya no es raro que lo inviten a ciertos festejos y el resquemor de su aparición un poco inopinada ya pasó; en unos meses, si acaso un par de años, va a ser —está seguro— un miembro pleno de la buena sociedad de Buenos Aires. Aunque sabe que nunca podrá dejar de estar en guardia, y nota que de vez en cuando se relaja —y se preocupa.

Ha conocido a una viuda relativamente joven, no tan rica pero de buen pasar, de muy buen apellido, que le dio muestras claras de que podría corresponder sus atenciones. La ha llevado a pasear por Palermo, piensa invitarla al teatro Colón y quizás, después, a cenar al Charpentier, pero no quiere forzar la situación porque Amelia es una mujer buena y la relación podría ser seria. Supone que a ella le atrae su título pero no puede culparla por eso: no él, precisamente.

Ha conocido a una planchadora que no sabe planchar, milanesa, muy joven, ambiciosa, rubia todavía, que duerme con él los viernes y los martes, recibe sus regalos con el mohín más apropiado y le produce una inquietud extraña: teme que su desliz le cueste caro. Sabe que esos excesos no son gratis. Pero se maravilla de saber que el próximo martes, que el próximo viernes, que el martes siguiente ese cuerpo mullido va a rodar en su cama. Es obvio que la atrae su —aparente— fortuna pero no puede culparla por eso: no él, precisamente.

Le dice que él sabe lo que es no saber qué va a ser de su vida, que él la entiende y ella lo mira con una extrañeza que él no sabe qué es: si puede ser que simplemente no le cree —cómo va a saber, usted, marqués, vos, Eduardo, lo que es ser una pobre planchadora así, empezando—; si puede ser que ella no sintió nunca eso que él le atribuye: que nunca se le ocurrió pensar en ella como una vida que debería conocerse de antemano, que debería conocerse; si puede ser que, solamente, no lo entiende. Le dice que él no sabe, que ella tiene razón: que él no sabe un carajo.

Pero se ríe, y se cree que miente.

¿Quién serías, Giannina, si pudieras ser otra?

Ay, Eduardo, qué cosas se te ocurren.

¿Sabe qué, periodista? Yo estaba satisfecho. Por primera vez en la vida, me atrevería a decirle, había encontrado mi lugar. Y había entendido que los que no consiguen sus metas mienten cuando culpan a las circunstancias. Que quien tiene la fuerza suficiente consigue lo que quiere. Que los que no lo consiguen son los débiles, los que no dan la talla. Que los que se quedan a mitad de camino es porque lo merecen. Que los pobres lo son porque no saben dejar de serlo o no lo quieren. Y que no hay nada peor que los llamados socialistas: los que creen que ser pobre es un mérito. Lo mismo que los curas: los reconfortan, los convencen de que la desgracia es una suerte.

¿Vos alguna vez pensaste en eso, Eduardo?

Bueno, sí, alguna vez.

¿Y qué pensaste?

Nada, ni me acuerdo.

Pero tampoco se sentía un gran hombre. Hubo un momento, le pareció, en que estuvo a punto de sentirlo —y se dio cuenta recién mucho después, cuando la oportunidad ya había pasado. Se decía que así son los momentos: que quién supiera reconocerlos cuando son y no cuando ya han sido. Que quién pudiera saberlos, saborearlos, retenerlos. Que ahora se había acostumbrado a ser quien era y que nadie se siente grande sino en ese momento escaso, corto, en que pasa de un estado a otro: en que se crece —como crece un río, pensaba, como crece de pronto una palabra. Que ya nunca se sentiría un gran hombre —que había dejado escapar su única ocasión, que ojalá pudiera empezar todo de nuevo, que ojalá pudiera estar de nuevo a punto de.

Que lo había conseguido y, así, la había perdido.

Está orgulloso porque ha aprendido mucho sobre cuadros: ya es capaz de percibir sin dudas la diferencia entre un Murillo y un Zurbarán, por ejemplo, y aun así no puede notar la diferencia entre un Murillo de Murillo y uno de Chaudron —y eso lo tranquiliza.

Está orgulloso de su biblioteca: todos los libros de Mercedes, los que se fue comprando en esos años, la colección de libros de arte que se está haciendo ahora so pretexto de que los necesita para su trabajo. Sólo quisiera tener más tiempo para leerlos, porque la construcción de su vida le lleva mucho esfuerzo.

Está orgulloso porque, de vez en cuando, supone que ha recuperado una idea que tuvo —y llegó a odiar: la idea de que tal como es, será. Esa idea, ahora, es lo que más lo tranquiliza.

Y a veces se olvida de que su vida es tan reciente. De que algunos pensarían que no es suya.

Y se le ocurre de vez en cuando la idea —es curioso llamar a eso una idea— de que quizás todavía esté a tiempo de tener un hijo. Alguna vez se preguntó si Amelia. Pero piensa que sería el hijo de no se sabe quién, de Eduardo de Valfierno, un hijo falso. Después se dice que de todas formas los hijos son hijos de quién. Y, sobre todo: que qué extraño pensarlo, quererlo. Que algo ha cambiado más de lo que esperaba —y cree que le gusta pero no está seguro. No está seguro.

No, seguro no.

A veces piensa que, pese a todo, Valfierno nunca va a poder estar seguro.

Yo tengo muchos amigos, ¿sabe? Eso es lo que hace toda la diferencia: tener o no tener amigos, ser parte o no ser parte. Y yo tengo muchos amigos: nos conocemos desde siempre, ya ni sabemos cuándo fue la primera vez porque siempre estuvimos. A esos amigos uno puede pedirles casi cualquier cosa. Son gente muy decente, mis amigos. Algunos de mis amigos.

Sí, por supuesto. Yo también tengo algunos amigos, pero como viví tantos años afuera…

Por eso. Como le decía, mis amigos son gente de bien. Y algunos no, también hay que tener de ésos.

Sí, le entiendo.

No, no creo que me entienda. La cuestión es que lo hice investigar por mis amigos. Sé todo sobre usted, Bonaglia.

¿Qué? ¿De qué me está hablando?

No se haga el tonto. Y sobre todo no me tome por tonto. No se llega a ser lo que yo soy siendo un tonto. Usted se debe haber creído que éramos todos idiotas: que usted podía aparecer así, de la nada, decir que era marqués y que venía de París y no saber siquiera dónde están los cuadros que dice que vio, Bonaglia. La Laitière en el Louvre… Le falta mucho, disculpeme que le diga: acá el único idiota es usted.

Pero…

No, sin peros. Yo ya lo escuché demasiado; ahora me escucha usted a mí. Le conviene, si quiere sobrevivir. Si le interesa sobrevivir, si no da igual. Es muy simple: o me entrega todos sus cuadros o va preso por falsa identidad, para empezar a hablar. Eso solo ya son unos años de cárcel; después, si tiene suerte, viene la expulsión. Y tenemos más, por supuesto que tenemos más.

Disculpe pero no sé de qué me habla.

Lo sabe muy bien, Bonaglia, demasiado bien.

Yo sudaba. Unos días antes, Mariano de Aliaga me había dicho que estaba interesado en un Ribera que yo le mencioné y quedamos en que se lo llevaría a su casa. Me había llamado la atención que insistiera en venir a la mía, y pasé dificultades para explicarle que prefería la suya; al final lo aceptó y, esa tarde, me presenté con el cuadrito bajo el brazo. Era el retrato de un fraile franciscano hecho de claroscuros, los pómulos enrojecidos por el vino, la sonrisa casi degenerada: Chaudron había hecho un trabajo excepcional. Se superaba: su retrato del franciscano no era la copia de un cuadro existente sino un original —un original de José de Ribera pintado por Chaudron.

Y Aliaga lo había encontrado exaltante, increíble —o eso me había dicho: que Ribera pintaba como nadie la decadencia de los hombres, que quizás lo hubiera hecho para extremar la gloria del Señor pero que nadie como él para plasmar el envilecimiento, el extravío. Que era el pintor que este mundo merecía, que si hubiera vivido en nuestros días lo habrían condenado por demasiado peligroso: por disolvente, por irreconciliable. Estaba exultante: lo examinaba con cuidado, con muecas de placer, como se mira un caballo o una hembra: le brillaban los ojos al mirarlo.

Como le digo, es simple: o me da todos sus cuadros o va preso.

¿De qué me habla, Aliaga? ¿De qué cuadros?

Para empezar, éste que tenemos acá.

Chaudron me había dicho que copiar un cuadro era una tontería; que lo que le interesaba, cada vez más, era crear. No falsificar una obra; falsificar el procedimiento de su autor, decía. Y falsificar unos días de su vida: los que se habría pasado pensando en esos temas, bocetando ese cuadro, terminándolo. Que quería crear el cuadro de un pintor; hacer lo que ese pintor tendría que haber hecho. No lo que hizo, no lo que podría haber hecho: lo que tendría que haber hecho, obras suyas mejores que las suyas porque uno ahora sabe —me decía Chaudron—, yo ahora sé lo que él podría haber hecho pero nunca hizo. Chaudron, a veces, me daba miedo: caía en la soberbia.

Yo sé que hay otros, Bonaglia. Para empezar, me deja éste…

Pero si es falso, señor, para qué lo quiere.

¿Usted me sigue tomando por idiota? Ya le dije que no se llega a ser lo que yo soy siendo un idiota. Quiero ese cuadro, quiero los demás. No voy a permitir que un farsante como usted siga haciendo estragos entre la gente decente.

Pero…

Sin peros: es su vida. Yo no le voy a preguntar de dónde salen, de dónde los roba. No me importa, por ahora, no es mi problema. Usted me los va a dar. En una semana los quiero acá, todos acá. Yo me voy a encargar de dárselos a quien corresponda.

Ha caminado de aquí para allá durante horas, se presenta en la casa de Chaudron a la una de la mañana, lo despierta a los gritos. Que nos descubrieron, que tenemos que irnos. Cómo, expliquesé, por favor, expliquemé de qué está hablando. Ahora no hay tiempo, tenemos que irnos, le dice, está alterado, y después, cuando se calma: si no nos vamos de Buenos Aires terminamos presos. ¿Aliaga? Sí, Aliaga. Chaudron le dice que siempre le había dado mala espina ese petimetre, que no le había querido decir nada pero le daba mala espina y le dice que se tranquilice, que espere, que le sirve un vino y se sientan y piensan.

Pero Valfierno le dice que no hay nada que pensar, que tienen que desaparecer lo antes posible, que es la única salida, que quizás ir a Mendoza y ahí vemos qué podemos hacer, quizás pasar a Chile, vaya a saber, pero por el momento tenemos que poner distancia. Y Chaudron se queda unos minutos en silencio. Valfierno ha cerrado los ojos, trata de no ver las telas que se acumulan contra las paredes, su tesoro que se está transformando en incriminación, el derrumbe de su vida justo cuando.

Dentro de tres días sale un barco para Le Havre.

¿Y con eso qué?

¿Cómo que qué, Valfierno? Podemos tomarnos ese barco, escaparnos a Francia.

¿A Francia?

Sí. ¿No es el lugar donde usted vivió tantos años?

No joda, Chaudron.

En serio, Enrique. No creo que tengamos muchas más alternativas. Además, con el dinero que tenemos, en París podemos sobrevivir unos meses. Y después ya se nos ocurrirá alguna cosa, ¿no le parece?

Lo que me parece es que usted no entiende nada, Chaudron. ¿Qué cornos vamos a hacer en París? ¿Qué voy a hacer yo en la capital?

8

Piensa que cualquiera que lo vea va a notar que ese traje no es lo suyo: que está fuera de lugar adentro de ese traje negro y la corbata azul y el sombrero de paja. Aunque el traje sea usado y ajado se ve que no le corresponde y piensa que los paseantes que lo cruzan lo miran, notan algo, que alguno va a sospechar; tiene que decirse varias veces en ese breve recorrido que no, que no tiene sentido: decirse que, por suerte —esta vez sí es una suerte— él es el tipo de persona que nadie mira dos veces y que Valérie tuvo razón en decirle que no lo quería ver más y que lo raro fue que se hubiera encaprichado así con él. Y después: bueno, no tan raro. Ella sí supo verme y eso la hacía especial. Las gotas de sudor le caen desde el sombrero.

—Entradas, por acá los que tengan que comprar entradas. Por acá las colas para entrar.

Ya son las tres de la tarde del domingo y hace un calor de perros: incluso para agosto es un exceso de calor, pero ya dijeron los diarios que el verano de 1911 va a hacer historia. Vincenzo Perugia entra en el Louvre por el patio central y la puerta Denon y lo recibe un golpe de aire fresco. Perugia se sorprende al ver que hay tanta gente. A veces todavía se asombra de que haya tanta gente en el mundo y tan distinta y alguna vez incluso llegó a preguntarse para qué serviría. Pero esta tarde se sorprende de ver que cientos y cientos caminan a su lado por la puerta de entrada del museo. Deben estar buscando el fresco de esas salas enormes y sombreadas, piensa, y después no: esa pareja jovencita —camisa blanca él, vestido blanco ella— que avanza de la mano debe haber venido para hacerse arrumacos y ese grupo de siete alemanes sesentones que escuchan tan concentrados al que les lee una guía deben amar el arte o la pintura y ese padre de familia bigotudo con sus cuatro chicos no debía soportarlos más en casa y esas dos americanas cuarentonas deben estar buscando hombres y así tantos pero todos, piensa Perugia, pasean despreocupados, están aquí como podrían estar en otros sitios, saben que en una hora el museo va a cerrar y ellos se van a ir a sus casas: todos menos él. Perugia no piensa que para cualquiera de los que lo miran él también parece estar paseando y que entonces cualquiera de ellos puede, como él, esconder vaya a saber qué cosas, qué ambiciones ocultas y más que envidia le da cierta sensación de soledad, de extrañeza y más tarde —esa noche— pensará que si no fuera tan idiota, si tuviera un poco más de imaginación en ese momento se le habría ocurrido volverse a su pensión y, quién sabe, podría haberlo hecho todavía. Pero entonces no se le ocurre, y sigue caminando.

Va acunado por la aglomeración: de pronto se da cuenta de que ese exceso de personas le conviene. Todos hablan: es curioso, piensa, como las palabras susurradas de tanta gente pueden convertirse en ese estruendo. Cada uno dice claro mañana barco cuadro ohparís mihermana sinlasdudas y todo junto se transforma en un ruido espantoso, piensa: es raro. Es raro: nunca piensa en esas cosas. Quizás no sea para tanto y a él le molesta ahora el batifondo porque está un poco nervioso. No, se dice, yo no estoy nervioso. Pero no está seguro. Tal vez debería estarlo. No sabe qué es mejor.

No sabe, pero ya está parado junto a la escalera monumental desmesurada: una vez más —lleva unos meses sin pasar por ahí— se dice que es grandiosa. Y los techos, los frescos, las columnas, los mármoles. Los espejos: sobre todo los espejos. Perugia mira a su alrededor y piensa cuánto deben impresionarse todos ésos; él no tanto porque ya los conoce pero todos ésos seguro que sí, deben estar apichonados, yo por suerte ya conozco y aun así lo impresiona, a mí que soy italiano y vengo del país de los emperadores y las iglesias tan pintadas me impresiona, espero que los hermanos no se asusten. Seguro que los hermanos no vinieron nunca, piensa: que ojalá no se asusten y vayan a la cita.

—Señor, ¿usted sabe dónde está la Venus de Milo?

—No, cómo quiere que sepa. Pregúntele a los guardias.

Perugia encara la escalera que lleva al primer piso y le parece que un guardián lo mira. Le molesta: no se preocupa porque el guardián podría reconocerlo sino porque ve que tiene en su solapa una chapa amarilla, distintivo de algo. Perugia sabe muy bien que el amarillo es el color más gettatore y mete la mano izquierda en el bolsillo del pantalón para tocarse, sin que nadie lo note, el huevo izquierdo. Entonces sí suspira, y sigue más tranquilo. Aunque es cierto que el guardián que lo miró podría reconocerlo: él no lo recuerda pero el guardián sí podría recordarlo del año anterior, cuando estuvo trabajando ahí. Sería raro: demasiado desafortunado, piensa, y lo desecha.

Fue una casualidad: el azar de que fuera su patrón de entonces quien consiguió el contrato para ponerles vidrios a los cuadros más famosos del museo. Fue, piensa ahora, pura suerte —y se asombra: él nunca tuvo suerte. Sí, lo sabe, no le gusta reconocerlo pero es muy cierto: él nunca tuvo suerte en esta vida, por eso tiene que estar tan atento a todo lo que pase; ojalá se le pegue la suerte del Signore, piensa: se le ve que él tiene para todos. Pero eso de que su patrón consiguiera el trabajo de los vidrios sí que fue suerte, se dice, a menos que, piensa, y no quiere completar el pensamiento. Por si acaso. Mejor no pensar esas cosas, y menos un día como éste; fue suerte que justo los directores del museo se asustaran porque había una parva de locos sueltos que se dedicaban a atacar cuadros como si no hubiera otras cosas que atacar y entonces, asustados, decidiesen proteger sus cuadros más famosos con los vidrios. Perugia no sabe —no tiene por qué saber— que la decisión provocó escándalo: protestas en los salones elegantes, cartas en los periódicos por ese incalificable atentado contra el arte clásico y un joven novelista que llevó su brocha y su navaja y se afeitó en el reflejo de esos vidrios. Pero Perugia no lo sabe; sí que su patrón lo mandó fabricar las cajas de madera para los cuadros protegidos y que después, durante varios meses, fue todos los días al museo a completar la instalación. Entonces tuvo todo el tiempo para saber cómo se mueve este palacio: por eso, está claro, el Signore lo buscó para el negocio. Por eso hoy Perugia se ha endomingado como le dijo el Signore y el saco le molesta y piensa, por un momento piensa que la orden de ponerse saco puede ser un error del Signore y que quizás el Signore se haya equivocado también en otras cosas, porque quién sabe quién es ese señor que le ha ordenado todo esto: ese señor en quien está confiando tanto como para venir a jugársela en esta tontería y quién sabe qué será. Pero mira a su alrededor y ve más gente con traje y se dice que el Signore tenía razón, que si se hubiera presentado en el museo sin su saco habría llamado mucho la atención y que sí tenía razón y se arregla la corbata azul.

—Santa María Madre de Dios, ruega por nosotros pecadores...

Susurra Perugia tratando de no mover los labios mientras entra en la sala Duchâtel y se siente más reconfortado.

—...ahora y en la hora de nuestra muer...

Dice y se para de golpe: cualquiera sabe que en circunstancias como ésta mejor no nombrar la muerte, más vale no tentarla. En la sala Duchâtel nunca hay mucha gente: por eso Perugia y el Signore la eligieron. Por eso y por el cuartito.

Cuando entra en la sala hay una pareja de jóvenes —otra pareja, piensa, de ésos que no les importa nada todo esto—, tres señoras mayores de aspecto distinguido, ningún guardián y, al fondo, junto a ese cuadro enorme, los dos hermanos Lancelotti. Perugia suspira aliviado y enseguida se preocupa: espera que los hermanos se acuerden de que no tienen que saludarlo ni hablarle ni hacer ningún gesto de reconocimiento, como les dijo la noche anterior en el bistró de Berthe. No está seguro: los hermanos son medio duros de mollera. Pero se lo dijo tantas veces que quizás lo entendieron.

—¿Y si pasa algo?

Le habían preguntado.

—¿Algo como qué?

—No sé, esas cosas que pueden pasar, algo. Que nos pregunten qué estamos haciendo, que te agarren, que haya un guardia todo el tiempo ahí.

—Nada, ustedes se hacen los idiotas.

Les dijo y se arrepintió enseguida, pero ellos no dijeron nada. Y les insistió en que no lo saludaran y se quedaran parados en la sala hasta que él les hiciera la señal. Son las tres y veinticinco: faltan treinta y cinco minutos para el cierre —hay que hacer tiempo. Perugia se para por detrás de los hermanos —que simulan estar mirando el cuadro grande— y les mira los trajes: pobres, deshilachados, todos deben darse cuenta de que no son de acá, piensa, y entonce vuelve a pensar que él debe parecer lo mismo y se preocupa. Y para colmo el saco es grande, para esconder el paquete con sus herramientas. Pero en la sala Duchâtel no queda nadie fuera de las tres mujeres y Perugia simula que recorre los detalles del cuadro. Por simular, entonces, se detiene a mirarlo y le da un sobresalto: es un cuadro muy grande, pintado con colores opacos, mucho marrón y rojo, donde Jesucristo agoniza en la cruz acompañado por los dos ladrones. Perugia se persigna: justo así, acompañado por los dos ladrones. Perugia mira a los hermanos, trata de mantener la calma, maldice el momento en que aceptó meterse en esta historia, se disculpa ante Jesús por los insultos.

—Ave María Purísima sin pecado concebida...

Murmura ahora y vuelve a mirar su reloj: son las tres y veintisiete y las tres señoras se están yendo: la sala Duchâtel se queda sola.

—Ahora, vamos.

Susurra Perugia y los tres caminan sin hacer ruido —como si alguien pudiera descubrirlos por el ruido— hasta la esquina noreste de la sala. Ahí, disimulada entre las molduras, hay una puerta del tamaño de un hombre. Perugia tantea la cerradura escondida, la trabaja con su navaja de bolsillo. Un minuto larguísimo; la cerradura se abre.

—Vamos, adentro, adentro.

Dice Perugia y los tres entran en una especie de cuartito oscuro, atestado de cosas que no ven todavía. Cierran la puerta; Perugia se apoya contra la pared y su suspiro suena como un trueno.

9

—Lo curioso es que él dice que fue usted el que lo empujó a convertirse en Valfierno.

Dije, y me di cuenta de que había dicho una tontería: la cara de Yves Chaudron se estaba transformando en una enciclopedia del rencor.

—Disculpe, no quise decir eso. Pero le confieso que me llamó la atención cuando me lo dijo.

—¿Por qué? ¿Porque él parece el fulano más suficiente y espléndido y yo soy este viejo enterrado en un sillón?

Chaudron gritaba: ese señor que parecía incapaz de acentuar una palabra más que otra me estaba gritando. A su manera: casi sin levantar la voz, con los puños apretados sobre los brazos del sillón floreado, marcando cada sílaba. Gritaba y los ojos y el resto de la cara se le entristecían, como si llegar a estos excesos ya fuera una derrota:

—¿Porque usted es tan periodista que no es capaz de imaginar más allá de lo que ve delante de sus narices, periodista? ¿Porque no puede darse cuenta de que hubo épocas en que su héroe era un pobre diablo? ¿O porque no quiere darse cuenta?

Desde la puerta de la cocina Ivanka nos miraba —me miraba con odio. Tenía las piernas gruesas muy abiertas: plantada en desafío. La cercanía que había conseguido en horas de entrevista se deshacía en el aire: justo ahora, cuando tenía que hacerle las preguntas delicadas. Para recuperar su buena voluntad le pregunté cómo se le había ocurrido el nombre Valfierno:

—¿Pero en serio usted puede creer que ese disparate se me ocurrió a mí?

Me había vuelto a equivocar. Pero, por alguna razón que no terminé de entender, Chaudron se estaba calmando:

—No, eso fue él, vaya a saber de dónde lo sacó. Es más, yo se lo discutí, como le discutí que se hiciera marqués. Pero el señor quería, decía que los argentinos son demasiado tontos como para dejarles nada librado a su imaginación: que si uno quiere que entiendan algo hay que decírselo con todas las letras. Y en eso sí que estábamos de acuerdo.

Chaudron se calló pero amagaba. Después se decidió:

—Disculpe, Becker, lo que le dije antes. Yo quiero creer que ya no importa, pero parece que hay cuestiones en todo esto que todavía no he podido tragar.

—¿Él cambió mucho cuando empezó a llamarse Valfierno?

—Mucho es poco decir, periodista. A ver si me entiende: cuando yo lo conocí él era uno de esos hombres que han decidido que ya lo intentaron, que no quieren ir más allá, que van a tratar de quedarse adonde están todo lo que...

Yo hubiera jurado que mi cara no mostró lo que pensaba pero Chaudron lo debe haber leído, porque me contestó. Pero el ataque de furia ya se le había pasado. Ahora su tono era más cansado, casi condescendiente; había pasado del enojo al desaliento:

—No, no se equivoque: es muy distinto. Yo soy un viejo y estoy enfermo y tengo esta casa y un dinero en el banco y una esposa que dice que me quiere. Él entonces recién estaba en los cuarenta y contaba los polvos de un prostíbulo y vivía como un perro, Becker, como un perro. No sé si he sido claro.

Había sido. Pero siguió: empezó a explicarme que uno todavía hace planes y se cree que va a ser otro cuando no tiene volúmenes en la cara. Eso dijo: "cuando no tiene la cara llena de volúmenes".

—Digo: cuando la cara es un solo volumen con nariz. ¿Vio que después la cara se va deshaciendo en muchos volúmenes, las mejillas separadas de la boca por dos líneas de falla, la papada convertida en ente autónomo, la frente una papa tajeada? Bueno, cuando la cara se le llena de volúmenes uno empieza a creer que no hay más planes, ¿no lo notó?

Le dije que claro, por supuesto, y le pregunté con todo el cuidado posible si sabía por qué Valfierno quería quedarse en ese prostíbulo, por qué no quería cambiar de vida y Chaudron me dijo que intentaba convencerse de que había alcanzado cierta sabiduría:

—Solía decir eso que ya le dije, que podía conformarse con sus sueños, con su imaginación, y que era de necios tratar de transformar sueños en realidades. Decía que él sabía eso y no necesitaba más.

—¿No necesitaba o no se atrevía? Así, a lo lejos, parece un hombre aterrado, y me gustaría saber por qué.

—Disculpe, pero ¿usted vino a verme para que le hable de él?

—No, por supuesto que no. Vine para que me cuente sobre usted y sobre lo que hicieron juntos.

—Hacer juntos es una manera de decir. Hubo un momento en que él empezó a hacer y yo sólo podía seguirlo.

Yves Chaudron llamó a Ivanka con un susurro —que sólo una esposa podía oír a través de la puerta de la cocina— y le pidió que nos trajera cafés. Ella dijo que no se aprovechara de la situación, que él sabía que no podía tomar café a estas horas.

—Mujer, no te pregunté si podía tomar café. Te pedí dos.

Le dijo Chaudron con una suavidad extraordinaria. Y me empezó a contar que él y Valfierno llegaron a París casi sin dinero, que no se atrevieron a llevar cuadros por miedo a las aduanas y que apenas les alcanzó para instalarse en una especie de departamento de un ambiente donde él armó su taller —y para comprar telas y óleos. Pero que Valfierno se contactó con ciertos argentinos y rápidamente consiguió un par de clientes para sus Murillos y Riberas.

—Para mí París fue muy difícil. No sé si a usted le habrá pasado alguna vez, Becker, esa sensación de volver al punto de partida sin haber conseguido absolutamente nada. Yo estaba como veinte años antes, cuando tuve que irme, y era todo igual. Fue muy duro, para mí fue muy duro. ¿Sabe cómo descubrí que algo andaba muy mal?

Me preguntó Chaudron, y se interrumpió porque su mujer entraba con la bandeja y los cafés. Algo había pasado entre ellos, también: él ya no quería que ella lo escuchara. Hubo un silencio embarazoso; cuando ella se volvió a la cocina me dijo que todo se arruinó cuando dejó de buscar.

—Sí, no ponga esa cara. Vivíamos en ese taller, era un caos, dos personas en un lugar muy limitado, y todos mis enseres de trabajo. Muy a menudo se me perdían cosas, y entonces las buscaba. Cuando estaba bien, las buscaba tranquilo. Se me perdía algo, lo buscaba. Quiero decir: miraba por todos lados, revolvía. Hasta que un día no sé lo que pasó, pensé que no tenía que buscar: que tenía que pensar. Por un tiempo todo pareció funcionar mejor: ya no buscaba. Si se me perdía un color no revisaba seis docenas de pomos, no. Trataba de recordar cuándo lo había usado por última vez, qué había movido desde entonces y enseguida lo encontraba. Le parecerá una tontería, periodista, pero ahí se empezó a caer todo.

Yves Chaudron se calló: estaba muy lejos. Me pareció que miraba el cuadro de la virgen con niño como si ahí también hubiera alguna clave; quizás no. Después pensé que esa idea de encontrar claves en todo era demasiado francesa para mí.

—En cuanto vendimos algunos cuadros y conseguimos un poco de plata él se instaló por su cuenta. Ya no me soportaba, me parece. Y eso que yo nunca le eché en cara que él fuera una idea mía. No, yo no era de ésos que se pasan todo el tiempo jactándose de lo que hacen, no, de ninguna manera.

—Pero siguieron trabajando juntos.

—Claro, si no usted no estaría acá. Usted no me habría venido a ver si hubiéramos vendido un par de copias más o menos bien hechas de los barrocos españoles, periodista. Usted vino a verme porque a él se le ocurrió esa idea genial, ya sabemos. Pero le insisto: eso sucedió porque él, en París, terminó de convertirse en Valfierno.

Me dijo, y que era un proceso que había empezado en Buenos Aires pero que entonces todavía daba la impresión de que miraba todo el tiempo para atrás, que tenía miedo de que alguien fuera a descubrirlo.

—Cuando llegamos a París, en cambio, se le fueron todos los temores: ahí sí que fue su personaje, se creyó que era ese invento mío, el marqués de Valfierno. ¿No es ridículo? ¿Y no es todavía más ridículo que gracias a eso el mundo nos recuerde sin saberlo?

Me dijo, y me pareció que estaba agotando su paciencia. Pero todavía había ciertas cosas que quería decirme: que, en medio de su malestar, empezó a sentir que la copia ocupaba un lugar cada vez mayor. Ya no quería contarme historias; quería hablarme de sus teorías. A mí me faltaban, todavía, las preguntas centrales.

—No sé si usted lo habrá notado, Becker. Lo que pasa es que el avance de la técnica, el progreso, está llevando el mundo cada vez más hacia la copia. Imagínese, antes para dibujar el plano de una ciudad había que imaginarlo. Ahora usted se sube a uno de esos globos, lo mira y lo copia. Todo se ve, y más que se verá. Mi oficio está lleno de competidores sin ninguna preparación, una runfla de imitadores muy baratos. Yo me di cuenta de eso entonces, periodista, y también me di cuenta de que la copia no tenía la reputación que se merecía. La copia es la base de la civilización, no sé si lo ha notado.

—No, pero si…

—No me interrumpa, por favor. Le digo que si no fuera por la copia el mundo no existiría. Todo desaparecería todo el tiempo: somos efímeros. Y un original tampoco dura, es necesario que lo copien para que siga presente. El hijo al padre, el herrero a un herrero anterior, el martillo al martillo, el pollo a su gallina: todos copian. El hijo, copiado por el arte natural, es una reproducción imperfecta de su padre —donde su madre se inmiscuye más o menos. Sin la copia no habría cultura, no habría sociedad ni tradiciones, sólo animales: una batahola de individuos sin historia.

Chaudron se entusiasmaba, se transfiguraba: yo tenía la sensación incómoda de que se había pasado años pensando esas frases sin encontrar a quién decírselas.

—Si no fuera por la copia habría que inventar todo de nuevo todo el tiempo: una revolución peor que las revoluciones. Si no fuera, le digo, por la copia, la revolución nunca se detendría. Imagínese, si el mundo ya es un caos tal como está… Los rusos, los alemanes, todos esos. La copia es el orden, es la única garantía de que el orden persista.

—Disculpe, Chaudron. Me decía que entonces cuando decidieron hacer aquello de la Gioconda…

—No le decía nada de eso, periodista, no me tome por tonto. Yo lo único que le decía es que hay una injusticia terrible en todo esto. Usted sabe que un artista que copia es más hábil que el copiado. El artista copiado no ha hecho más que dar libertad a sus instintos: hace lo que le sale, lo que puede. En cambio el que copia se fuerza, se tuerce para hacer lo que el otro hizo sin querer. Lo que en uno fue naturaleza en el otro es arte. Y estábamos hablando del arte, si le he entendido bien.

Chaudron se calló como quien desafía. No me miraba, no miraba nada, pero veía algo. Después me dijo que me acercara, que me iba a decir algo muy importante: un secreto, me dijo, que hasta podía valer mucho dinero. Que fueron tiempos muy difíciles, me dijo, cuando pintaba sus Giocondas, que se sentía disminuido, que no soportaba lo que hacía.

—Era lo que había hecho toda mi vida, me entiende, y de pronto ya no lo soportaba. No sé si a usted le habrá pasado alguna vez, Becker, pero no hay nada más terrible.

Me dijo, y que entonces no soportaba la idea de que su trabajo fuera tan ignorado y que había tenido un momento de vanidad —y que se arrepentía pero no se arrepentía, que a veces sí, que no sabía— y que había dejado su marca en sus Giocondas:

—Cualquiera que lo sepa podría reconocerlas. Alcanza con buscar debajo de la sonrisa, la famosa sonrisa. Debajo de la sonrisa hay dos colmillos, periodista, dos colmillos rojos. Alcanza con buscarlos, ahí están.

Dijo, y se le escapó una carcajada. Era una risa débil y brutal, la risa de quien se ríe de sí mismo muy amargo. Yo no sabía qué decir: me estaba dando una primicia extraordinaria, la prueba que había estado buscando tanto tiempo.

—No, periodista, no me crea. Son tonterías, no, no me haga caso. A veces me dejo atrapar por algo que me come por dentro. ¿Sabe cuál es la verdad de todo esto? Yo tengo una satisfacción que pocos tienen: yo sé que no me dejé vencer por una obra. Yo ya le he dicho a mi señora cuál es el epitafio que debe poner sobre mi tumba. Quiero que me ponga lo que Stendhal escribió de San Pablo: que fue el artista verdadero, un hombre sobrepasado por su obra. A mí mi obra me ha hundido en el olvido. Yo jamás soportaría ser mejor que mi obra. ¿Se imagina algo peor que eso, periodista, algo más humillante?

Dijo, y se miró las manos; sobre las carpetitas de encaje que cubrían los brazos del sillón, las manos muy crispadas, dedos como las patas de una araña falsa.

—Tantas veces se lo dije, periodista, y él nunca lo entendió. Él no podía entenderlo.

Yves Chaudron se calló y, ahora sí, me pareció que ya me había dicho todo lo que quería decirme. Pero yo tenía que intentar, de todas formas:

—¿Cómo fue que se les ocurrió lo de las seis Giocondas? ¿Cómo organizaron el asunto?

—No me aburra con detalles menores, se lo ruego. Ya se nos hizo tarde.

Ivanka estaba otra vez parada junto a la puerta de la cocina y me miraba con extrañeza, con espanto. O quizás era a él a quien miraba. Yo carraspée y le dije que muchas gracias, que ya no lo molestaba más, que había sido muy amable en atenderme. Y pensé una vez más si decirle que Valfierno estaba muerto. Lo veía frágil, pero se me ocurrió que quizás le diera una alegría. No sabía. Me levanté en silencio. Después volví a decirle cuánto le agradecía por su tiempo.

10

Oyen los pasos, contienen el aliento. Los pasos avanzan hacia ellos. Vincenzo Perugia trata de entenderlos: le parece que son de una sola persona, le parece que no son muy resueltos, como si el intruso arrastrara los pies: le parece que pueden ser de un viejo. Los pasos siguen avanzando: por más que piense siguen avanzando y ya suenan muy cerca. Perugia piensa en la chapa amarilla del guardián y que todo se paga en esta vida. Y que él sabía que no tenía que meterse en algo así —otro paso.

Perugia se acuerda de aquella vez que vio caer la estrella. Oye los pasos y se asombra de la cantidad de cosas que puede recordar en un tiempo tan corto: cuando cayó la estrella. Vincenzo Perugia debía tener catorce o quince años, vaya a saber: los años en el pueblo eran tan parecidos. Perugia vivía en el pueblo todavía, su padre lo llevaba con él a trabajar al campo, las chicas lo burlaban por su voz y aquella noche de verano vio caer esa estrella. Al día siguiente se lo contó a su abuela —su abuela, la madre de su padre, estaba viva— y su abuela le preguntó si había pedido los deseos. La abuela ya se había puesto escuálida pero le hablaba como si siguiera siendo gorda: arrogante, la boca llena de palabras. ¿Y, piccolino, cuáles son tus deseos? Qué deseos, le preguntó Perugia, y la abuela soltó la carcajada: cómo puede ser que seas tan tonto para no saber que cuando uno ve caer una estrella puede pedir sus tres deseos. La abuela se reía, se golpeaba los muslos con las manos: estaba sentada en la sillita de paja delante de la casa, bajo la parra delante de la casa y se golpeaba los muslos con las manos: cómo puede ser que seas tan tonto, le decía, y que no podía creer que un nieto suyo no supiera y que se había perdido la gran oportunidad, que uno no ve caer estrellas todos los días, piccolino, ni todos los años, quién sabe una sola vez en la vida y te perdiste la oportunidad, Vincenzo, cómo puede ser que seas. Tan tonto, se acuerda ahora Perugia y los pasos cada vez más cerca. Tan tonto: la oportunidad de su vida, piensa, como siempre, tan tonto, tan perdida y ahora acá, encerrado en este cuarto oscuro y los pasos que vienen, tan tonto, como siempre, y el ruido de los pasos, ahora, perdida, acá encerrado. No respira.

Cuando los pasos se alejan ellos se quedan callados inmóviles unos minutos todavía. No saben cuánto: cuando se atreve, Perugia dice que se salvaron de una buena:

—¿No era que acá no venían los guardias a la noche?

Le pregunta Michele Lancelotti con tono de reproche.

—Nunca vienen, pero quizás ahora vienen. No te preocupes, ya se fue. No va a volver.

—¿Cómo sabes que no va a volver?

—No sé, supongo. Me imagino, seguro.

—Ojalá.

Dice Vincenzo Lancelotti y Perugia lo odia: quién se creerá que es. Si los dos hermanos no pueden ni atarse los cordones solos, piensa: que no tuvo más remedio que llamarlos para el trabajo porque no podía confiar en nadie más, porque cualquier otro haría demasiadas preguntas y querría llevarse demasiada plata y quizás hasta intentaría darle órdenes a él. Los Lancelotti no: Perugia había trabajado con ellos en un par de obras y talleres y sabía que quizás rezongaran un poco pero que al fin y al cabo obedecían: que sabían cuál era su lugar. Hace calor. Semanas antes, en el bistró de Berthe, Perugia le había preguntado al Signore si no podía hacerlo solo: le molestaba la idea de tener que cargar con otros dos —y repartir con otros dos la plata. El Signore sonrió y le preguntó muy amable si creía que no necesitaba ayuda: no, yo puedo hacerlo solo, esos dos van a ser una carga, dijo Perugia y el Signore le dijo que ni se le ocurriera, que quién daba las órdenes, que hiciera lo que le decía; Perugia miró para otro lado y aceptó, pero ahora, por momentos, se arrepiente.

—Traten de dormir, de veras, traten de dormir. La noche va a ser larga.

—¿Dormir, acá? Estás loco, Vincenzo. ¿Quién va a dormir acá? ¿Cómo vamos a hacer para dormir acá?

Se nota que los Lancelotti son meridionales: incapaces de decir algo sin un torrente de palabras, piensa Perugia, y entorna los ojos. El cuartito huele a óleos, arcillas, trementina: es un depósito donde los pintores que vienen a copiar cuadros del museo pueden guardar sus trastos, y está repleto de olor y porquerías. Abre los ojos: él tampoco va a poder dormir. Está incómodo y los ojos se le acostumbran a la oscuridad; acaba de ver, cruzadas al costado de la puerta, dos escobas: sabe que es un mal signo pero no se acuerda qué quiere decir. Si la abuela estuviera ahí se lo diría. Perugia resopla: el mundo está lleno de señales que no entiende. Si por lo menos se hubiera tomado el trabajo de aprenderlas: si le hubiera hecho caso. Le sudan las manos. Nunca le habían sudado las manos: debe ser el calor, piensa, y se las seca contra el pantalón; siguen sudando. Hace un calor de perros y le duelen las piernas: pagaría por estirarlas pero no hay lugar. Michele Lancelotti sigue moviéndose, lo enerva:

—Vincenzo.

—Qué.

—Nos dijiste que todo era muy fácil.

—Sí.

—¿Estás seguro?

—Sí.

—No parece.

—Sí. Ya vas a ver. ¿O tienen miedo?

—¿Miedo yo?

Todavía faltan horas, varias horas. Perugia prende un fósforo: su reloj dice las nueve y cuarto. Recién ahora debe estar oscureciendo afuera, y tienen que esperar hasta después de que amanezca.

—Vincenzo.

—Y ahora qué.

—Nada.

Dice un hermano, Michele. Y el otro, Vincenzo —para colmo tenía que llamarse Vincenzo, piensa Perugia, igual que yo; en algún momento eso los había acercado y ahora lo fastidia. Él pensaba que los Vincenzo no eran eso. Vincenzo Lancelotti se preocupa por un futuro demasiado lejano:

—¿Qué te parece que van a hacer cuando descubran el robo?

Vincenzo Perugia no contesta. El Signore le había dicho que iba a ser un escándalo tremendo y a él también le parece: cuando trabajó en el museo se dio cuenta de que todos trataban a ese cuadro con más respeto que a los otros, que lo cuidaban más, que lo agarraban de otro modo. A él no le parece diferente de muchos otros pero sabe que, por alguna razón que no termina de entender, lo es. Una de las veces que lo vio en el bistró se atrevió a decírselo al Signore: disculpe, pero me gustaría saber por qué ese cuadro es tan importante. El Signore lo miró como su abuela, con ese desprecio que él conoce tan bien, y no le dijo nada. Pero Perugia sabe que no es tonto. Los tontos van a ser los otros: él y sus amigos se van a robar ese cuadro tan importante que les dijo el Signore, él y sus amigos, él, el tonto, y ya vamos a ver la cara que ponen los demás cuando se enteren. Mañana, cuando vean que ya no lo tienen. Mañana, cuando nos lo llevemos. Cuando hayamos salido de este pozo.

EL MARQUÉS DE VALFIERNO

1

Hay lugares donde ser un marqués es poca cosa. Lugares donde yo puedo ser, curiosamente, eso.

Usted no puede imaginar lo que fue eso, Becker.

¿Eso qué, disculpe?

Eso, huir de Buenos Aires. Justo cuando parecía que todo empezaba a encajar tuve que desaparecer en cuatro días.

¿Tuvo o tuvieron? Tengo entendido que no se fue solo.

Ése no es el punto. La cuestión es que fue tan brusco, tan inesperado.

Me imagino. Debe haber sido muy difícil.

Fue. Pero lo más extraño es que, sin eso, yo habría terminado mis días como un pequeño estafador de provincia en ese país de farabutes. ¿Se da cuenta de cómo son las cosas, periodista?

Por fin era extranjero. Es tan fácil, tan cómodo ser un extranjero.

Llevaba apenas meses en París y su cara era otra. No sólo por el monóculo que usaba, inútil, en el ojo derecho; no sólo por la barba sal y pimienta cuidadosamente recortada y el pelo dos dedos más largo que lo aconsejable, como para decir que nadie le decía qué debía; no sólo por la facilidad insospechada con que se había acostumbrado a la lengua local, y se placía en manejarla; no sólo porque su estatura había dejado de ser una tara insalvable; no sólo por el aire de desdén descuidado que conseguía desparramar con la mirada ni por la facilidad con que ahora cerraba algunos tratos ni por lo simple que le resultaba abordar a mujeres que, años antes, lo habrían aterrado. No sólo porque ahora ser argentino tenía un sentido, era un pasaporte que usaba con discreción y sin descanso, el modo de abrirse casi todas las puertas —porque ser argentino en París en esos días era una garantía de riqueza manirrota. No sólo porque cualquier error estaba justificado porque era un argentino —porque argentino ahora sí tenía sentido— y los franceses sabían que los argentinos eran eso, y no por eso menos ricos. No: lo más sorprendente —lo que conseguía sorprenderlo y lo llenaba de placer y de asombro— era que su cara le mostraba, en el espejo, la calma que de pronto lo había envuelto. La calma: ésa era, sin duda, la palabra. Lo había pensado y concluyó que ésa era la palabra. Estaba, por supuesto, el miedo, la excitación de embarcarse en empresas gigantescas —o lo que él, con razón o sin ella, consideraba empresas gigantescas— pero esa misma excitación le producía la calma de suponer que por una vez, por la primera vez, por fin, estaba haciendo algo digno de otro. Que él —Bollino, Juan María, Perrone, Bonaglia— era, finalmente, alguien cuya historia valía la pena contar.

Ahora era, suponía, el que siempre tenía que haber sido. Él mismo, aunque fuera tan otro. Y lo maravillaba, sobre todo, ser el protagonista de una historia.

Que nadie podría creer del todo, por supuesto. Pero ésa era, quizás, la condición de las historias que valían la pena.

Y me maravillaba ser el protagonista de mi historia.

Aunque nada me llenaba de tanto vértigo, de tanta excitación como la incertidumbre sobre cómo sería, dentro de un año, dos, cinco, mi pasado.

Por fin estoy de vuelta en mi ciudad.

Pero Valfierno, si es la primera vez que usted está en París.

¿Y usted, Chaudron, por qué está tan seguro?

Sebastián de Anchorena es un maestro: agarra el cuchillo de pescado y coloca, muy discreto, junto a su punta puntiaguda uno de esos montoncitos de manteca arrepollada que ofrecen acá los restaurantes finos y funde apenas la parte superior del montoncito de manteca con el fuego de un mechero. Entonces, manteniendo el montoncito en equilibrio, sostiene el cuchillo por la punta del mango entre el pulgar y el índice de la mano derecha y por la punta puntiaguda entre el pulgar y el índice de la mano izquierda, apenas delante de su panza y paralelo al suelo y de pronto, en un movimiento casi imperceptible, rápido, preciso, lleva con el pulgar de la izquierda la punta puntiaguda del cuchillo hacia abajo y la suelta de forma tal que el repollito de manteca sale hacia el techo con la fuerza justa. Lo he visto hacerlo varias veces, y hoy lo mismo: la punta apenas fundida del repollito de manteca se pega a la superficie del techo y allí se queda, amenazante, hasta que el calor del ambiente empiece a derretirlo y, entonces, el repollito se deshaga en gotas de manteca que caerán sobre quien tenga la desgracia de encontrarse debajo. Otros muchachos argentinos lo practican pero Sebastián, lo he dicho, es un maestro. Aunque ya no me da envidia.

Mire, se lo digo yo, que soy argentino.
Claro, faltaba más, señor marqués, bien sûr.

Y sé que antes habría me habría dado tanta. El gesto de Sebastián y sus amigos es la quintaesencia del arte por el arte: la rúbrica de esas vidas despreocupadas en las que sólo importa dejar claro que las necesidades del común de los mortales no los alcanzan, no les hacen mella: que la gente como ellos no necesita aprovechar ni el tiempo ni el dinero, que lo único elegante es perderlos sin buscar nada a cambio, sin segundas intenciones, sin lamentos. Que pueden dedicar esfuerzos y futuros al perfeccionamiento de una técnica perfectamente innecesaria. El arte.

Ellos son aristócratas porque nacieron así: nada, pura naturaleza. Yo, en cambio, me construí pieza por pieza: yo sí que soy humano.

Pero había noches que no podía dormir. No que se lavara la cara y se desvistiera, se acostara y cerrara los ojos contra la almohada siempre un poco fría y y se hundiera en la almohada siempre un poco y entonces, buscando el sueño, descubriese que no lo iba a encontrar. No: había noches en que mucho antes de intentarlo sabía que no podría dormir: que si lo intentaba, en esas noches, se exponía a una estampida arrolladora. Se exponía a ser Bollino, Juan María, Perrone, Quique, cualquier muerto. Se exponía al sudor de levantarse hasta el espejo para verse la cara, para convencerse de su cara y de su nombre y decirse que la muerte no lo podría alcanzar hasta que no completara cada letra de su nombre, que mientras fuera Valfierno no podía pasarle nada malo, decirse que por fin era quien era pero tenía que repetírselo, sudando, en el espejo: ésa era la amenaza. Y entonces esas noches ni siquiera intentaba: se peinaba, se engomaba el bigote, se calaba un sombrero de buen fieltro y salía a perderse por cabarets y fondas donde fuese un señor encanallado, donde todos lo miraran con respeto y envidia, donde pudiera encontrar una cualquiera para comprarle unas horas sin sueño. Donde pudiera no ser nadie.

A veces me asustaba de mi debilidad. Las peores, me asustaba de mi fortaleza.

Sebastián lanza disimulado el repollito: su cuchillo de pescado queda vibrando entre sus dedos, la manteca en el techo. Santiago y Ramón se sonríen por lo bajo, se limpian la boca con sus servilletas y seguimos hablando de la nueva obra en l'Opéra Comique y las chicas del coro y su fin de semana en el château de Longueville. A mí también me ha deleitado la precisión del gesto, pero ya no lo envidio. Yo tengo que simular que soy uno de ellos —todavía necesito simular que soy uno de ellos— pero ahora sé que estoy haciendo algo importante. Que voy a dar que hablar al mundo. Que ellos, si supieran, si pudieran saber, me envidiarían. Mañana por la noche, si todo marcha bien, voy a volver a ver a esa cocotte que conocí en el Faux Chien, esa tal Valérie. Nada particular: es solamente una de tantas pero, si todo marcha bien y me pasa los datos de su amigo italiano, va a empezar algo grande. Voy a hacer, por fin, algo importante.

La verdad, no fue tan complicado. Al final no hay nada más fácil que convencer a quien quiere ser convencido. Fíjese usted, por ejemplo, que cree mi historia a pies juntillas.

¿A mí me dice, Valfierno?

¿A quién si no, mi periodista, mi indispensable periodista?

2

Vincenzo Perugia se despierta sobresaltado: se da cuenta de que se quedó dormido. Abre los ojos y le sorprende no ver nada; después recuerda dónde está, en medio de la sombra, en el cuartito. Su pierna choca con algo y se asusta: la pierna de uno de los hermanos Lancelotti. Los mira: confusamente en la oscuridad los ve que duermen, también duermen y piensa que se les hizo tarde, que ya pasó la hora, que se perdieron la ocasión de su vida por idiotas. La estrella, la maldita estrella: Perugia siente una desazón infinita, los ojos irritados, la frente que le pesa como losa. Después busca un fósforo en el bolsillo del pantalón y lo prende: son las cinco y veinte de la mañana. Ahora el horror es que sigue faltando tanto todavía.

—Vincenzo.

—Qué.

—¿Estás despierto?

—¿Qué te parece?

—Yo no puedo dormir.

—Me pareció que estabas durmiendo.

—Sí, pero no puedo. Duermo, pero no puedo.

—Tranquilo, falta poco.

Es una hora interminable. Perugia trata de imaginarse llegando a su pueblo en un coche esplendoroso, una Bugatti, una Mercedes, pero el tiempo no pasa. Piensa en las chicas que van a querer que las lleve a pasear, que lo van a mirar diciéndole sí lo que quieras: son todas iguales, unas desvergonzadas. Piensa en lo dificil que le va a resultar encontrar una mujer decente, una para casarse. Después trata de pensar en la casa que se va a comprar en el pueblo, en su vida de artesano rico y respetado pero no se le ocurren las imágenes. Y el tiempo sigue muerto.

—Vincenzo.

—Qué.

—¿Cuánto falta?

—No sé. Poco.

—¿Me vas a avisar, cuando sea la hora?

—¿Qué te parece?

Perugia se pelea contra el sueño: no tiene que dormirse. Ahora todo su miedo está concentrado en el peligro de dormirse: es una suerte. Las imágenes del pueblo no llegan a mantenerlo despierto; quizás se durmió un rato, no puede estar seguro. Entonces se le ocurre que es mejor pensar en Valérie, en el cuello de Valérie, en las tetas de Valérie. Las tetas de Valérie valen todas las Giocondas de este mundo, piensa, y se pone nervioso. Ahora trata de no pensar en ella, pero ya no lo logra. Se pasa un rato muy largo pensando en Valérie, yendo y viniendo, recorriendo, como atrapado en una calesita: las tetas de Valérie, el cuello de Valérie, el culo de Valérie, las tetas, el cuello, el culo, tetas, cullo, cuelo, tetas, tetas. Al final sacude la cabeza y se le escapa una especie de tos, un bufido. Una puta, como todas las otras. Michele Lancelotti se despierta:

—¿Qué pasa? ¿Qué pasó?

—Nada, no te preocupes.

Perugia prende un fósforo, mira su reloj: son las siete menos veinte de la mañana del famoso lunes.

—Muchachos, arriba, ya es la hora.

Los tres tratan de levantarse sin golpearse, sacan los delantales blancos, se los ponen. Los lunes el museo está cerrado; sólo pueden entrar los empleados, los guardias, los de mantenimiento: su jornada empieza a las siete y todos usan delantales blancos. Michele y Vincenzo Lancelotti agarran trapos; Vincenzo Perugia, una de las escobas. Quisiera saber qué significa, pero no queda tiempo.

—Bueno, ya saben lo que hay que hacer.

—No.

—Sí, cómo que no.

—Sí, seguro, seguirte.

—Y callarse la boca, no se olviden.

Dice Perugia, y abre la puerta muy despacio.

3

—Si no fuera por aquella historia yo sería un don nadie. Pero mire cómo me saludan, cómo, ve, con qué respeto.

Es verdad que nos miran: alrededor, en las otras mesas, todo se detuvo cuando Perugia y yo llegamos. Los jugadores de dominó suspendieron sus fichas en el aire, los que charlaban se callaron, los pájaros quedaron en silencio. Los jugadores inclinaron las cabezas, deferentes; algunos se tocaron el sombrero. Dos o tres dijeron ciao Vincenzo cómo estás. Pero ahora todos han vuelto a sus actividades y Perugia toma un trago de vino, se limpia la boca con el reverso de la mano, la mano en el pantalón bajo la mesa.

—¿Usted no será judío, por un casual?

—Bueno, sí, por qué.

—No, le preguntaba. Yo no me preocupo porque acá todos me respetan. Pero otros se meterían en problemas si los vieran hablando con un judío, ¿sabe?

—No, ¿por qué?

—Jefe, no se haga el tonto conmigo.

Vincenzo Perugia lleva un sombrero de paja que fue blanco con una cinta roja nueva, una camisa de algodón arremangada, los tiradores negros, y mira a los costados: no parece tan tranquilo como dice, habla en voz baja:

—Con un judío, sí, pero también con otros extranjeros. ¿Usted me dijo que era americano?

El café de la plaza de Dumenza es un oasis perfecto: seis mesas desparejas bajo los paraísos, entre el portal románico de la pequeña iglesia y la fachada blanqueada del ayuntamiento con banderitas italianas y la fuente gastada por el tiempo y el agua; el suelo de adoquines, el olor a tabaco y a lavanda.

—Ahora ya no somos como antes, que nos daba vergüenza lo que éramos. El Duce nos ha devuelto el orgullo de ser italianos.

Dice Perugia alto, hablando para todos.

—Ahora los pueblos nos miran con respeto. Y sobre todo esos maricones de franceses, que siempre nos trataron como si fuéramos sus esclavos.

Perugia tiene unos cincuenta años y parece que tuviera más. Se saca el sombrero, se seca el sudor con un pañuelo sucio: tiene la frente muy estrecha, el pelo tan cerca de las cejas, las cejas como bosques. Por fin lo tengo enfrente —y no sé cómo empezar a hablarle. Me había costado meses de esfuerzos, de telegramas, de cartas sin respuesta hasta que decidí viajar a su pueblo en Lombardía. Vincenzo Perugia era el más conocido de todos los que habían intervenido en el robo de la Gioconda —el único que salió a la luz pública— y había resultado el más difícil.

—Por eso acá me respetan: porque yo fui de los primeros que le dio su merecido a los franchutes.

Esta mañana me bajé del tren de Turín, pregunté por él en la oficina de Correos y me dijeron que lo fuera a buscar a su negocio, el almacén de pintura y material de construcción. Me indicaron el camino hasta una casa reciente, muy parecida a tantas, a la entrada del pueblo: el piso bajo era el negocio, el alto la vivienda de Vincenzo Perugia y su señora. No habían tenido hijos, me dijeron: no, se casaron ya grandes, usted sabe, para hacerse compañía. La tienda no parecía muy bien provista: se la veía un poco descuidada. Él dice que lo puso con la plata que ganó en la guerra, sus sueldos de soldado, me dijo una mujer en el mercado: parece que llegó hasta sargento, que estuvo en Caporetto. Aunque vaya a saber de dónde salió eso, ese dinero:

—Pero no lo estoy juzgando, entiéndame. Yo no quiero juzgar a nadie. Para mí es un buen italiano, un buen patriota.

Perugia salió a atenderme bostezando; le pregunté en francés si los negocios estaban funcionando.

—Claro, por supuesto.

Me dijo, y se quedó callado. Tenía la nariz roja.

—Soy Charles Becker, periodista americano…

—¿Y cómo fue que consiguió encontrarme?

Me interrumpió: se lo notaba más que tenso.

—Perugia, es fácil: usted vive en el mismo pueblo donde nació, y su nombre salió en todos los diarios. Necesito charlar un rato con usted. ¿Será posible?

—Posible es, pero no creo que me interese. Yo ya no hablo con los periodistas.

—¿Vienen mucho?

—No, la verdad que no vienen. Pero hubo una época en que todos querían hablar conmigo.

—Me imagino. Hace unos años.

—Veinte años, diecinueve, quién sabe. Y le aseguro que no los extraño, no señor.

Cuando le dije que había venido especialmente desde Estados Unidos para verlo me volvió a mirar. Era aproximadamente cierto y, por lo visto, lo había impresionado.

—¿Desde Estados Unidos? ¿Nueva York?

Sólo los italianos pronuncian Nueva York de esa manera, con esa mezcla de admiración y de desprecio. Le dije que sí y que había gastado mucho dinero para verlo —y que no me importaría gastar un poco más.

—¿Cuánto más?

—Usted dirá.

La negociación duró unos minutos: al final —me avergüenza decirlo— la cifra en dólares fue una bagatela. Me dijo que lo esperara a las seis de la tarde en el café; llegó a las seis y media y empezó con su prédica patriótica. Yo lo dejé hablar, para ablandarlo. Ahora, ya calmado, me pregunta si es cierto que estoy haciendo un libro sobre la Gioconda. Yo le digo que sí.

—Y quiere que le cuente la verdad.

Yo lo miro en silencio. Perugia se corrige:

—Digo: que le cuente cosas distintas, cosas nuevas.

—Sí, bueno, la verdad, como usted decía.

—No, por supuesto. Lo que quiero decirle es que usted ha leído los diarios de esos días, todo eso.

—Sí, claro.

—Ahí está todo, señor. Cómo le devolví el cuadro a Italia, cómo me traicionaron. Fue cosa de políticos, señor. Ahora, con el Duce, eso no pasaría.

Perugia toma otro trago de vino y mira alrededor: en la puerta de la iglesia el cura párroco habla con una mujer de negro; un poco más allá, cinco muchachos con camisas negras rodean a un campesino que arrastra un burro muy cargado. El sol se pone detrás de las colinas.

—Ahí está todo, señor. No hay mucho más que yo pueda decirle.

—Por favor, Perugia. Usted es el protagonista de esta historia. Usted puede contarme muchas cosas.

—¿Yo, el protagonista? Sí, claro, pero ya pasó tanto tiempo.

Perugia sigue vacilando y le digo que le podría duplicar mi oferta —la cifra sigue siendo una minucia. Él me dice que lo va a pensar, que tal vez nos volvamos a ver al día siguiente. Y se levanta, se toma el fondo de su vino, se pone la gorra levemente ladeada. Se la acomoda con una atención que me sorprende. Ya me estoy yendo cuando me agarra el brazo:

—¿Usted sabe quién era el Signore?

Su mano me aprieta demasiado.

—Sí, pero no estoy autorizado a decírselo, por ahora.

—¿Y usted quiere que yo le cuente todo pero no me va a contar nada?

—No, no es eso. Le dije por ahora…

—Mire, señor, piénselo hasta mañana. Yo le cuento lo que usted me pregunte si usted me dice quién es el Signore.

4

En su suite, envuelto en una bata, fuma. Valfierno mira su reloj: las siete y cinco. Se ha pasado la noche en vela, fumando, esperando que llegue este momento, y ahora que ya está se le ocurre que esperó para nada. Nada que pueda hacer salvo esperar, fumar, retorcerse las manos.

—Me cago en dios.

Susurra, y su voz lo sorprende. Esas palabras lo sorprenden. Apaga el cigarrillo turco en un cenicero rebosante y piensa que tiene que vaciarlo.

—Por dios, por dios, me cago en dios.

Perugia enarbola su escoba; los hermanos Lancelotti sus trapos arrugados: los tres se aplican a limpiar el suelo y las molduras de un rincón de la sala Duchâtel. Son las siete y diez de la mañana; Perugia piensa que en los quince minutos siguientes tiene que resolver la situación y no piensa que esos quince minutos pueden cambiar su vida.

Así que camina, sin soltar la escoba, hacia la arcada que da al Salón Carré. Antes de asomarse oye voces que llegan del Salón. Trata de mantener la calma y se esconde para mirar qué pasa:

—Ésta es la pintura más valiosa que tenemos en el museo, la que todos nuestros visitantes quieren ver. Se comenta que valdría millones. Si la vendieran, porque, por supuesto, jamás va a salir a la venta.

Dice un señor mayor que Perugia reconoce: Georges Picquet, jefe de personal. A su alrededor hay ocho o diez empleados con delantales nuevos.

—De más está decir que les recomiendo muy especialmente la limpieza de esta zona...

Dice Picquet: el jefe instruye a los reclutas. Perugia no puede creer su mala suerte: una vez más la estrella que se escapa. Vuelve al barrido y mira a los hermanos, al otro lado de la sala Duchâtel, limpiando marcos con sus trapos. La escoba está a punto de caérsele: el sudor en las manos. Perugia sigue atento a las voces. Si no se van en menos de diez minutos va a tener que darse por vencido. Y dios quiera, piensa, que se vayan para el otro lado.

—...de nuestro museo. Y también quiero mostrarles este sector, donde...

Oye pasos: la comitiva avanza hacia la Galería de Apolo. Los delantales blancos van saliendo y el Salón Carré queda vacío. Es el momento, se dice, y después vuelve a pensar: es el momento. Perugia termina de barrer unas baldosas, se dice que no debe apurarse, piensa otra vez en la estrella, en la abuela, en que no puede esperar más. Mira a los Lancelotti y les dice con un gesto que lo sigan.

La noche anterior ha cenado en Ledoyen con Valérie. El marqués Eduardo de Valfierno quería estar visible, mostrarse en un lugar perfectamente público y supuso que no había nada mejor que ese restaurante elegante, donde suele comer el tout Paris. Pidió ostras y champaña: se sentía tan lejos y tan cerca, escrutado y custodiado por esa gente distinguida. Valérie estaba parlanchina y se pasaron la comida conversando: el vestido de la condesa de Noailles en esa mesa más allá, el calor insoportable, la posibilidad de ir a pasar un fin de semana a Deauville, los caballos que ha importado Sebastián de Anchorena. Recién con el café y el cognac Valfierno la miró a los ojos y le agarró una mano sobre el mantel de hilo:

—Ahora sí le puedo contar lo que seguramente usted ya sabe.

Le dijo y ella le sonrió y le dijo sí, marqués, lo sé, no es necesario. Y él pensó que quizás no supiera exactamente todo pero que no se rebajaría a preguntarle y que callando castigaría su soberbia y ella no dijo más y él pensó que tenía que decidir cómo haría para neutralizarla definitivamente y bebieron sus copas en silencio y después se levantaron y él le dijo que esta noche no, que se fuera a su casa y se volvió a su suite y se pasó la noche en vela, despierto, recordando tonterías, imaginando su futuro. O, mejor: tratando de no imaginar el futuro que esta noche puede procurarle. Trata, sin conseguirlo: lo asedian imágenes de riqueza y billetes y pompa todo el tiempo y, cada vez, las aparta de su cabeza con un escalofrío: no hay que vender la piel del oso antes de haberlo cazado, se repite.

—Quizás ya está cazado. Lo que daría por saberlo.

Dice ahora, las ocho menos cuarto, y está a punto de prender otro cigarro pero no: va hacia el baño, se mira en el espejo, agarra el cepillo de dientes y la caja con los polvos blanqueadores. Unta el cepillo de ese polvo espeso, se frota los dientes como un enajenado. La gente le cree a alguien con los dientes blancos, se dice, y frota más: no puedo darme el lujo de ese amarillo rancio.

No puede creer que esté ahí sola, colgada en la pared, tan fácil, desvalida, tan como una mujer que ya no sabe qué pedir a cambio de su entrega: que sabe que ya no puede pedir nada. Perugia piensa que no puede creer que sea tan simple, que alcance con estirar el brazo y descolgarla para que la maldita Mona Lisa esté en sus manos pero en el Salón Carré no hay nadie más, Vincenzo Lancelotti está a su lado, Michele en la arcada del fondo haciendo guardia y ella colgando ahí, tan ofrecida. Perugia, por primera vez en esas horas, se sonríe: putas, todas putas, piensa y una oleada de calor le enrojece la cara. Mira por última vez a los costados. Piensa en la chapa amarilla y detesta haberlo pensado justo ahora: se toca el huevo izquierdo, leve. Después, despacio, como si no se lo creyera todavía, estira las dos manos.

Yves Chaudron se ha despertado temprano. No por nada especial: hace meses que se despierta tan temprano. Aunque hoy, para su sorpresa, ha dormido hasta las siete menos cuarto. Y se siente despejado, casi optimista: se ha lavado, se ha afeitado, se ha rociado unas gotas de colonia y ahora, con el té sin azúcar, piensa que quizás encuentre la salida. Desde que terminó la última Gioconda pintar le cuesta tanto: ha completado un par de zurbaranes chicos para pagar las cuentas pero sabe que los hizo a desgano —con errores que nadie va a notar. No le interesaban: frente al logro de las seis Giocondas, tan perfectas, cualquier trabajo era una tontería. Durante meses se sintió despojado, sin futuro, sin ganas de hacer nada. Pero esta mañana todavía no hace calor, el té tiene un ligero ahumado que por fin le da gusto, el sol es una fiesta en la ventana y a Chaudron de pronto se le ocurre un cuadro: si fue Leonardo durante todo ese tiempo, si pudo serlo, si ser Chaudron de nuevo lo ha golpeado tan duro, la solución está en volver. Ya sabe, piensa: va a pintar una virgen de las rocas, pero no ésa que ha visto tantas veces en el Louvre con Santa Ana y los dos niños y el manto azul y el manto rojo, la gran virgen de Leonardo, no: va a pintar la que Leonardo no pintó, la que tendría que haber pintado.

Hace un esfuerzo tremendo para andar despacio: pelea contra el impulso de salir corriendo —y le parece que cada paso dura un año. Un pie que se levanta, describe una curva interminable en el aire y vuelve a posarse en las baldosas justo a tiempo para que el otro pie: el tiempo se resiste. Pero Perugia consigue mantener un ritmo calmo. La galería está llena de espejos: le parece un buen signo, pero no está seguro. Ve en un espejo enorme a dos empleados con delantales blancos —y uno de ellos lleva bajo el brazo una caja de madera que debe ser un cuadro. Tarda un segundo en entender que son él y Vincenzo Lancelotti; Michele los sigue más atrás. Perugia sabe que, en principio, nadie va a preguntarle nada: los empleados del museo suelen transportar obras de un lado a otro para un repaso, una foto, una restauración. Cruza la Gran Galería: diez o doce trabajadores se ocupan de lo suyo y no les hacen caso. Por un momento Perugia piensa que lleva la estrella bajo el brazo y le parece que se quema. Después no piensa nada. Eso sí que es un gusto.

—Por acá. Por acá.

Dice, y abre una puerta disimulada en las molduras y entra con los hermanos en el rellano de una escalera de servicio. Cierran la puerta, respiran hondo, se detienen. Hay poca luz; Perugia agarra un par de destornilladores y desarma en un momento la caja de madera, saca el vidrio y lo deja en el suelo, envuelve la Gioconda en una tela sin mirarla. La Gioconda es una tabla de álamo de setenta y siete por cincuenta y tres y pesa poco. Pesa tan tan poco.

—Vamos, bajamos y nos vamos.

—¿Así, ya está?

—No sé, sí, pareciera.

Los tres bajan sin hacer ruido la escalera que los lleva hasta la planta baja. Perugia agarra el picaporte para abrir la puerta que da al Patio de la Esfinge, pero la puerta no se mueve: está con llave. Perugia no se preocupa: saca la copia que le ha dado el Signore y la mete en la cerradura. La cerradura no se mueve. Perugia insiste y está a punto de quebrar la llave.

—Por todos sus muertos.

Dice, y se da cuenta de que la voz le sale destemplada. Los Lancelotti lo miran y ni siquiera se atreven a preguntarle y ahora qué. Volver al primer piso para buscar otro camino sería una tontería: no pueden seguir paseando con la Gioconda bajo el brazo. Si no consiguen salir a la planta baja van a tener que devolverla. Perugia vuelve a intentarlo; la llave sigue clavada en su lugar.

—Hay que hacer algo, ya.

Perugia piensa: no se le ocurre nada.

Anoche, cuando llegó del restaurante, pensó que no podría dormirse y se tomó dos copas más. Ahora Valérie Larbin duerme en su cama, boca abajo, la cara hacia un costado, las sábanas caídas en el suelo, el brazo izquierdo bajo la cabeza y el derecho estirado, las piernas levemente flexionadas. El camisón de algodón blanco que usa cuando está sola, los rulos negros derramados en la espalda, un hilito de baba entre los labios. Su gata gris la mira, porque siempre la mira.

De pronto una idea lo sorprende: la felicidad de tener una idea. Se siente arrollador, magnífico. Vincenzo Perugia le dice a Michele Lancelotti que suba a hacer guardia en el rellano del primer piso y empieza a desarmar la cerradura. El picaporte cede fácil y se lo guarda en el bolsillo.

—Una cerradura no va a poder ganarnos.

Le dice a Vincenzo, que lo mira hacer. Los dos escuchan el chistido de Michele y se quedan helados.

—Viene alguien, cuidado.

—Baja, rápido, baja.

Le dice Perugia y se mete el cuadro bajo el brazo, dentro del delantal. Michele ya está con ellos; los tres oyen inmóviles los pasos que se acercan. No tiene tiempo de volver a armar el picaporte. Perugia cierra los ojos. Otra vez el vacío. Cuando los abre ya puede ver al plomero Sauvet, que baja apurado con su bolso de herramientas en la mano.

—Algún idiota se robó el picaporte.

Dice Perugia, casi a los gritos.

—¿Cómo se supone que salgamos de acá, por el ojo de la cerradura?

Dice Perugia, realmente indignado.

—Tranquilo, no se preocupe, compañero.

Dice el plomero y abre la puerta con su llave.

—Déjela abierta, así no molesta más.

Les dice, antes de seguir su camino. Sólo les falta atravesar la Sala de África, cruzar el Patio Visconti, meterse en el vestíbulo que da a la puerta y salir a la calle. Treinta, cuarenta metros como mucho.

—Vamos, vamos que salimos.

Ya están cruzando el patio cuando Perugia ve, en medio del vestíbulo, un guardián uniformado que lo barre. Vincenzo Lancelotti se para en seco —y los otros con él.

—¿Qué hacemos?

—No sé, no sé, esperen un momento.

Perugia mira hacia la puerta del otro lado del Patio, pero está cerrada con candado. Ahora sí están perdidos.

Valfierno admira su sonrisa en el espejo y se sonríe: la blancura. Después mira el reloj: casi las ocho. Trata de pensar en las carreras de Longchamps, en cómo va a pasar su día de gloria sin que nadie lo sepa, mezclado con los elegantes para terminar de hacerse una coartada pero no puede apartar la imagen de Perugia. Ese idiota, piensa, ese italiano idiota. Se resigna a pensar en Perugia y es un agujero negro: trata de imaginarlo caminando por el Louvre con su cuadro en la mano, cumpliendo cada una de sus órdenes, tomando decisiones si se presentan imprevistos, y no consigue figurarse qué puede estar pensando, si es que puede pensar algo. Se dice que suele ser así: que un plan perfecto puede depender, para llegar a concretarse, de un tarado. Que lo mismo le pasa al general en la batalla: que todo lo que ha brillantemente imaginado depende de una masa de imbéciles que no son dignos de limpiarle las botas. Valfierno intenta de nuevo la sonrisa en el espejo y no le sale: se siente tan superior, tan desvalido. El infierno son los otros, piensa, y no se ríe.

Después se le ocurre que allí, precisamente allí reside su arte: que él también es un artista y que allí está su arte. Que su talento consiste en hacer que todo dependa de un imbécil. Que incluso podría suponer que así le da una chance al azar: que juega limpio. Que así le está diciendo al mundo que todos somos juguetes en las manos de un imbécil: ése es su arte. Pero está muy nervioso, tiene miedo. No que puedan complicarlo en el robo: Perugia no sabe nada sobre su identidad —y sus amigos menos. Sólo Valérie podría, eventualmente, muy difícil, y él va a ocuparse de eso. Pero si los llegan a agarrar toda su construcción se desmorona: la obra que lleva más de un año edificando, la que va a garantizarle su futuro. La obra, sobre todo, que debe definirlo para siempre: la que puede decirle, de una vez para siempre, quién va a ser él, Valfierno.

Los tres italianos se han escondido detrás de cuatro grandes cajas de madera depositadas en el Patio Visconti: obras recién llegadas. Perugia sabe que no pueden quedarse ahí: docenas de ventanas dan al Patio y cualquiera puede verlos. Es cuestión de segundos, un minuto. Un minuto o dos con mucha suerte, piensa Perugia, pero suerte es lo que nunca tuve: aquella estrella.

—Ahí, se va, se va.

Le susurra Michele, y Perugia ve que el guardián ha agarrado un balde y se mete en una puerta lateral que da al vestíbulo. Debe haber ido a buscar agua o detergente, no tardará en volver. El pensamiento de que quizás sí tenga suerte pese a todo le hace perder un par de segundos. Y uno o dos más para cruzar los dedos.

—Vamos, ya, ahora.

Dice y los tres aceleran el paso hacia el vestíbulo, cruzan la puerta, salen a la calle. Ya están en la calle. Se han ido sacando los delantales blancos y ahora caminan por el Quai du Louvre, bajo el sol: de pronto son tres personas tan comunes.

Valérie Larbin se revuelve en su cama y su propio movimiento la despierta. Se asusta, sacude la cabeza, ve que hay luz. Confusamente reconstruye el momento: es la mañana del día en que quizás. Recuerda las palabras que Valfierno no le dijo, las copas de dormirse, algo en un sueño que le ha dejado tenso el cuello. Cierra los ojos, trata de volver a dormirse: es lo mejor.

Vincenzo Perugia está seguro de que se le nota. No puede ser que no se vea, piensa, que yo sea igual ahora que ayer, que no era nada. Esquiva un charco. Los hermanos Lancelotti caminan a sus lados: les ha dicho que lo rodeen por si acaso. La calle Saint-Merri es un peligro, un refugio de pequeños criminales y tiene que cuidarse. Aunque a ninguno se le va a ocurrir robarle el trozo de madera que lleva bajo el brazo, envuelto en su delantal blanco, piensa. No puede ser que no se note que llevo millones bajo el brazo, piensa. Qué suerte que son tan brutos, piensa, y se sonríe.

—Acá, es acá.

Dice Vincenzo Lancelotti y los tres miran a los costados antes de entrar por una puerta estrecha despintada. Avanzan por un pasillo oscuro, suben dos pisos por una escalera descuajeringada, golpean una puerta:

—Vovonne, ya llegamos.

Dice Vincenzo y una mujer de brazos gordos y tetas derramadas les abre la puerta sin palabras. Yvonne Séguénot es la amante de Vincenzo Lancelotti —y le han ofrecido algún dinero a cambio de que les guarde un objeto unos días. No será la primera vez que lo hagas, le había dicho su hombre. Ni la última, espero, le dijo entonces la mujer que ahora, en su cocina tiznada de hollín, les sirve un aguardiente.

—A la salud del Signore.

Propone Perugia y los cuatro chocan sus vasitos. La mujer agarra la tabla, envuelta todavía.

—No la toques, mujer.

Le dice Perugia y Michele se la saca y trata de desenvolverla.

—Deja, Michele, no la saques.

—Pero quiero verla, no jodas.

—El Signore dijo que la guardemos envuelta, que lo esperemos para desenvolverla.

—Nunca se va a enterar, Vincenzo.

—Quién sabe. Por si acaso.

Perugia se la saca y se la da a la mujer: le dice que la guarde debajo de su cama hasta que él se la pida, que haga su vida, que no se preocupe por nada.

—Me tengo que ir. Vuelvo a las siete.

Dice, y sale de la casa. El Signore fue muy claro: que ni se le ocurriera faltar a su trabajo. Pero pasarse todo el día en la carpintería de Perrotti, su patrón, va a ser casi tan difícil como el robo. Va a tener que hacer como si no pasara nada, piensa, y sabe que simular es lo que más le cuesta.

Sir Galahad acaba de ganar la tercera carrera de Longchamps y Valfierno se reprocha por no haberle apostado: su amigo Sebastián le había dicho que era un buen candidato. Después piensa que es una tontería.

Son las tres de la tarde. El sol apunta, los señores transpiran, las señoras despliegan sus sombrillas, Valfierno tiene frío. Tiembla, se dice: el frío de la celda. En este momento debe estar entregándome, se dice: lo agarraron y me entrega. Se perdió todo, estoy perdido, ahora me entrega. Aunque no sabe quién soy, cómo me llamo, pero seguro que les está dando hasta el último dato, mi aspecto, mi acento, todo lo que pueda recordar. Éste si le pegan va a recordar tanto, se dice, y trata de tranquilizarse pensando que es muy poco, que no les va a alcanzar, pero no lo consigue. Se perdió todo, estoy perdido, piensa: o quizás no, pero ya no soporta no saber. Piensa que se sobreestimó cuando hizo el plan, que sobreestimó el temple de sus nervios, que cómo se le pudo ocurrir esta idea de pasarse todo el día sin saber qué ha pasado. Pero para saberlo tendría que haberle dado un teléfono, una dirección: era un precio excesivo pero igual me equivoqué: supuse que podría soportarlo.

—Marqués.

Le dice un conocido y él lo saluda tocando el ala de su sombrero alto; el otro le sonríe. No todo está perdido: quizás el plan funcionó bien, dentro de un rato va a saberlo, piensa. Y que va a poder esperar esas tres horas porque de todas formas no tiene más remedio, piensa, y porque es el marqués Eduardo de Valfierno, su bastón, su galera, los señores que lo saludan deferentes: a él, al marqués de Valfierno, se dice pero vuelve a pensar que quizás ya no existe y no lo sabe: ahora, en este mismo momento me está cantando y me van a agarrar, piensa, me van a meter preso: preso en una cárcel francesa, preso con franceses, piensa, y en el medio del espanto se le mezcla un recuerdo: preso con un francés, pasaron tantos años. Volver a todo aquello, piensa, lo ataca un sobresalto: volver a todo aquello. Perrone, Juan María. Me van a meter preso, van a descubrir todo: quién soy, cómo me llamo, no sólo me van a meter preso: van a acabar conmigo, con el marqués Eduardo de Valfierno, con todo lo que soy, piensa, y por un momento eso lo alivia. Ya no voy a tener que actuar más, se dice, no voy a tener que seguir manteniendo este teatro, y enseguida se aterra: se da cuenta de que entonces sí que va a ser nadie. Empezar otra vez, todo de nuevo, se dice, y saluda a otro señor que lo saluda, amable.

Ninguna luz le gusta más que la de las seis o siete de la tarde, en el verano, cuando los rayos del sol entran casi horizontales por la ventana de su taller y hacen del aire una materia densa. Yves Chaudron sorbe un trago de vino de una taza cascada y da dos pasos hacia atrás: sobre el caballete la tela blanca muestra, en carbonilla, el boceto de una figura de mujer sentada con un niño en los brazos sobre fondo de rocas y cascadas. Chaudron levanta la taza hacia la tela, le ofrece un brindis, se sonríe, corrige levemente el brazo izquierdo de la virgen.

—¡Perugia!

—¿Signore?

—Sí, soy yo. Abra la puerta, abra la puerta.

La puerta se abre sobre una cocina chiquita y mal iluminada. Pero la luz alcanza para que Valfierno vea la sonrisa en la cara de Perugia:

—¿Está?

—¿A usted qué le parece?

Valfierno tiene que hacer tremendo esfuerzo para guardar la compostura. Abrazarlo sería un error idiota.

Valérie se prolonga la línea de una ceja con un lapiz cortito. Tiene la cara tensa, estirada hacia arriba, los ojos muy abiertos, la boca como un pozo, para ayudar al trazo. Lo termina, busca el rimmel cobrizo, su pincel. Antes de aplicarlo da un paso atrás, se mira en el espejo: está radiante. Ayer Valfierno le dijo que esa noche prefería no verla y ella se va al Faux Chien. Que se joda, se dice: si se cree que me va a dejar de lado así, tan fácil, está muy confundido.

Es así: los labios finos un poco fríos en esa postura indecidible, la postura famosa donde se puede ver una sonrisa o el desprecio o la resignación o la tristeza y después más, los labios como espejos donde cada cual ve lo que quiere o puede o teme, piensa, y los ojos que lo siguen mirando mientras se mueve a la derecha y a la izquierda, si levanta la cabeza o si la baja, si trata de alejarse y las manos mofletudas que anuncian la carne escondida de las tetas y todo el resto alrededor que lo obliga a volver a los ojos la sonrisa, a esa cara que lo mira sin terminar de decirle lo que le va a decir. Ya te viacer abrir la boca, piensa, y se sorprende de ser, por un momento, tan poco Valfierno. Se sonríe, la vuelve a mirar: sí, es así. Es así, como la ha visto tantas veces en el museo, tantas en copias y fotos y reproducciones sólo que ahora es suya, le pertenece como le pertenece lo demás: sin que nadie lo sepa, sin que puedan saberlo.

—Felicitaciones, Perugia.

—No, al contrario, yo lo felicito a usted. Su plan funcionó perfecto.

—A ver, cuénteme todo.

Los dos hombres están sentados en la cocina ante vasos de vino. Sobre la mesa, un poco más allá, apoyada contra la pared, la Gioconda los mira distraída. Valfierno se sorprende del tamaño, ahora que la tiene: finalmente es tan poquita cosa. En el museo resultaba imponente, se dice, pero eso le pasa a casi todo. Y se parece demasiado a las que hizo Chaudron: por un momento se pregunta si no será otra copia.

—...y entonces justo vimos que había un guardia en la puerta, imagínese, cuando ya estaba todo hecho, pero...

Perugia cuenta los incidentes de la jornada con torrente de detalles y alguna exageración para dar más heroico. Valfierno lo oye como si apenas le importara: no puede dejar de escucharse a sí mismo, la excitación de saber que por fin ha conseguido lo que quería, que por fin tiene lo que todos quieren y que, ya suyo, va a hacer con ese cuadro lo que nadie podría imaginar: su obra maestra.

—Dígale a los demás que vengan, Perugia.

—Sí, Signore.

Yvonne Séguénot y los hermanos Lancelotti entran en la cocina con la mirada baja; el cuarto está colmado y huele a basura y sudor viejo. Valfierno saca una billetera repleta, cuenta billetes grandes: unos cuantos para la mujer, más para los hermanos, más para Perugia.

—Está de más decirles que no tienen que decir ni una palabra. Si llegan a hablar los primeros perjudicados van a ser ustedes: los únicos perjudicados. Así que quédense callados y esperen órdenes. Si siguen cumpliendo va a haber muchos más de éstos.

Dice y agarra a Perugia por el brazo para llevarlo hasta la otra habitación.

—Entonces usted deja el cuadro acá hasta que vaya la policía a interrogarlo...

Valfierno se calla porque ve el gesto en la cara de Perugia.

—No se preocupe, Perugia, ya se lo dije: un procedimiento de rutina. Lo van a interrogar, quizás revisen su casa, pero usted no sabe nada, no tiene nada que decirles, no van a encontrar nada, usted ese día estaba trabajando, así que no se preocupe y trate de mantenerse tranquilo. Eso es lo más importante, Perugia: manténgase tranquilo, no cambie de costumbres, no se gaste esta plata hasta que yo le diga. Y sobre todo no se le ocurra decirle una palabra a Valérie.

—¿A quién?

—Perugia, no se haga el tonto. No me tome por tonto. Yo sé todo de usted. ¿O qué se creía?

Vincenzo Perugia se queda callado, sorprendido. Se pregunta cómo pudo ese hombre enterarse de lo que nadie sabe: siente que está en sus manos. Valfierno también se calla por un momento que dura demasiado: quizás habló de más. Y sobre todo, le parece que ha dicho una frase que no es suya, que le suena con una voz ajena. Carraspea, se limpia. Después del interrogatorio tiene que llevarse el cuadro a su casa y esperar sus órdenes, le dice: que ni se le ocurra hacer nada por su cuenta.

—Yo ahora tengo que salir de viaje por unos días. Cuando vuelva lo voy a buscar para darle el resto de la plata y llevarme el cuadro. ¿Entendido?

—Claro, Signore, por supuesto.

Le contesta Perugia y se queda pensando por qué su jefe no se lleva el cuadro y acaba de una vez con todo esto. Trata de encontrarle razones pero no se le ocurren. Y se dice que el Signore sabe, que ha hecho todo bien, que no tiene por qué desconfiarle, que sabe todo y más. Que si lo decidió por algo es.

5

—No sabe la cantidad de veces que me he preguntado quién sería, qué le pasó, por qué no volvió nunca. Tantas veces, en estos veinte años, tantas veces.

En el café de la plaza de Dumenza nada ha cambiado desde ayer; es probable que en las últimas décadas tampoco. Vincenzo Perugia lleva la misma camisa de algodón —u otra igual, igualmente gastada— bajo los tiradores; hemos pedido una jarra de tinto del país, dos vasos, unos trozos de queso, unas olivas. Los demás parroquianos ya no nos hacen caso. Perugia se pasa las dos manos por el pelo: tiene los dedos cortos, las uñas muy comidas.

—Pero usted nunca habló de él.

—¿De quién?

—¿De quién estamos hablando? Del Signore. De ése que usted llama el Signore.

—¿Cómo que nunca hablé?

—Con la policía, con los jueces, con los periodistas.

—¿Y qué iba a decir? ¿Que un señor que no sé quién es me ordenó que hiciera lo que hice? ¿Para qué? No me habrían creído, me habrían tratado de mentiroso. Yo puedo ser lo que usted quiera, pero mentiroso no.

Ya me habían dicho que, para un italiano, ser ladrón no es un gran deshonor. Decir mentiras, en cambio, sí, terrible.

—Y además prefería que todos creyeran que usted lo había hecho solo. Usted era el héroe, ¿no, Perugia? El justiciero solitario.

Perugia me mira hostil y decido cuidar lo que le digo. Ya hemos hablado algo del robo —de esa noche, de esa mañana extraordinaria—, y traté de no hacerle preguntas que pudieran resultarle hostiles, incriminatorias: es un equilibrio complicado. Y ahora intento recuperarlo apelando a los recuerdos de la gloria:

—Debe haber sido un gran momento, me imagino.

—¿Cuál me dice?

—Ése de llegar con el cuadro bajo el brazo, saber que lo logró, que tiene lo que todos quieren.

Le digo, admirativo: hace mucho aprendí que, para hacer hablar a alguien, no hay nada mejor que lisonjearlo. Para mostrarse dignos del elogio terminan diciendo cosas que no tenían previstas.

—Sí, claro, estaba nervioso pero tan feliz.

Dice Perugia y levanta el vaso para un brindis: brindamos, supongo, por el robo exitoso y después me cuenta que dejaron el cuadro en la casa de esa lavandera francesa —"esa vaca, la querida de Michele", me dice— durante algunos días, esperando que la policía fuera a su casa a interrogarlo. Y que al final llegaron: tardaron más de dos meses pero llegaron. Eran unos idiotas, dice, unos franceses idiotas que me preguntaron si había trabajado en el Louvre, y les dije que sí, y algunas cosas más que no me acuerdo, tonterías.

—¿Y no estaba nervioso?

—¿Por qué iba a estar nervioso? Si yo no había hecho nada...

Me dice y me parece que, de alguna forma que no entiendo, lo está diciendo en serio. Y que lo único que lo puso un poco nervioso fue cuando le preguntaron por qué había llegado tarde a su trabajo el lunes 22 de agosto: sabían, me dice, que ese día me presenté a las nueve pero yo les dije que yo qué sabía, que era un lunes, que muchas veces los empleados se quedan dormidos los lunes y que qué importancia tenía eso. Yo les sonreía, me dice, pero no demasiado, y ellos también me sonrieron y me dijeron que claro, que tenía razón. Entonces revisaron un poco mi pieza y por supuesto no encontraron nada. Después se fueron.

—¿Y usted pensó que los había convencido?

—Claro, qué iba a pensar. Yo no pensaba nada: los había convencido.

—Y ahí fue cuando se llevó el cuadro a su casa.

—No, yo no soy tan estúpido, señor. No, esperé unos días, un par de semanas. Cuando vi que no volvían, entonces sí me lo llevé.

—¿Cómo se lo llevó?

—¿Cómo me lo voy a llevar? Así, lo envolví en una tela, me lo puse bajo el brazo y lo llevé. Caminando, fui, tranquilo, por el Marais.

Perugia se come una aceituna, sirve vino. Me imagino en la misma situación —el terror que me daría ese paseo— y pienso en las ventajas de una imaginación escasa: se precisa cierta inteligencia para poder representarse los peligros. Perugia tenía otras habilidades: en esos días se construyó una caja de herramientas de madera con un doble fondo para esconder el cuadro.

—Después supe por los diarios que la habían estado buscando los mejores policías de Francia, Inglaterra, Estados Unidos, que habían mandado gente a Alemania, Bélgica, Grecia, España, Rusia. Figúrese, la tenía yo. Qué imbéciles que son, si alcanzaba con buscarme a mí.

Dice Perugia, y no parece que esté haciendo un chiste. Pasaba el tiempo: Perugia se inquietaba por la falta de noticias del Signore, pero seguía esperando:

—Él, cuando se fue, me dijo que me iba a mandar instrucciones, más plata, que iba a venir a buscar el cuadro y a terminar con el asunto. Yo le creí, por supuesto que le creí. Figúrese: ¿para qué iba a hacer todo esto si después no venía a buscar el cuadro? Pero pasaban los meses, no aparecía, yo empecé a preocuparme.

A veces, me cuenta, Perugia sacaba la Gioconda de su doble fondo y la ponía sobre la mesa de su pieza, con una vela a cada lado:

—Sí, la verdad que a veces me pasaba horas mirándola. ¿Usted la vio alguna vez, señor, de cerca?

—No de tan cerca como usted.

—Seguro. Y además la debe haber visto en el museo. Es tan distinto verla en el museo y tenerla en su pieza, saber que es suya, que puede hacerle lo que quiera.

—¿Qué, por ejemplo?

—No sé, nada. ¿Le puedo contar una pavada?

Me dice, y ladea la cabeza de una forma extraña.

—Claro, por favor.

Perugia parece, de pronto, terriblemente tímido. Y no me mira mientras habla.

—¿Sabe qué hacía? Yo a veces sacaba mi mandolina y le cantaba.

—¿Su mandolina?

—Sí, ¿no sabía? Yo toco muy bien la mandolina.

Me dice, un destello de orgullo. Entonces le pregunto qué canciones le cantaba pero no me contesta: se queda callado, mirando algo que debe estar en otra parte.

—¿Y no le hablaba?

—¿A quién?

—A la Gioconda.

—¿Por qué me dice eso?

Dice Perugia, brusco, muy molesto. Me imagino que sí, pero que nunca va a contármelo. Entonces le pregunto qué pensaba sobre el Signore, qué se imaginaba, y me dice que distintas cosas. Que trataba de no pensar quién era, de dónde venía, pero que no podía evitarlo. Que se le habían ocurrido muchas cosas: que prefería no decirme nada, por si acaso. Y que lo esperaba, al principio, tranquilo.

—Él no me dijo qué iba a hacer pero eso no me preocupó, porque nunca me decía nada. No sé, yo primero pensé que estaba buscando un comprador y que tenía que esperar que se calmaran las cosas, por eso no me sorprendía que pasara el tiempo. A veces me escribía, sabe, me escribía...

—¿De dónde le escribía?

—Uy, desde lugares increíbles: desde Nueva York, desde El Cairo. Una vez me escribió desde Tánger. Yo pensaba que andaba buscando comprador, no era tan fácil vender ese cuadro con tanta policía detrás. Seguramente que lo andaba buscando.

Dice, y cae sobre la mesa la cagada de un pájaro: blanca, verde, pardusca. Perugia se sonríe y dice que nos va a traer suerte.

—A usted, sobre todo, señor.

Dice, y que a él también pero que no la necesita: que su vida está tan arreglada que la suerte ya no tiene importancia. Pero que en esos tiempos sí la necesitaba.

—¿Por qué?

—No sé, era difícil. Yo esperaba, me ponía nervioso, no duraba en ningún empleo. Me costaba cumplir con los horarios, tolerar a los jefes.

—Me imagino.

—No creo que se imagine. Figúrese si yo, con la Gioconda debajo de la cama, iba a aceptar que un don nadie me pegara cuatro gritos.

Me dice, se sonríe. Y que además tenía bastante plata, pero se fue acabando.

—Y se jugó la plata que tenía.

—¿Por qué me dice eso?

—Porque es así.

—¿Cómo que es así? ¿Anduvo averiguando?

Era una hipótesis, pero su reacción me muestra que es correcta. Su cara, sobre todo.

—¿Se jugó todo lo que tenía?

—Casi todo, es verdad. Yo tenía la sensación de que mi suerte había cambiado, se figura. Si pude robar el cuadro más caro del mundo cómo no iba a ganar plata con un partido de fútbol o una pelea de boxeo, con las malditas cartas. Me equivoqué, ya sabe. La suerte no era mía.

Perugia se estaba quedando sin dinero pero no se preocupaba: todavía esperaba que Valfierno reapareciera con un montón de francos para darle lo que le debía.

—Figúrese, señor, mi vida. Yo dormía sobre una mina de oro y no tenía un centavo. Últimamente, cuando la miraba, me parecía que la muy puta se reía de mí. ¿Vio esa risa que tiene? Era de mí que se reía. Porque yo pasaba hambre con ella debajo de la cama. ¿Y qué iba a hacer? ¿Guardarla para ese tipo? Yo lo podría haber esperado todo lo necesario, pero para eso tenía que decir algo, pedírmelo por lo menos. Ahí lo empecé a odiar, al copetudo ese. Fueron dos años: ¿usted me entiende lo que son dos años?

Perugia se exalta, mueve las manos para todos lados. Yo trato de no mostrar sorpresa, pero me parece que empiezo a entender algo: el error de Valfierno. Lo que me había parecido un plan perfecto tenía un error extraordinario: desentenderse de su primer ejecutor. Y el error no fue peor porque Perugia tardó mucho en actuar: su falta de imaginación, una vez más. No tenía un centavo, tenía el cuadro, tenía el odio pero no se le ocurría cómo juntar esos elementos. Ya había pasado un año desde el robo cuando Perugia empezó a pensar qué haría con la madonna que dormía con él.

—¿Sabe cómo fue? Mire, ya que le estoy contando todo, se lo voy a contar: se me ocurrió que se había muerto. Se me ocurrió que se había muerto por ahí, en cualquier lado, sin poder avisarme. Una noche, mirando el cuadro, con las velas, dije pero qué idiota, está la muerte, este tipo está muerto. Hasta me dio un poco de pena, no le miento. Vaya a saber dónde le había pasado. Y si se había muerto todo se explicaba, el cuadro era mío, tenía que hacer algo con él, ¿me entiende?

—Sí, por supuesto.

—¿Se había muerto?

—No, estaba perfectamente vivo, Perugia.

Le digo, y es verdad: era verdad, entonces.

—Carajo.

Dice, y lo repite:

—Carajo, estaba vivo.

Y otra vez a mirar el vacío, las manos en el pelo, las manos en el vaso, el sorbo con su ruido a sorbo. Es un momento duro: la historia que se había armado se le derrumba una vez más. Me da pena. Me tienta decirle la verdad, pero necesito que me siga contando. Entonces le pregunto qué quiso hacer con el cuadro y se queda en silencio.

—Supongo que buscó a quién vendérselo.

Le digo, para ver qué me dice:

—No, yo no estoy para esas cosas. No conozco a esa gente, los ricos que compran esos cuadros. Y además yo no tenía esa idea de venderlo.

—Vamos, Perugia. Cuando lo detuvieron en Florencia le encontraron en su pieza de París nombres de coleccionistas conocidos. Hasta tenía las direcciones de Carnegie, J. P. Morgan, Rockefeller.

—Sí, eso dijeron.

—Y era cierto.

—Puede que fuera cierto. Pero yo no sé cómo se hace para llegar hasta esa gente, y además yo no quería vender nada. Yo quería devolver el cuadro a mi país.

Ésa había sido su historia durante todo el juicio, pero no era creíble. No había sido, por lo menos, lo que pensó al principio, cuando buscó la manera de venderlo. Las migas sobre la mesa atraen a unos gorriones; Perugia los espanta de un manotazo demasiado fuerte y casi vuelca un vaso.

—¿Quién le dio la idea de traerlo a Italia?

—No, nadie me dio la idea. Se me ocurrió a mí solo. Cuando pensé que él se había muerto.

—Vamos, Perugia, yo sé cómo son esas cosas. Una noche alguien le dice algo, un hombre, una mujer...

—No, un hombre, un hombre.

Dice, sin pensarlo, y se para de golpe: ya es muy tarde. Perugia lo sabe, toma un trago de vino y me cuenta que una mañana que no tenía trabajo estaba en el bistró con un compatriota hablando de lo mal que los trataban los franceses y que qué se creían y el otro le dijo que los trataban de ladrones a ellos, a los italianos, y que eran los franceses lo que les habían robado tantas cosas, cuadros, estatuas, hasta algunas palabras les robaban. Y que él le preguntó qué cuadros por ejemplo y el otro le dijo bueno, el más famoso es la Gioconda, que Napoleón se la trajo cuando nos invadió y ahora hicieron todo ese escándalo cuando se la robaron: sería gracioso que fuera un italiano, le dijo el otro, no te parece. Sí, sería gracioso.

—Y ahí me di cuenta de lo que tenía que hacer, sabe. Tenía que devolverle a mi país lo que le había robado ese italiano renegado, Bonaparte. Ésa sí que era buena. Un carpintero defendiendo a Italia mucho mejor que los generales y los reyes. ¿No le parece buena?

—Pero Napoleón no se llevó ese cuadro.

—¿Quién lo dice?

—No, Perugia, usted lo sabe, ahora: Leonardo se lo vendió al rey de Francia, a Francisco I.

—Eso dicen algunos. Pero usted sabe cómo son esas cosas. Siempre mienten.

Perugia se revuelve incómodo y se calla. Está cayendo el sol y los pájaros gritan. Por la calle empedrada, delante de la iglesia, pasan en bicicleta dos muchachas con el pelo suelto y vestidos floreados; los camisas negras les silban, les ofrecen amores. Las muchachas siguen sin darse vuelta: debe ser su papel en este juego.

—¿Sabe qué pasa? Hay algo que muy poca gente sabe, pero yo se lo voy a contar. A mí me lo dijo el Signore, y era cierto: la Mona Lisa es yeta.

—¿Cómo?

—Yeta, trae mala suerte. El Signore me lo explicó cuando hacíamos los planes: me contó toda la historia. Pero no quiero hacerla larga. La cuestión es que a los que quieren guardársela les da algo. Hay que tenerla y entregarla, hacerla circular.

—¿Y, sabiendo eso, usted se atrevió a robarla?

—Era robarla, nada más, no tenerla. Sí, era un riesgo, pero el mundo es de los valientes, ¿no se lo dijeron? Yo tomé el riesgo de robarla, pero tenerla...

Dice Perugia y se toca con la mano izquierda la entrepierna: sin ningún disimulo. Se ha levantado viento; los jugadores de dominó ya están guardando sus fichas de madera. Seguramente Valfierno, para evitar que su esbirro lo traicionara, que le birlara el cuadro, le contó esa historia de maldición gitana. Pero el invento se le volvió en contra. Perugia se ponía más y más nervioso: muchas noches sacaba a la Gioconda de su caja debajo de su cama, la miraba, la tocaba, le hablaba en su dialecto, trataba de entender dónde escondía su maleficio.

—Dos años con esa bruja debajo de la cama, señor: dos malditos años. Usted no me va a creer, pero le digo que más de una vez tuve la idea de quemarla.

—¿Quemarla?

Digo, y la voz se me escapa. Perugia se sonríe:

—Le parece muy raro, ¿no? No era tan raro. Pero no me animé: me dio miedo de que si la quemaba la mala suerte se me podía quedar pegada para siempre. Por eso no la quemé, al final. Qué iluso. Como si hubiera forma de escaparle...

Dice Perugia, al borde del susurro. De pronto entiendo que hace años que no habla de todo esto: que necesita volver a contárselo a alguien, revisar quién es, cuál es su historia.

—Así que decidió traerse el cuadro para acá.

—Claro, es lo que le estoy diciendo.

—¿Y se lo trajo a su país sabiendo que le daría mala suerte?

—No, a los países no les da. Si no, mire Francia, tendría que estar hundida. Y no le va tan mal. Es para las personas.

Me dice, con una lógica impecable. Y que por eso se la trajo. Por eso y porque, por fin, iba a ser alguien: el héroe que devolvió la Mona Lisa a Italia.

—Figúrese, tenía todo a favor. Lo que no pensé fue que los políticos eran lo que eran. Gracias a dios el Duce ya los barrió a todos.

—¿Y qué le dijo Mathilde cuando decidió llevárselo?

—¿Cómo?

Perugia se para, se pone su sombrero, me mira como si recién me descubriera: un juez, un policía, un enemigo. Le toco el brazo para tranquilizarlo: la manga de su camisa está grasienta. Perugia se sienta; yo ya no puedo echarme atrás:

—Sí, Mathilde. No se haga el ingenuo, Perugia, sabe muy bien de qué le estoy hablando.

—Mire, no mezcle a Mathilde en este asunto.

Dice, feroz: ahora defiende la reputación de una muchacha —que ya debe haber cumplido los cincuenta años. Perugia había conocido a Mathilde en los meses posteriores al robo: una campesina alsaciana, mucama de casa burguesa, seguramente rubia.

—No tiene derecho. Ella no tuvo nada que ver con esto. Ella era buena, sencilla, amorosa, no como la otra.

Perugia se ha descontrolado —y el periodista debe aprovecharse:

—¿Como la otra? ¿Qué quiere decir como la otra?

—Nada, no importa. Mathilde nunca supo lo del cuadro. En todo ese tiempo yo no se lo dije a nadie. Yo sé guardar secretos, no como otros…

—¿A qué se refiere?

—Nada, no importa.

—Dígame, por favor.

—No, yo sé guardar secretos.

No insisto: es útil reconocerle un pequeño triunfo cada tanto.

—¿Y Valérie no supo nada?

—Yo qué sé lo que supo Valérie. Ni me la nombre. Esa mujer se creyó que un italiano es como un perro, que un hombre italiano no es un hombre, no sé qué se creía. Ni me la nombre, por favor.

Yo necesito saber qué fue de ella, pero tampoco podré preguntárselo a Vincenzo Perugia. Que se revuelve en su silla de madera, molesto, mirando a todos lados. Estamos solos; parado junto a la puerta del café, el patrón espera que nos vayamos de una vez por todas.

—¿Y no le hacía pensar en Valérie?

—¿Cómo?

—El cuadro, digo, la Gioconda. ¿No le hacía pensar en Valérie?

—No le entiendo, disculpe.

—No, nada. El Signore me dijo que a él sí se la recordaba mucho.

—¿El Signore?

Perugia se sirve lo que queda del vino, se lo toma de un trago y me dice que nunca termina de saber si le debe algo o no:

—Al final no sé si me salvó o si me arruinó la vida.

Me dice y, por un momento, se me ocurre que lo he juzgado mal: que es mucho más astuto. Entonces me dice que le tengo que pagar. Busco la billetera en el bolsillo de mi saco.

—No, señor, pagar en serio: el nombre del Signore. Quizás si lo descubro voy a poder saber si le debo o no le debo.

Tiene razón: le prometí mucho más que dinero.

—Se llamaba Valfierno, marqués Eduardo de Valfierno.

—¿Marqués? ¿Y por qué dice que se llamaba?

Me parece que la segunda pregunta es la importante:

—Porque el marqués de Valfierno ya no existe.

Le digo y me pregunta de dónde era y antes que pueda contestarle me dice que él se había dado cuenta de que hablaba bien en italiano pero tenía un acento y no sabía de dónde. Quizás calabrés, me dice, siciliano.

—Era argentino.

—¿Argentino de dónde?

—De Argentina, Perugia, de América del Sur.

—¿En serio? ¿Y está muerto?

—Sí. Por eso estoy hablando con usted.

—¿Muerto? ¿Está muerto?

—¿Le sorprende?

—La verdad que no sé qué decirle. ¿Y cuándo se murió, cómo fue, dónde?

LAS GIOCONDAS

1

Abre el diario y busca la noticia: la noticia no está. Piensa que es un idiota, que si estuviera estaría en la primera página. Después —aunque piensa lo que piensa— abre otro diario y después otro y otro. No aparece. Los parisinos publican tantos diarios y en ninguno aparece la noticia. Los diarios de esta tarde cuentan que el calor va a seguir, que las inundaciones no, que el primer hidroplano francés acuatizó en el Sena, que Nijinsky baila Stravinsky con los Ballets Rusos de Diaghilev, que los alemanes mandaron torpederas a la costa de Marruecos, que los obreros ferroviarios preparan una huelga, que esos nuevos cigarrillos húngaros baratos, los Gauloises, son demasiado fuertes para el gusto francés. Nada que le interese, tonterías. La noticia no está.

El padre de ese hombre, entonces, en ese momento innecesario de la historia, es un hombre que se define de otro modo. El hombre no está, todavía, convencido de que ser el padre de ese hombre —que ser el padre de alguien, que ser un padre en general— sea una definición de su persona. Y, en verdad, no tendrá mucho más tiempo para encontrar esa definición —o cualquier otra. Un hombre puede pasarse la vida sin descubrir cuál será la definición de su persona; un hombre puede pasarse la vida y más sin preocuparse por buscarla; un hombre puede suponer con cierta sensatez que su persona no puede o necesita definirse en términos que las palabras sepan describir. Pero puede suceder que un hombre quede registrado, en ésta y otras historias, como el padre de un hombre: entonces, a veces, todo el resto de su vida —todos los minutos de su vida salvo esos cuatro, cinco, veinte minutos de agitación sobre una hembra— pueden esfumarse ante el impulso de ese chorro de leche: de sangre concentrada en esa leche. Un hombre puede tardar muchos años en descubrir que, eventualmente, ésa será la definición de su persona; más, la mayoría, no llegarán a imaginarlo nunca. Ese hombre, ahora, camina por esa calle y no se ve a sí mismo como un padre.

¿Y es cierto que usted odia a Italia? ¿A todo lo italiano?

¿Por qué iba a odiar a Italia, periodista?

Bueno, por la historia de su padre, la muerte de su padre.

¿Quién lo contó ninguna historia de mi padre? ¿No le dije mil veces que yo no tuve padre?

Lo leyó en Buenos Aires: que las falsificaciones existieron desde siempre. Que ya los egipcios hacían piedras preciosas con pedazos de vidrio coloreados, que los romanos no paraban de esculpir estatuas griegas, que los primeros cristianos se llenaban de oro con trozos de la santa cruz y huesos de los mártires y clavos de Jesús. Que todo lo que vale la pena se falsifica, y que nadie falsifica lo que no: que falsificar es el gran homenaje. Que falsificar la naturaleza es un gesto de grandeza del hombre: demostrarle que su poder puede ser igualado. Y que falsificar el arte es humildad: demostrar que el valor de la creación humana no es más que una ilusión, una convención entre tantas posibles. Y que todo lo que hacen los hombres es copia o falsificación y que el único invento de los hombres es el ángulo recto —que la naturaleza no creó.

O sea, se dice, que lo único que no es falso, lo único definitivamente verdadero es el ángulo recto, un cuadrado, una esquina cualquiera. Lo cual no lo lleva demasiado lejos.

El hombre camina por una calle de forma tan distinta de la que lo llevó por esa misma calle tantas veces: algo puede decidirse en esa marcha. Camina. Pese a que se enfrenta a un momento que pudiera ser decisivo, a un gesto cuyas consecuencias pueden ser inmutables, supongamos que el hombre —Bonaglia GianFelice, nacido en Pescara el 23 de junio de 1844, miércoles, día de san Juan, de profesión tintorero de telas, casado con Perrone Annunziata, un hijo chico llamado GianMaria— no está muy convencido de lo que está a punto de hacer, que se pregunta por qué está por hacerlo y que no encuentra una respuesta que lo satisfaga. Pongamos que, aun así, no encuentra la manera de no hacerlo. Pongamos que supone que sería mucho más difícil encontrar una respuesta satisfactoria a la pregunta de por qué —o de cómo— no hacerlo, y sigue caminando.

O supongamos que no le parece que sea para tanto: que si imaginara lo que está por sucederle encontraría —sin duda encontraría— la forma de justificar su retirada. Supongamos que está a punto de ser la víctima —más que nada— de una imaginación pobre; postulemos que el valor suele ser —sobre todo— un defecto de la fantasía. O un exceso de la realidad —de confianza en la insistencia de la realidad: hombres diciéndose que, como no suele suceder nada temible, no hay razones para temer que ahora suceda.

Esa noche Valfierno no quiere ver a nadie. Se va a su habitación y se dice que tiene que pensar alternativas. Siempre se ha dicho que lo que importa es prever las variables posibles, los desarrollos posibles a partir de un hecho, pero esta noche no soporta más. La situación le parece increíble y piensa que, si la pensara, la entendería menos y le preocuparía más todavía. Hoy se ha robado la Gioconda —sus hombres se han robado la Gioconda—, acaba de realizar lo que lleva años pensando, ha hecho lo que nadie pudo hacer, se llevó el cuadro más famoso del mundo y la historia no aparece en los diarios. Se sirve una copa generosa de cognac, trata de no pensar pero no puede. Le dan ganas de vestirse e ir a ver a Chaudron: es el único a quien podría contarle lo que pasa, pero tampoco puede. Sería un error, se dice. Y se sirve otra copa. Sabe que la Gioconda ya no está en el Louvre, sabe que la robaron, acaba de verla, está seguro, y sin embargo no hay noticias. Su plan, sin la noticia, no vale un centavo. Su cuadro, sin noticias, nada. Su historia, sin la noticia, se derrumba: si esos pobres muchachos supieran que los mandé a robar la Mona Lisa para que lo contaran en los diarios.

Valfierno trata de no pensar y trata de pensar qué puede estar pasando: la dirección del museo no lo quiere decir, la policía prefiere que no se sepa todavía, saben algo que él no sabe, saben algo que no quieren que nadie sepa, están a punto de descubrir todo y lo van a contar cuando lo hayan resuelto, están llegando a detenerlo, no tienen ni idea, no pueden saber nada, el cuadro que tenían colgado era una copia preparada por si alguien la robaba: era cierto que se robó una copia. Valfierno respira hondo y se queda muy quieto, los ojos fijos en la ventana cerrada, el cuello duro: se ha robado una copia. Ha caído en su trampa, le han dado de su propia medicina. Ha caído en su trampa.

Trata de consolarse: si hubiera estado seguro de que todo iba a salir bien no habría valido la pena hacerlo, se dice. Lo considera dos minutos: como si hubiera encontrado una salida. Idioteces, se dice, con fastidio: sofismas de marqués. Después piensa que no es posible, que el Louvre no puede tener en exhibición un cuadro falso, que no podrían permitírselo, que hay visitantes que lo notarían y se sonríe, amargo, el consuelo del desdén en la derrota: sabe mejor que nadie que muy pocos sabrían —si acaso, si es que alguno. Se ha robado una copia, piensa, y las demás hipótesis se desvanecen frente a ésa. Era su propia trampa y ha caído. Recién consigue relajarse —mover hacia el costado la cabeza, la mano para tantear un cigarrillo, la mirada— cuando se le ocurre que va a arrastrar a muchos más en su caída: va a contar la verdad. Los diarios van a saber que el cuadro colgado en el Salón Doré era una copia, que el Louvre miente a sus clientes, que todo es un engaño.

Camina: Bonaglia GianFelice tiene menos de treinta años —más de veinte, menos de treinta años—, el cuerpo ancho y casi alto, las piernas combas, la cabeza un poco tosca coronada por una mata de pelos negros que se le arremolinan sin control. El control de esos pelos siempre le ha parecido —a Bonaglia GianFelice— una pérdida de tiempo, una preocupación de señoritos. Su cara sería, sí, preocupación para cualquier señorito: mandíbula cuadrada, la nariz como tallada a golpes, las cejas muy pobladas sobre ojos hundidos negros estrechos como tajos, su boca más reventona que carnosa. Es verano: Bonaglia GianFelice lleva una blusa blanca sucia abierta sobre el pecho y unos pantalones de pana negra —sus únicos pantalones— que no bajan más allá de media pantorrilla: la ropa sin alardes de un peón tintorero. Es verano y Bonaglia GianFelice no piensa en su mujer, su hijo: camina transpirando. A su lado caminan otros cientos de hombres que podrían ser descritos parecido. A Bonaglia no le parece —no lo habría pensado, pero si hubiera no le parecería— que esos cientos pudiesen ser descritos parecido: no hay hombre que piense semejante cosa. Ni siquiera cuando camina bajo el sol de Roma por las calles de Roma con sus más semejantes, con aquellos que han salido juntos porque se creen iguales y creen —creen que creen— en los mismos fines.

Que copiar es reconocer el valor de una obra; que falsificar es reconocer su precio. Que el falsificador es un bastardo acomodaticio, una puta más o menos cara: que no hace lo que cree que tiene que hacer, lo que no tiene más remedio que hacer, lo que debe sino lo que otro hizo, lo que supone que otros esperan —y le quieren comprar. Que fue un idiota. Que recibió su merecido.

Son los últimos días de algo que ha durado mucho tiempo. Los hombres marchan —han salido de sus talleres al principio de la tarde y marchan—, llamados por el rumor de que el gran Garibaldi está llegando a la ciudad para acabar de una vez por todas con el poder de los papistas. Los hombres caminan por las calles sombreadas, estrechas del suburbio hacia la muralla; no llevan armas: algunos tienen un cuchillo, pocos un mosquetón, pero se puede decir que no llevan realmente armas: que no quieren creer que puedan precisar armas para derrotar a los que ya están derrotados. Cada tanto uno grita para darse ánimos —y dárselos a los otros que caminan. Grita un viva Garibaldi, viva Italia, mueran los papistas y muchas ventanas se cierran a su paso: deberían sospechar que quizás son ellos los que se equivocan —cuando imaginan que su marcha será sólo un paseo, que al final de su marcha los espera tranquila la victoria. Quizás, ante las ventanas que se cierran, mujeres persignadas, un silencio, deberían sospechar que no es así, que se equivocan. Pero los hombres no caminan pensando que están equivocados.

Se ha quedado en su habitación hasta las dos de la tarde porque a la mañana le han traído —los pidió— todos los diarios y en ninguno aparece: siguen hablando de las mismas tonterías. Por momentos se regodea en su venganza —contar a todos toda la verdad—; por momentos le parece idiota. A veces se regodea y le parece idiota y le piensa detalles: en qué diario, con qué periodista, qué va decir y qué no va a decir. Y le parece idiota y se va a arruinar la vida y en realidad son sólo formas de olvidarse de que perdió su gran apuesta, piensa. Así que ha tenido que hacer un esfuerzo tremendo para bañarse, afeitarse, peinarse, vestirse y pensar en salir a la calle: ya no sabe qué hacer. Valfierno no sabe qué hacer con una profundidad que no recordaba. Muchas veces no ha sabido qué hacer ante una situación, algunas no ha sabido qué camino tomar en decisiones importantes, que podían definir su vida. Eran momentos de zozobra y los recuerda como experiencias en el límite: cuando decidió entrar al grupo anarquista de Rosario, cuando no pudo decidir nada y terminó en la tienda de San José de Flores, cuando decidió que sólo escapándose de Buenos Aires tenía alguna chance de seguir. Los recuerda como momentos de una tensión extrema, los momentos más duros, pero ahora se da cuenta de que no lo eran. Había algo que los hacía clementes: entonces sólo sufría la presión de tener que elegir entre ciertas opciones. Ahora no las hay: es pura desazón, incomprensión perfecta, el desespero de saber que las cosas tendrían que ser de tal manera y ver que no lo son y no poder entender qué está pasando y, menos todavía, qué hacer con eso o, por lo menos, qué no hacer. Querría encomendarse a algo, a dios, a alguna forma del destino pero no la encuentra, y no sabe qué hacer. No sabe: no sabe, no entiende, no reacciona, y ha tenido que juntar toda su voluntad para bañarse, vestirse, bajar al vestíbulo, salir a la calle:

—¡La Gioconda! ¡Entérese de todo! ¡Ha desaparecido la Gioconda!

Grita un diariero, y otro grita:

—¡La Gioconda, señores! ¡Se escapó la Gioconda!

Y más corren con tapas de diarios que dicen con letras catastróficas Inexplicable, Increíble, Sorprendente —entre otras cosas. Y Valfierno corre a comprarlos antes de darse cuenta de que está haciendo lo que soñó miles de veces, antes de dar por terminados el debate y la zozobra, antes de pensar que esos diarios —que todos los diarios del mundo— están hablando de él.

Los hombres desembocan en una plaza amplia. En la plaza hay dos robles, paredes descascaradas color ocre, una fuente sin agua y, al fondo, un batallón de guardias suizos. Son dos filas de guardias: la primera, rodilla en tierra, apunta con fusiles; la segunda los espera de pie. Los hombres que caminan a la cabeza de los hombres ven a los guardias suizos y aminoran su marcha: por un momento se revuelven, miran a los costados, buscan una salida o —al menos— una forma de detener su avance; los que vienen detrás, que no han visto a los guardias todavía, los empujan. Los hombres de la cabeza gritan. Bonaglia está entre ellos; con ellos mira a los costados, levanta los brazos, grita dos palabras, vuelve a mirar al frente, donde los guardias de la fila de a pie se están llevando los fusiles a la cara.

¿Y a esto sí lo llamaría usted un hecho?

¿A eso? Ni siquiera una historia. Yo supe, mucho después, que todo eso había pasado y supe, más tarde todavía, que no tuvo la menor importancia.

¿Y por qué me lo cuenta?

Por fin una pregunta, periodista.

Los soldados disparan. El hombre, el padre, sale huyendo.

Le resulta tan raro leer esas historias que hablan de él y no lo saben. Se ha sentado junto a la ventana en un café: ve pasar más y más vendedores de diarios alborotados con nuevas ediciones, con últimas noticias, compradores que se los sacan de las manos, el calor que dejó de importar, el hidroplano hundido, Nijinsky patinando: el mundo como efecto de su idea. "¿Qué audaz criminal, qué mistificador, qué maniático coleccionista, que delirante aficionado, ha cometido este espantoso latrocinio?", lee Valfierno. "La Gioconda de Leonardo da Vinci ha desaparecido. Lo cual sobrepasa nuestra imaginación", lee, se pavonea. Y sigue leyendo que esa mañana —la mañana del martes— un pintor aficionado que quería copiarla le preguntó a un guardia por qué la Mona Lisa no estaba en su lugar. Y que el guardia le dijo que esperara, que se la habrían llevado para sacarle una foto o lo que fuera. Y que el pintor esperó hasta las once y volvió a preguntar y que al fin cundió la alarma y empezaron a buscarla por los distintos gabinetes —fotografía, restauración, limpieza— y que no la encontraron y que trataron de pensar que era una confusión hasta que, ya casi a mediodía, se dieron cuenta de que no aparecería y llamaron al jefe de policía que llamó al ministro del Interior que llamó al presidente. Y que el pánico dejó paso al escándalo. Y que no saben cuándo se la llevaron. Que como ayer lunes el museo estaba cerrado nadie notó nada, que apareció un empleado diciendo que ya el lunes a la mañana había visto que la Gioconda no estaba colgada pero que como siempre se la llevaban para algo, dijo, no le di la menor importancia. Y que por eso tardaron treinta horas en descubrir el robo, lee Valfierno y no puede creerlo: eran idiotas, incompetencia pura. Si lo hubiera sabido.

"Es evidente que el ladrón o los ladrones tuvieron todo el tiempo que quisieron para llevar a cabo su operación. Por ahora la misma es un misterio para nosotros", le dijo el jefe de la policía a un periodista. "Pero ya lo vamos a detener. El ladrón siempre hace un falso movimiento", dijo el jefe. Un falso movimiento, lee Valfierno, y se pregunta cuál podrá ser el suyo.

2

Ahora era, sin la menor duda, el marqués de Valfierno: había conquistado mi título en la lid, como aquellos caballeros medievales que el rey ennoblecía en el atardecer de la batalla. Me lo había ganado haciendo lo que nadie había sabido hacer —y muchos habrían querido. O me lo había ganado, en realidad, haciendo lo que nadie había querido —porque no habían sabido imaginarlo. Yo era, por fin, ése que había querido ser, y no me notaba tan cambiado.

El mundo cambiaba más que yo: amenazaba guerra. La amenaza de una guerra puede ser peor —en algunos sentidos— que la guerra: son esos días resbaladizos en que parece sensato creer que todo es posible, aun lo más insensato —y no hay nada más aterrador que esa sensación de que no quedan límites. Cuando lo que temíamos empieza a suceder, en cambio, lo que sucede, aun siendo tremendo, siempre es menos que lo que podría. Yo sé que la llegada del hecho —una catástrofe, incluso, algo terrible— puede ser un alivio. Esperábamos una guerra y, en esos días, el mundo había cambiado mucho: la amenaza ponía a los hombres de humores muy extraños y todo parecía moverse a los tumbos y sin un rumbo fijo. Ese clima inestable, pese a todo, no me impidió completar la venta de los cuadros.

Podría decir que fue poco más que un trámite, pero tampoco sería exacto. Lo cierto es que vi cómo seis personas que creían que poseían casi todo alcanzaban la felicidad de conquistar uno de esos escasísimos objetos que nadie puede —o debe— poseer: habían llevado el arte de la posesión a una cima extraordinaria, al colmo de su tontería. Aquel otoño, tras el robo, me dediqué a distribuir las seis copias de la Gioconda por Estados Unidos.

Hacía frío, esa tarde de noviembre en que me presenté —cinco en punto, según la cita convenida— en la mansión del coronel Gladstone Burton en la Quinta Avenida. El mayordomo que me midió en la puerta aprobó mi apariencia: llevaba mi tapado de cuello de visón y un maletín de cuero claro con herrajes dorados. El mayordomo me condujo a través de salones pomposos; parado en su escritorio, el coronel parecía demasiado ansioso para perder el tiempo en saludos y formalidades.

—¿A ver? ¿La tiene ahí?

Le contesté que por supuesto y me quedé callado. Era gracioso ver su turbación: un hombre que había infundido miedo a regimientos de soldados y de obreros no sabía cómo concretar un negocio que, finalmente, para él, sería bastante simple. Lo miré; el coronel frunció las cejas y pareció recordar algo.

—Ah, disculpe. Aquí está su dinero.

Me mostró un maletín de cuero negro apoyado sobre su escritorio de caoba estilo Imperio. Le pedí permiso, lo abrí y vi que estaba lleno de billetes de cien dólares. Me pareció que contarlos sería de muy mal gusto. Lo miré y me dijo que sí con la cabeza: en ese maletín debían estar los 350.000 dólares pactados. Le dije que suponía que había leído los diarios: el tono despreocupado me salió impecable.

—Por supuesto. Desde entonces que lo estoy esperando.

Me dijo, sin dejar de mirar el maletín de cuero claro.

—Aunque pueda parecerlo, no fue fácil.

Gozaba ese momento: el pobre viejo se moría de impaciencia pero tenía que escuchar mi alusión al origen de su placer: al hecho de que estaba siendo cómplice de un robo. Era importante que no se lo olvidara.

—Ya sé, marqués, me lo imagino. La verdad que hizo un trabajo extraordinario. Y, si me guarda el secreto, le diré que no creía que lo consiguiera.

Quizás era cierto, quizás trataba de dorarme la píldora: me daba igual. Lo disfrutaba igual.

—Extraordinario es la palabra. Mis felicitaciones.

Me dijo, pero entonces una sombra le cruzó por los ojos: habría caído en la cuenta de que estaba a solas con el ladrón más buscado del mundo. O, incluso: que era una de las poquísimas personas que sabían quién era el ladrón más buscado del mundo. La sombra no era miedo, supongo: más bien el recuerdo de su complicidad. Aproveché para insistir:

—Usted recuerda, coronel, los términos de nuestro acuerdo.

—¿Qué me quiere decir?

Se estaba exasperando. Le dije que recordara que se había comprometido a no mostrar la Gioconda nunca a nadie.

—Recuerde que, si lo hace, el riesgo principal es para usted.

—Ya lo sé, por favor.

Estaba harto, pero igual se tragaba su orgullo. No era cuestión de seguir tirando de la cuerda: agarré el maletín, lo abrí con un gesto que esta vez —la primera— me salió demasiado ampuloso. El coronel Burton no pudo hablar: tenía la boca abierta, las manos en la cabeza como quien mira una catástrofe.

—Usted no sabe lo que es esto.

—¿Le parece, coronel?

—No, usted no sabe, usted no sabe.

Yo pensé en decirle que, si no lo sabía, a fuerza de repetirlo terminaría aprendiendo. Creo que no lo dije. El coronel miraba la Gioconda sin poder creerlo todavía. Estiró una mano, la tocó, la retiró casi asustado.

—Y ahora la tengo yo. Es toda mía.

Eso creía. Lo mismo que estaban por creer, en esos días, el banquero que visité en su casa de campo, el petrolero en su oficina, el magnate del acero en su suite del hotel Waldorf, el aristócrata de Filadelfia, el gran matarife de Chicago. Cada uno de ellos disfrutaba con la creencia de que nadie más podía tener lo que tenía: se creían únicos —y mi trabajo consistió en que lo creyeran. Ni uno solo de ellos dudó de la autenticidad del cuadro que les entregaba; ni uno solo quiso pedirme demasiados detalles. Todos habían visto —cómo no verla— en los diarios la historia del robo, todos se admiraron por mi habilidad y sangre fría, todos me agradecieron —de una manera turbia— que los hubiera elegido como beneficiarios de mi acción. Todos morían por contar lo que tenían, y todos ellos —esperaba, espero todavía— van a sentirse muy virtuosos por resistir la tentación. Lo cierto es que había ganado mi batalla: tenía casi dos millones de dólares. Era más que lo que hubiera podido soñar: me entretenía pensándole destinos a esa fortuna inverosímil. Podía comprarme dos mil quinientos coches de la Ford, una heredera suiza, un castillo con tierras en el Lazio, una reputación perfecta en cualquier lado. Era muy rico, había ganado, era Valfierno.

¿De verdad, ni uno llegó a sospechar nada?
¿Usted habría sospechado, periodista?

Y que la fama de Miguel Ángel empezó con una falsificación: que esculpió una estatua a la manera clásica —un Cupido durmiente de una belleza extraordinaria— y que lo enterró para darle apariencia de una pieza antigua y que, entonces, falseada, se la vendió al cardenal San Giorgio en Roma por doscientos ducados. Y que el cardenal estaba encantado hasta que alguien le contó la verdad de su estatua y entonces se ofendió a morir —humillado porque no había sido capaz de distinguir lo supuestamente verdadero de lo supuestamente falso— y amenazó a Miguel Ángel para que le devolviera su dinero y le mandó la estatua y que, por ese orgullo, se perdió la oportunidad de tener una obra de Buonarotti tanto más valiosa a la larga que una antigua, y bastante más bella. Y que después Miguel Ángel descreyó de cualquier artificio y supuso que el arte era descubrir lo natural: sacarle al mármol lo que al mármol le sobra. Pero que con su Cupido consiguió la reputación de ser capaz de hacer algo que hasta entonces sólo los antiguos y que lo había hecho más por esa gloria que por los ducados y que él, Valfierno, también lo hace por la gloria —además del dinero. Y que el problema —su problema— va a ser cómo conseguirse esa gloria. Cómo hacer que su gloria secreta sea reconocida —sin dejar de ser secreta, sin arruinar su invento y perder, en ese acto, toda gloria.

No, seguramente no. ¿Y usted?

Yo jamás. Ya se lo he dicho: yo soy perfectamente crédulo.

Valérie era la pieza suelta de su máquina perfecta. La seguridad de su plan consistía en que cada uno de sus peones sólo lo conocía a él y no a sus otros compañeros —e incluso, en el caso de Perugia y sus amigos, ni siquiera le sabían un nombre. En cambio Valérie conocía bien a Perugia y sabía algunas cosas sobre él. Y, por más que no le hubiera contado los detalles —por más que no supiera que la meta del robo era la venta de las copias—, sabía que él, el marqués de Valfierno, había organizado lo que Perugia y los hermanos realizaron.

Después de la operación Valérie se había puesto insoportable. Valfierno había tratado de evitarla; aun así, las pocas veces que se vieron antes de que él se fuera de París, insistía en que quería su parte, que sin ella nunca lo habrían hecho, que qué se cree marqués —y subrayaba mucho la sorna de marqués—, que si le parecía que la podría dejar de lado así de fácil:

—Marqués, parece mentira, después de tanto tiempo. Realmente usted no sabe con quién está tratando de jugar.

—¿Qué me quiere decir?

—Nada que no le haya dicho. Que si no me entrega lo que me corresponde todo este asunto va a saltar por los aires.

Valfierno le ofreció mucho dinero con dos condiciones: que desapareciera de París y que nunca más —nunca más, me entiende, en su puta vida— volviera a ver a Vincenzo Perugia. Era de verdad mucho dinero.

—¿Así que está celoso, mi querido?

—No diga tonterías.

—¿No es lo mío?

Valérie terminó por aceptar. Le dijo que al fin y al cabo había resultado un buen negocio y le propuso que lo completaran con una última noche.

—No se preocupe, mi querido, va sin cargo. Es para sellar nuestro pacto de amistad.

Valfierno la rechazó —y creyó que acababa de demostrarle algo. Pocos días después recibió una carta de Marsella: Valérie le decía que se había instalado en un departamento de la Cannebière y que se dedicaba a los marineritos: "Usted no sabe, marqués, cuánto he ganado". Valfierno le contestó para decirle que hiciera lo que se le cantara pero que nunca, bajo ningún concepto, volviera a comunicarse con él: que él había muerto para ella, le escribió, y al releerlo se sintió un poco idiota. "Usted no sabe, marqués, cuánto he ganado": Valfierno volvió a esa frase demasiadas veces. Valérie era la clave de su debilidad: se sentía, de alguna forma oscura, todavía en sus manos. Trató de consolarse pensando que ella hacía que toda la operación no fuera una vulgaridad: era el filo de riesgo que la transformaba en una verdadera obra de arte, se dijo, y no se convencía.

BECKER

¿Usted es Becker, cierto?
Sí, Charles Becker.
Soy el marqués de Valfierno, quiero hablar con usted.
¿Que quiere qué?
Nada. Tengo una historia que contarle.

Al principio no entendí. El hombre me llamó a mi oficina en el Chronicle y me dijo que su nombre era Marques y que tenía una historia que podía interesarme. Acababa de terminar la guerra y San Francisco hervía de veteranos desmovilizados y desempleados que trataban de vender cualquier cosa, incluidas las historias más inverosímiles. Yo recibía seis o siete de esas llamadas cada día, y las rechazaba sin más trámite. Pero algo en su manera de hablar me hizo dudar: su voz no me pedía, me ordenaba. No me preguntó si me podía encontrar con él, como hacían los vencidos; tampoco me dijo que tenía una primicia que me iba a interesar más que nada que me hubieran contado en mi vida, como solían hacer los vendedores de humo en frasco. No: sólo me comunicó que tenía que contarme una historia, y yo le pregunté a qué hora y dónde le convenía que nos viéramos. Recién cuando colgué me di cuenta de que, además, tenía un acento raro.

—¿Marques?

—Digamos, por ahora. Pero es marqués, no Marques. Marqués Eduardo de Valfierno, mucho gusto.

Lo reconocí porque habría sido imposible no reconocerlo. El bar del hotel Fillmore rebosaba de excitación, alcohol, chicas de pelo corto y vestidos más cortos, testosterona en paquetes de noventa kilos y corbata al tono. Sonaba un piano pero nadie lo oía: los hombres y mujeres parloteaban, gritaban, se lanzaban miradas asesinas, se tocaban, todos muy ocupados en recuperar los años perdidos en miedos y trincheras. Al fondo del salón, en un sillón de cuero negro, como si nada de eso lo afectara, enfundado en un traje impecable de lino color crema, el cuerpo de un cincuentón menudo sostenía la cabeza de otra estatua: majestuosa, la melena plateada, la nariz decidida, la barbita entrecana y puntiaguda, los ojos increíblemente vivos.

—Usted me llamó.

—Usted es Charles Becker.

—Así es.

—¿Qué quiere tomar?

—¿Qué me quiere contar?

—¿Un whisky con dos hielos? ¿Tres?

Los ojos del marqués nunca dejaban de moverse. Como si quisiera observar todo alrededor o si acaso —pensé después, mucho después— como si presintiera.

Puedo dudar de lo que hice, no de lo que voy a hacer. No porque lo que hice sea más importante que lo que puedo hacer, sino porque el pasado es infinitamente modificable; el futuro, en cambio, sólo puede ser el que será.

¿Cómo?

No se haga el tonto, periodista.

Pasó un tiempo viajando: esos primeros meses de 1912 serían para siempre sus días de mayor felicidad —si la felicidad es esa calma de saber que uno ya ha hecho lo que se propuso y todavía no se ha propuesto nada nuevo. O sea: alejarse de todo lo que no sea presente.

Cada tanto leía noticias de París y la Gioconda: le daban mucho gusto. La policía estaba perfectamente despistada y, por más que los investigadores consultaron a todas las videntes, brujas y profetisas de la ciudad, no prosperaban. Echaron al director del museo, cambiaron las normas de seguridad, daban palos de ciego. La vergüenza llegaba hasta el gobierno y finalmente consiguieron detener a un sospechoso. La prensa lo contaba con detalles: era un poeta vagamente moderno, quién sabe si invertido, un tal Guillaume Apollinaire, que se les hizo sospechoso porque un amigo suyo, empleado del Louvre, le había regalado o vendido una estatuilla ibera que había robado del museo. Decían que su cómplice —a veces le ponían comillas a la palabra cómplice— era un joven pintor español, Pablo Picasso: lo interrogaron pero no lo detuvieron. El poeta estuvo preso una semana; al final lo soltaron sin más cargos. Los diarios seguían contando tonterías: lo que más se preguntaban los periodistas era cómo un ladrón podría vender un cuadro tan famoso. Valfierno se divertía como un chico. O, mejor: primero se divertía; en un momento lo empezó a irritar que fueran tan idiotas. Hasta que la noticia dejó de aparecer en los periódicos. A mediados de 1912 las autoridades del Louvre se rindieron, y taparon el agujero en la pared con un retrato de Rafaele Sanzio. Valfierno entendió que estaban tratando de olvidarlo —y ni siquiera lo sabían.

Él viajaba. Sus destinos le parecían uno solo: el hotel Carlton en la Costa Azul, el Reina Cristina en el norte de España, los baños de Marienbad o Baden Baden, el Select —¿o era Excelsior?— en Alejandría. Cambiaban los paisajes, el clima, los idiomas de la servidumbre pero la gente era siempre más o menos la misma, las comidas, las charlas, los escasos encuentros amorosos, las murmuraciones. Somos, pensaba, al fin y al cabo, pocos. Viajaba, daba vueltas. Por el momento prefería no volver a los Estados Unidos y la Argentina todavía lo inquietaba; todo el resto del mundo podía ser su mundo.

No tenía obligaciones —y nunca había imaginado la extensión de una frase hecha que muchos han repetido sin razón: no tenía obligaciones. Sin hogar, sin patria, sin familia, con un nombre y carradas de dinero, estaba librado a los caprichos de su voluntad. Era infinito: a veces, en medio del placer, le resultaba casi aterrador. Las opciones eran demasiadas y eran, más que nada, imprevisibles. Pensaba que tenía que decidir algunas cosas: imaginar, sobre todo, dónde viviría. Pero para eso tenía que pensar quién iba a ser. Evitaba pensarlo: evitaba, más que nada, recordar que tendría que pensarlo. Por el momento simulaba que la pregunta era qué quería hacer. No quería hacer nada pero no sabía cómo hacerlo: al cabo de unos meses, las formas convencionales de hacer nada le resultaron repetidas, aburridas. Y cuando pensaba en hacer algo, todo lo que se le ocurría era tan ínfimo frente a lo que había hecho. Innecesario, ínfimo. Sólo consideraba con algún interés ciertas continuaciones de su hazaña perfecta. Perfecto, le dijo en esos días una señora rusa y educada con la que compartió más de un balneario, es algo que no puede mejorarse, que está completa e intachablemente terminado. Entonces, señora, nada es perfecto en realidad. No, marqués, pero a veces debemos pretenderlo.

Todavía le quedaba, es cierto, la Gioconda. O, mejor dicho, le quedaba a Perugia. Sabía desde el principio que no quería tenerla: sólo había organizado el robo para vender las copias como originales y cualquier contacto con el cuadro sólo podría complicarlo. Pero, aunque no quisiera, en algún momento tenía que tomar una decisión sobre el asunto. De tanto en tanto le escribía unas líneas al italiano diciéndole que no desesperase, que no lo había olvidado, que volvería a buscarlo. En algún momento, sabía, tendría que verlo y hacer algo: el cuadro más famoso del mundo no podía quedarse para siempre debajo de la cama de un palurdo. Aunque, algunas noches, la estupidez de ese destino le pareció apropiada.

Pensaba posibilidades. Lo más fácil, estaba claro, era deshacerse de ella: destruirla. En esos días leyó —era una siesta en la casa de campo de unos amigos, no muy lejos de Bourges— el relato de Marcel Schwob sobre Eróstrato, el hombre que quiso que su nombre perdurara y, para eso, quemó una de las siete maravillas, el templo de Diana en Éfeso, siglos antes de Cristo. El Consejo de la ciudad lo condenó a muerte y, más que nada, al olvido eterno de su nombre: ahora, en pleno siglo veinte, nadie recordaba los nombres de esos señores del Consejo y sí el de Eróstrato. Pero Eróstrato lo hizo porque no se le ocurría otra manera de edificar su gloria; él, Valfierno, ya había sabido —aunque nadie lo supiera todavía— asegurar la suya.

Quemar el cuadro le seguía pareciendo la mejor opción: la más sencilla. Así daba por terminado el asunto: la tabla del Louvre nunca volvería a aparecer, sus compradores se quedarían tranquilos, el robo se olvidaría definitivamente. Si quemaba esa Gioconda destruía la única prueba posible de que las otras eran copias de Chaudron. Y le gustaba imaginar que alguna vez, dentro de décadas, quizás un par de siglos, empezarían a salir a la luz originales: dos, tres, hasta seis originales igualitos. Entonces el cuadro más celebrado se convertiría en una colección de cuadros idénticos, indistinguibles entre sí. Pero la idea de quemarlo así como así le parecía un poco pobre: le sonaba demasiado gratuito. Hasta que se le ocurrió la idea genial: buscaría la Mona Lisa de Perugia y la llevaría a un lugar seguro. Allí conseguiría una cámara de cine, instruiría a Chaudron en su manejo y, juntos, filmarían una verdadera obra de arte: la destrucción por el fuego del gran cuadro. Se imaginaba esa madera vieja resistiéndose al fuego, al principio resistiéndose al fuego y de a poco cediendo, los colores mudando, chorreando, el olor del óleo chamuscado, de la madera en llamas, la cara con la sonrisa deshaciéndose, los ojos deshaciéndose, el mito, toda esa tontería de siglos deshaciéndose en cenizas porque él, Eduardo de Valfierno, había sabido mostrar que no eran nada.

Y podrían vender esa película por miles o millones. Y, después, devolver al Louvre una copia: ése sí que sería el golpe. Arte, gran arte: presentar esa copia como original, obligarlos a mostrar esa mentira al público, saber que miles y millones mirarán con devoción sagrada un cuadro que no es: ¡idiotas, crean sus idioteces! ¡Rebaño, al pienso! A veces le gustaba recordar que sí lo había hecho.

Pero no lo hacía: ni eso ni ninguna otra cosa. El ocio se le estaba volviendo insoportable y el cognac del desayuno ya no le alcanzaba para animarse ante la perspectiva de otro día igual a todos los demás. El cognac del desayuno empezó a hacerse dos, a veces tres. Una noche se despertó sudando: tenía mucho miedo de volver a ser Bonaglia. Se levantó, encendió un cigarro largo y ancho y se sentó con su copa en la mano. El problema no era el miedo de volver a ser; lo terrible, entendió, era la sospecha de que nunca había dejado de ser Quique Bonaglia. Esa noche imaginó mil formas de alejarse de ese hombre; mientras amanecía, la luz confusa, la guardia descuidada, pensó que alguna vez volvería a la Argentina, a buscar a Mariana de Baltiérrez: seguía siendo tan rubia en su memoria.

Dice —piensa, dice, se dice— que es un hombre mayor.

El marqués se mantuvo en silencio hasta que el mozo dejó mi whisky sobre la mesa baja. Entonces levantó su copa y murmuró algo en francés. Yo respondí a su brindis y le pregunté si ya podíamos hablar.

—Faltaba más.

—¿Qué me quiere contar?

—Por decirlo de una manera discreta: la historia del mayor robo del siglo.

—¿O sea?

—La desaparición de la Gioconda, la recuerda.

Me dijo, y por supuesto que la recordaba: la habían robado en el Louvre siete u ocho años antes y había sido la tapa de todos los diarios del mundo. Pero era una historia vieja y archivada. En medio de mi desilusión, traté de ser amable:

—Disculpe, pero ese asunto se resolvió hace mucho tiempo.

—¿Se resolvió?

Me dijo, con sonrisa insidiosa. Yo recordaba también ese final, otra noticia que estuvo en todas las portadas: cuando el ladrón, Vincenzo Perugia, se presentó con la Mona Lisa en el museo de los Uffizi de Florencia en diciembre de 1913, diciendo que la había robado para restituirla a su país. Y su detención, el clamor popular al principio que pedía su libertad como premio a su gesto patriótico, el juicio, el desinterés al cabo de unas semanas de discusiones leguleyas y su condena, finalmente, a siete meses de prisión que, para entonces, ya estaban cumplidos. Su liberación, ya sin pena ni gloria.

—Bueno, yo diría que sí se resolvió. Detuvieron al ladrón, recuperaron el cuadro. Todos leímos esa historia.

—¿Y usted se lo creyó?

—¿Perdón?

—Sí: ¿usted creyó que ese palurdo semianalfabeto era capaz de una operación de esa importancia?

El hombre hablaba sin gestos ni inflexiones, como si lo que decía no le importara demasiado. Después sabría que era uno de sus trucos favoritos, pero entonces me impresionó: lo hacía parecer bastante invulnerable.

—Mire, la verdad que no estoy muy al tanto...

—Entonces le conviene informarse. Si después quiere que le cuente toda la verdad sobre el asunto, yo voy a estar en este hotel tres o cuatro días más. Pero no se confíe, que puede perderse la historia de su vida.

Que no quiere pensar que ya es un viejo, pero que está a punto de cumplir cincuenta años: que si todo sigue bien le quedan diez, quince años como mucho por delante.

La noticia de la espantada de Vincenzo Perugia lo sorprendió en la villa que había arrendado en la Toscana, cerca de San Gimignano. Le pareció una burla: el picapiedras había ido a entregar su cuadro a Florencia, a menos de cien kilómetros de donde él estaba. Lo primero que se le ocurrió fue salir corriendo. Tardó un par de horas en convencerse de que nadie podría relacionarlo con la noticia que sacudía al país. Y recién entonces pudo reflexionar sobre el asunto.

Estaba claro que se había equivocado: que había sobreestimado la inteligencia del idiota. Entendió que tendría que haber actuado antes —sabía que tenía que haber actuado antes— pero supuso que tenía más tiempo: no porque Perugia le pareciera especialmente paciente, sino porque no imaginó que se le pudiera ocurrir nada especial que hacer. Imaginó que la inquietud de dormir todas las noches con la dama debajo de la cama lo había presionado, y llevado a cometer la peor tontería. No era un peligro para él: no un peligro judicial o policial. Nadie podía relacionarlo con el robo, era verdad; pero quizás alguno de sus compradores se pusiera nervioso cuando viese que todos los diarios hablaban de la aparición de la Gioconda. Dudaba: no le convenía acercarse a los Estados Unidos pero, al mismo tiempo, quizás si lo hacía podría convencerlos de lo que ellos mismos querrían sospechar: que el cuadro que había aparecido era una falsificación; que los franceses ya no soportaban la humillación de haber perdido su Gioconda y habían inventado ese plan para convencer al mundo de que la habían recuperado. Pero que, como les constaba, la única y verdadera Gioconda era ésa que tenían escondida en lo más hondo de sus cajas fuertes o sus bóvedas privadas. Si tiene alguna duda hágala revisar por un experto. Y, por favor, en cuanto tenga la oportunidad, vaya al Louvre y mire atentamente la copia que han colgado. Un amateur como usted, uno que además conoce realmente el original, se da cuenta enseguida. Lo que pasa es que el mundo está lleno de idiotas. Pero nosotros sabemos la verdad. Usted y yo, mi estimado, sí que la sabemos.

Y que se acuerda a menudo de algo que le dijo, hace ya tanto tiempo, don Simón, el estafador inverosímil. Recuerda que don Simón le dijo que hay una edad en que ya no vale la pena hacer alardes: o la realidad los desmiente y son patéticos, le dijo, o la realidad los confirma y son innecesarios. Y que eso se llama madurez y puede ser bastante placentero. Debe serlo, piensa el marqués: piensa que debe serlo.

—Pero no se confíe, que puede perderse la historia de su vida.

La amenaza parecía seria. Levanté mi whisky, le di un último trago.

—¿Y por qué me la quiere contar?

—¿No adivina?

—No, lo siento.

Valfierno sonrió condescendiente. A nuestro alrededor los hombres y mujeres seguían con la caza, pero era como si hubieran desaparecido.

—Tenga paciencia. Ya lo va a entender. ¿Si le pidiera plata por mi historia, qué me diría?

—Que no parece necesitarla.

—Quizá no. Quizás usted no sabe lo que eso significa.

Yo trataba de pensar a toda velocidad: si lo que me decía era cierto, estaba ante la gran oportunidad de mi carrera. Pero era muy extraño: todo, muy extraño.

—Disculpe una vez más. Yo estoy dispuesto a escucharlo, a trabajar con usted. Pero, ¿cómo puedo saber que es cierto que usted estuvo implicado en ese robo?

—¿Implicado?

—Bueno, como quiera llamarlo.

Valfierno sacó del bolsillo interior de su chaqueta de lino una billetera de cuero de Rusia y, de ahí, una foto con los bordes ajados: me la dio. Era él, unos años más joven, el pelo no tan blanco, traje oscuro, mostrando la Gioconda con las manos. La foto me pareció una prueba concluyente.

—Yo nunca hice lo mejor que hice en mi vida, y eso fue lo mejor que hice en mi vida: no haber hecho nunca lo mejor que hice en mi vida. Otros falsifican cuadros, billetes, sentimientos; yo, por el momento, le diré que fui el primero en falsificar un robo.

Todavía no sabía que, con Valfierno, la noción de prueba concluyente era un error. Me quedé un momento mirando la foto y después la di vuelta: no había nada.

—¿Satisfecho?

Me dijo, socarrón. Le propuse que me visitara en mi oficina al día siguiente después del desayuno. Ahí, le dije, tendríamos un espacio para conversar tranquilos. Me dijo que no: que me esperaba en su cuarto del hotel, el 712, a las nueve menos veinticinco de la mañana. Sea puntual, me dijo, va a ser el día más excitante de su vida. Yo estuve a punto de creerle.

Aunque sabe que hizo algo que nadie supo hacer, que nadie imaginó: su vida. Sabe, piensa, se dice, que ha hecho arte.

Lo cierto es que fue justo en esos días, cuando Perugia cayó preso, cuando ya no tenía sentido seguir preguntándose qué hacer con la Gioconda, cuando la etapa más importante de su vida parecía terminada, cuando la guerra amenazaba, que tuvo noticias de Valérie Larbin.

Valérie le mandó su carta a través de Chaudron, y eso solo ya era inquietante: un modo de hacerle saber que sabía más. Pero eso no era lo más grave: "Me he enterado del fin de nuestro amigo el carpintero. Sí él no habla, ya sabrá por qué; yo no tengo razones". Y le decía que la razón por la que se había callado hasta entonces no era el dinero que le había dado sino su voluntad de preservar al italiano, pero que ahora podía hablar sin ese miedo.

El marqués de Valfierno recibió la carta en Marienbad; tardó menos de un día en llegar a Marsella. Cuando la encontró, en una fonda del puerto, tuvo que disimular su sobresalto: Valérie debía tener veintidós, veintitrés años y parecía una vieja: había perdido esa frescura que la hacía deseable, había engordado, algo en la cara se le había embrutecido.

—No parece muy contento de verme, mi querido.

—¿Usted sí?

—Por supuesto. Siempre me gusta ver a los viejos amigos. Sobre todo si espero que sean generosos.

Dijo, y le dedicó una sonrisa demasiado amplia. Sus dientes estaban aun peor. Valfierno le pidió que fuera al grano y le preguntó qué quería. Valérie le dijo que dinero, por supuesto.

—¿O se habrá creído, marqués, que era otra cosa?

Pensó: la mataría. Pensó que ella tenía razón: que sí quería matarla. Trató de despejar la idea pero la idea volvía. Ella hablaba y hablaba, el vino se acababa y él no paraba de matarla.

Hasta entonces nunca había tenido la sensación de que matar a alguien podía ser una solución: que el problema que produciría era menos grave que el problema que podía resolver. El miedo a la policía y el miedo a la justicia no eran relevantes para alguien que había pasado tantos años conviviendo con él. Es cierto, se decía, que no era lo mismo la falsificación y la estafa que el asesinato. La estafa es elegante y popular; matar de a uno es sucio, está mal visto. Al gran público le gustan los falsificadores de arte porque somos puro ingenio —porque usamos nuestro ingenio para conseguir lo que todos querrían—, porque engañamos a gente que no les cae bien —porque son demasiado ricos, porque quieren aprovecharse de algo: para que te estafen es necesario que quieras estafar—, y porque ponemos en ridículo el valor de unos objetos cuyo valor ellos no entienden. En cambio matar es otra cosa. Al gran público le gustan las carnicerías colectivas, las batallas tremendas, los accidentes sin responsable claro. Pero no el homicidio al por menor. El pequeño homicidio tiene muy mala prensa: demasiada prensa. Las voces más altisonantes llevan siglos convenciéndonos de que la vida humana es sagrada. Los voces de los que siempre mataron y mataron: reyes, jueces, curas. Pero los idiotas siguen creyendo en esa tontería: los millones de moscas.

Recapitulaba —trataba de recapitular: ni el miedo a la policía ni esa vieja prohibición de matar lo apartaban de esa solución. Se preguntó si sería el pasado —las historias comunes: era más fácil matar a un desconocido, por supuesto. Pero no era probable: si fuera por esa cercanía, la idea de matarla debería haberle resultado repugnante, y no lo era. Si hubiera estado seguro de que era sólo por seguridad, para cuidar la operación, la habría matado. Pero no; temió que también fuera rencor, despecho, esas cosas que aparecen cuando una mujer no hace lo que un hombre espera. Se aterró: podía matarla sin saber por qué —o sabiendo demasiado bien.

—Usted sabe que estuvimos a punto de escaparnos con el cuadro...

—¿Quiénes, estuvimos?

—Valfierno, no simule.

—¿Usted y Vincenzo?

Valérie se calló la boca y lo miró golosa. Por un momento volvió a ser aquélla. Valfierno primero desvió la mirada; después pensó que era mejor aprovecharla.

—¿Y qué pasó?

—Nada. Que hay cosas que son mejores cuando uno no las hace.

Pidieron otra botella de Sancerre. Antes del postre Valfierno le entregó un sobre que llevaba preparado. Ella le pidió más; él le dijo que no jugara con su suerte. Algo —su cara, su tono, algún recuerdo— hizo que no insistiera. Después le ofreció —no le propuso, le ofreció— que pasaran la noche juntos y esa vez sí Valfierno pensó que no debía negarse.

Que él sí hizo arte —piensa, dice, se dice— y que no hay nadie que lo sepa. Que él no es ni será —que él, el marqués de Valfierno, odiaría ser— uno de esos farsantes que vieron que eran pintores espantosos, poetas deleznables y proclamaron que su arte eran sus vidas. Que no, que a él nunca se le habría ocurrido el arte: que apareció de pronto.

Lo primero que le pregunté aquella mañana, en su cuarto del Fillmore, fue por qué me había elegido a mí para contarme lo que estaba por contarme. Me sonrió; no era la pregunta correcta, pero daba igual. A Valfierno no le importaban mis preguntas: tenía una idea muy precisa de qué quería decirme, y lo decía. Que yo estuviera ahí era una especie de accidente. Él necesitaba que estuviera y lo escuchase y yo, durante la mayor parte de esos dos días, no entendí para qué. Sí entendí que le molestaba esa necesidad: me lo dejó muy claro.

—Usted me dirá que nunca se ha masturbado, periodista.

—Supongo que no vinimos para hablar de eso.

—Supone mal. Una paja, con perdón de mi francés, es una forma de falsificar la vida sexual, ¿no es cierto? Hasta que se convierte en una vida sexual. Es el proceso de cada falsedad: termina convirtiéndose en la cosa. Usted debe saber de eso.

Las persianas de la habitación estaban cerradas: Valfierno no había querido abrirlas. Me dijo que no podíamos dejar que el presente se inmiscuyera en nuestra historia —y yo después pensé que lo que no tenía que entrar era la realidad, pero no se lo dije. Fueron horas y horas y su relato fue exhaustivo: empezó la historia de su vida por el principio, en Italia, y no me ahorró detalle —no digo que fueran ciertos, pero abundó en todo tipo de detalles— hasta llegar al robo y su final. Valfierno me mostró papeles, recortes, unas fotos; fue desdeñoso, cálido, ansioso, diligente. Fueron dos días infinitos. De a poco, casi sin intentarlo, fui entendiendo que el tal marqués era muy diferente de sí mismo. Y que solía decir ciertas cosas para que su interlocutor pensara lo contrario: repetía con sarcasmo que me necesitaba para simular que no era así —para desactivar esa necesidad con la ironía—, pero realmente me necesitaba. Y entendí, por supuesto, que su historia era en verdad extraordinaria: me ahogaba la excitación de saber que cambiaría mi vida.

—Ahora usted, periodista, es el único que sabe la verdad. O quizás no lo sea. A veces sospecho que ellos también la saben…

—¿Ellos?

—Ellos, los que tienen que saberla. Lo que pasa es que prefieren no decirlo: les sirve la historia del idiota de Perugia, un ladrón tonto que no amenaza nada. La prefieren a la mía, que podría crear imitadores. Así que la mantienen. No sé, no estoy seguro.

En esos días había aprendido que la inseguridad no era su fuerte: me extrañó que me dijera eso.

—En todo caso, sé que si mi historia nunca se conoce, ellos habrán ganado la pelea.

No, piensa, se dice: que la gloria ignorada sirve por un tiempo, que no somos tan fuertes, que llega un momento en que necesitamos el espejo: que otros sepan que yo, dice, se dice. Y que él vivió todo este tiempo con ese cuchillito en la garganta.

Dice —piensa, dice, se dice— que es un hombre mayor. Que no quiere pensar que ya es un viejo, pero que está a punto de cumplir cincuenta años: que si todo sigue bien le quedan diez, quince años por delante. Y que se acuerda a menudo de algo que le dijo, hace ya tanto tiempo, don Simón, el estafador inverosímil. Recuerda que don Simón le dijo —dos, tres veces, más— que hay una edad en que ya no vale la pena hacer alardes: o la realidad los desmiente y son patéticos, le dijo, o la realidad los confirma y son innecesarios —aunque, seguramente, usaba otras palabras, piensa ahora, con las mismas palabras, el marqués de Valfierno. Y que eso se llama madurez, decía el gallego, y que puede ser bastante placentero. Debe serlo, piensa el marqués: piensa que debe serlo. Pero que él nunca consiguió aprenderlo.

Aunque quizás una vez estuvo cerca, piensa: piensa que estuvo cerca. Fue cuando tuvo el accidente —su accidente— hacía más de dos años. Cuando estaba destrozado en la camilla de aquel hospital y sabía que no podía hacer nada, inmóvil, entregado, un médico con aspecto temible le hurgaba las heridas y él sentía un alivio infinito: ya no tenía que decidir más nada. Había hecho todo lo que podía y ya no podía más. Que aquel día pensó que había aprendido algo. Pero que después se curó y se le escapó: que en verdad no, no sabe hacerlo.

Aunque sabe que hizo algo que nadie supo hacer, que nadie imaginó: su vida. Sabe, piensa, se dice, que ha hecho arte. Que todos hablan de arte: los petimetres, los revolucionarios de salón, los pintamonas que se jactan de usar colorcitos que sus mamás les prohibirían, los musiqueros que acomodan un acorde con disonancias de pedorreta de colegio. Que todos dicen pero que él sí hizo arte, y el resto son monadas.

Que él sí hizo arte —piensa, dice, se dice— y que no hay nadie que lo sepa. Que él no es ni será —que él, el marqués de Valfierno, odiaría ser— uno de esos farsantes que vieron que eran pintores espantosos, poetas deleznables y proclamaron que su arte eran sus vidas. Que no, que a él nunca se le habría ocurrido el arte: que apareció de pronto. Pero que sí supo atraparlo. Y que no quiere ser uno de esos idiotas convencidos de que han hecho lo más grande aunque nadie lo sepa y vagan por los rincones y desprecian a los que no supieron apreciarlos y se envenenan de un fracaso que suelen llamar genio. No, piensa, se dice: que la gloria ignorada sirve por un tiempo, que no somos tan fuertes, que llega un momento en que necesitamos el espejo: que otros sepan que yo, dice, se dice. Y que él vivió todo este tiempo con ese cuchillito en la garganta: no todo el tiempo, por supuesto, no todas las horas, ni cada día siquiera pero el cuchillo estaba, siempre estuvo. Y que no sabía cómo sacarlo: que el éxito de su obra —de su gran obra, de su obra de arte, dice, piensa— necesitaba que nadie lo supiera, que mientras le fuera bien sería desconocida, que sólo su fracaso podría evitar el gran fracaso de que el mundo lo ignorara para siempre pero que entonces su obra ya no sería perfecta: que si no lo descubren, piensa, si sigue impune, libre, nadie nunca sabrá quién fue el maestro Eduardo de Valfierno. Y que si lo descubren ya no será el maestro —ni siquiera Valfierno.

Que se ha pasado todos estos años con la herida, el cuchillo revuelto. Y que ahora Valérie lo ha encontrado de nuevo y él ya no le puede dar lo que le pide. O, mejor: que ya no quiere dárselo.

La tarde del segundo día se hizo larga. En el cuarto de al lado una pareja se quería con profusión de ruidos. Más de una vez sorprendí —o creí sorprender— en la cara de Valfierno una sonrisa triste. Se me ocurrieron más preguntas pero no las hice. La situación de la entrevista es muy extraña: uno cree que tiene derecho a preguntar a un desconocido cosas que no le diría a su mejor amigo. Esta vez, sin embargo, me callé.

No quedaba mucho por decir cuando Valfierno pidió que nos trajeran una botella de champaña: era su forma de marcar el final. Habíamos pasado juntos dos días que parecieron años. Su cara ya no mostraba los rasgos majestuosos que le había visto la primera vez: tenía la melena canosa muy desordenada, los ojos cansados, un rictus en la boca que no supe descifrar. La pequeñez de su cuerpo, ahora, se hacía más notoria. Me había entregado la historia de su vida, pero aun así seguía mostrándome una distancia insuperable. Brindamos. Después me dijo que yo le había preguntado el primer día —decir ayer sonaba inverosímil— por qué quería contarme todo eso.

—Sí, aunque creo que ya voy entendiendo.

—No creo, periodista. Le cuento todo esto porque mañana Valfierno va a morir.

Dijo, e hizo una pausa que quiso ser dramática —y supo serlo. Yo había aprendido: preferí no ponerme en ridículo con una pregunta que seguramente no sería la correcta. Entonces me burló con un rodeo:

—Se equivocaba don Simón, el muy canalla. La vejez es saber que hay cosas que uno está haciendo por última vez. Usted no puede saberlo todavía, es demasiado joven. Pero yo sé. He comido unos riñones que no voy a probar otra vez porque mi cuerpo ya no me lo permite, he estado en lugares donde sé que no voy a volver, he disfrutado de mujeres que murieron, he renunciado a la esperanza de conocer ciertos paisajes. Ésta es la última vez que contaré la historia de Valfierno. Quizás haya sido la primera; sin duda, fue la última. A partir de mañana tendré que tener otra. Si no, estaré perdido. Y tendré que olvidarme de lo que hizo que mi vida tuviera algún sentido.

Las palabras eran duras —duras, más que tristes— así que Valfierno las acompañó con su mejor sonrisa. Yo no sabía con qué cara escucharlo.

—Mañana voy a dejar de ser Valfierno. No se quién voy a ser. Tengo, por supuesto, un pasaporte que usaré por un tiempo. Sé cómo voy a llamarme, dónde voy a vivir, pero eso es poco. Me pesa, pero no tengo más remedio. La verdad, periodista, me gustó ser Valfierno.

Lo suyo eran las frases: grandes frases. Pero esta vez detrás de las palabras había algo. Valfierno —o quienquiera que fuese, a esta altura— hablaba cada vez más bajo, como si sólo para él mismo:

—Si hubiera sido consecuente, si realmente hubiera hecho de mi vida una obra, tendría que haberme muerto —dado por muerto— hace siete años, cuando terminé de vender las Giocondas. Valfierno ya vivió demasiado, mucho más que lo recomendable. Pero me cuesta. Me había acostumbrado, me gustaba.

Dijo y se calló: me pareció que se había ido muy lejos. Tomó un trago y siguió; no me miraba:

—Ahora sí sé que es necesario: Valérie me pisa los talones: no tengo más remedio que desaparecer. Su venganza es mucho más que lo que ella hubiera podido planear: acabó con Valfierno. ¿No es curioso?

Y después, de pronto, como si recién se le ocurriese:

—¿Qué le parece si me llamo Bonaglia? Sería una buena broma, ¿no lo cree?

Cuando pienso el relato de mi vida siempre busco el momento en que todo cambió, cuando se dio vuelta. Descubro que no hubo. Que aunque cambié tantas veces de nombre y de historia no hubo eso. Y que ése es el truco con el que sobreviví, sobrevivió, sobrevivimos: la esperanza de que alguna vez seremos otro. Pero nunca. No sé por qué, no sé cómo explicarlo, pero nunca.

—Disculpe una pregunta: ¿por qué el nombre Valfierno?

—Convinimos que sus preguntas se iban a limitar a los hechos, ¿no es verdad?

—Sí, es cierto. ¿Y eso no es un hecho?

—Vamos, mi estimado.

Era muy tarde. Con el último resto de champaña, Valfierno pasó a detallar sus instrucciones:

—Por supuesto, periodista, usted no va a poder contar esta historia.

—¿Cómo?

Mi cara debe haber sido un espectáculo: Valfierno soltó, por primera vez, una tremenda carcajada.

—No, no es para tanto. No le digo que nunca. Le digo que no va a poder contar mi historia hasta que yo le diga.

—¿Y eso cuándo va a ser, supone usted?

—No, yo no supongo: yo le ordeno. Me dirá que no tengo cómo, pero va a ver que sí. Ya sé que me he puesto en sus manos. Y no en la forma banal que usted puede pensar. Sí, es cierto que usted podría publicar todo esto mañana y yo pasaría un mal momento, pero usted la pasaría peor.

Valfierno se puso de pie, empezó a recorrer la habitación —y sólo se me ocurrió la vieja imagen del león enjaulado. Me dijo que no sería difícil: que si publicaba algo antes de tiempo él tenía los elementos necesarios para desmentir tajantemente toda la historia y que, poco después, yo aparecería con una bala en la cabeza:

—Suicidado, claro. Usted no habría soportado el deshonor de contar tales mentiras.

No parecía tan simple pero, a esta altura, nada de lo que me dijera me resultaba demasiado inverosímil. Le creí. Valfierno levantó la persiana. Era noche cerrada.

—No, yo estoy en sus manos porque si usted, cuando llegue el momento, no cuenta mi historia, yo desaparezco para siempre. Es su oportunidad: si usted se calla, mi vida será un fracaso estrepitoso. Sería como el náufrago que escribe un gran libro en la isla desierta, el ciego que imagina la escultura genial que nadie podrá ver, el gobernante que entregó a un amigo para evitar la guerra que habría arruinado su país... Si usted se calla, un artista genial habrá desaparecido de la faz de la tierra:

habrá pasado sin dejar ni un rastro. Pero usted no va a soportar el silencio. Usted no tiene ese temple.

—¿Cómo sabe?

—No se preocupe. Yo lo sé. ¿O se cree que lo elegí sin informarme?

Se calló, me miró: yo no supe sostenerle la mirada. Entonces precisó sus instrucciones:

—Cada 22 de agosto, de ahora en más, usted va a recibir una carta mía. La va a recibir sin remitente, por supuesto, pero va a saber de qué se trata. Esa carta anual le va a decir que yo estoy vivo: va a ser mi fe de vida. No me busque: sería mucho peor. Cuando me muera, entonces sí, usted va a poder contar toda la historia.

Yo trataba de imaginar la situación y le contesté sin pensar lo que decía:

—Pero marqués, eso puede ser muy largo.

—¿Lo lamenta?

—No, por favor, no quise decir eso. Disculpe, pero ¿cómo voy a saber que se murió?

—Se va a enterar, no se preocupe. Usted va a saber que yo estoy muerto. El que no lo va a saber, seguramente, voy a ser yo.

Dijo, y ensayó una sonrisa que ni siquiera fue del todo melancólica.

—Y usted, entonces, va a contar mi historia. También para eso se la cuento: para morir tranquilo. No quiero acordarme de todo esto en el momento de mi muerte. Sería horrible que lo que ocupó mi vida también me ocupara la muerte.

Yo no quería ofenderlo pero había una pregunta que no podía dejar de hacerle. Había aprendido su lección:

—Disculpe, marqués, pero ¿cómo puedo saber que usted no me miente, que toda su historia no es otra falsificación?

—Usted no lo sabe. Pero no se preocupe. Va a ser cierta. Usted cuéntela, y va a ver que aparecerán viejos idiotas que dirán a mí me vendió Valfierno un cuadro, porque nada place más a estos requechos que haber sido engañados por alguien reconocidamente superior. Es un hecho. Si no fuera por eso, la democracia moderna no podría existir.

—No se trata de eso, marqués. Yo le pregunto si es verdad.

—Es, sí, pero usted nunca va a estar seguro. Podría preguntarle a Perugia pero tampoco sabría si le está mintiendo. O podría buscar a los demás, pero es probable que nunca los encuentre. O sí, vaya a saber. Pero usted no sabe. Ésa es la condición para que cuente la mejor historia de su vida: la historia de la mía.

No creo que me equivoque: Becker lo va a contar. Y entonces dará la respuesta a la pregunta que tanto me resuena: ¿quién se va a morir cuando me muera? Alguna vez llegué a creer que nadie: que a fuerza de rehacerme una vez y otra vez, podría despistar a la muerte. Ahora sé que no es cierto: alguien tiene que hacerlo.

Pero quisiera saber quién. ¿Quién se va a morir cuando me muera? ¿El que caminaba por las calles de tierra de Rosario, el que quiso a Marianita sin saber quién era, el que hizo arte con una artesanía, el que no quiso ser uno, el que no fue los otros, el que nunca fumó aquel opio de Malaca, el que probó tantos manjares, el que no vio a su padre, el que se dejaba toquetear por aquel cura, culear por otro preso, amar por las mujeres que nunca lo quisieron, Bonaglia, Juan María, Perrone, Eduardo, el de mañana, el que se muere por contar su historia? No todos: tantas muertes en una sería una injusticia. Tampoco fueron tantas vidas: sólo intentos.

Para Becker, sin duda, se morirá Valfierno. Para muchos será Valfierno el que se muera. No habrá nadie a quien Bollino se le muera: Bollino se murió hace tanto. A veces creo que un viejo no se moriría si lo llamaran por su primer apodo: si alguien pudiera decirle el nombre que le daba su madre —y él creerlo. Pero alguien tiene que morirse. ¿Dónde me enterraré? ¿Bajo qué nombre?

Becker lo va a contar, supongo: va a responder a mi pregunta. Pero también puede ser que no lo cuente. Espero que sí, nunca lo voy a saber. Podría contarlo yo antes, pero quién sabe cuál sería el precio. Quizás alguna vez me decida a pagarlo. Es interesante decidir que uno va a pagar un precio que ignora: lo he hecho tantas veces, y es la única forma de pagar en serio. Es cierto: también puede ser que no lo cuente. Hace unos años leí otra frase que no pude olvidar: "Ahora, en el salón, queda lo que queda cuando no queda nada". Yo, Valfierno.

Desde aquel encuentro pasaron casi trece años. Me mudé a Baltimore pero sus cartas siguieron encontrándome. Cada fin de agosto me llegaban, con el mismo fragmento de poema. Estaba en español:

Antes que tú me moriré: y mi espíritu,
en su empeño tenaz,
sentándose a las puertas de la muerte,
allí te esperará.
Allí donde el sepulcro que se cierra
abre una eternidad...
¡Todo lo que los dos hemos callado,
lo tenemos que hablar!

Al cabo de unos años lo hice traducir para saber qué me decía: confieso que, aun así, no lo entendí. También me mandó, de tanto en tanto, algún regalo: un libro muy lujoso, entradas para una función de gala de la ópera, tres días de vacaciones en Nueva York, un juego de platería para mi casamiento. Yo lo tenía —como él dijo— en mis manos, pero no tenía nada. Fue difícil, es cierto, para mí, saber que disponía de la historia que podía cambiar mi carrera y no poder usarla. Más de una vez —cientos, miles de veces en verdad— tuve la tentación de publicarla. Pero la resistí —o me faltó valor para no resistirla. Aquella vez, cuando ya nos despedíamos, Valfierno sonrió:

—¿Quién puede estar seguro de que lo que devolvió Perugia es la Gioconda verdadera? ¿Que no la tengo yo en mi casa, por ejemplo, que no la quemé, que no se la vendí a J. P. Morgan? ¿Usted, acaso, periodista?

Traté, también, de desechar la duda. Me convenía desecharla. Hace unos meses, en octubre de 1932, me enteré de la muerte de Eduardo de Valfierno. Como él me había prometido, recibí una carta muy seria que me anunciaba su deceso. La carta no estaba firmada: por su estilo, me pareció muy probable que la hubiera escrito él mismo —supongo que antes de morir. Incluía un poema, pero era otro. Ese mismo día lo hice traducir:

De lo poco de vida que me resta
diera con gusto los mejores años,
por saber lo que a otros
de mí has hablado.

La carta me contaba, además, que en los últimos años nuestro hombre se había llamado tal y cual y había vivido en un lugar que me pedía no revelara: no lo haré, no cambia nada. Me decía, sí, y me autorizaba a contarlo, que en sus últimos meses había retomado el nombre de Valfierno y que la muerte lo había alcanzado en una finca cercana a Buenos Aires. Me lo había dicho aquella vez: para ser Valfierno me tendré que morir como Valfierno.

La noticia me produjo una excitación incomparable. Ni siquiera se me ocurrió pensar que, quizás, fuera falsa. Dejé mi empleo en aquel diario de Maryland e invertí todos mis ahorros en completar la historia. En estos meses me reuní con Perugia y con Chaudron —y me convencí de que el marqués no me mentía. A Valérie, en cambio, nunca pude encontrarla. No sé si sigue viva. No quiero pensar que él la haya matado. También intenté dar con algún comprador. Valfierno no me había dado nombres: era lógico, y no encontré a ninguno. También debe ser lógico.

Estoy por escribir, por fin, la historia del robo más astuto del siglo. Es cierto: no puedo estar absolutamente seguro de que haya sido así. Pero tampoco puedo contarlo como si no estuviera: el periodismo no me permite esas licencias. De todas formas, sólo se trata de escribirlo.

ÍNDICE